EDUCAÇÃO DO CAMPO
Desafios para a formação de professores

Caminhos da
Educação
do Campo

EDUCAÇÃO DO CAMPO
Desafios para a formação de professores

Maria Isabel Antunes-Rocha
Aracy Alves Martins [Orgs.]

2ª edição
1ª reimpressão

autêntica

Copyright © 2009 As organizadoras
Copyright © 2009 Autêntica Editora

Todos os direitos reservados pela Autêntica Editora. Nenhuma parte desta publicação poderá ser reproduzida, seja por meios mecânicos, eletrônicos, seja via cópia xerográfica, sem a autorização prévia da Editora.

COORDENADORAS DA COLEÇÃO CAMINHOS DA EDUCAÇÃO DO CAMPO
Maria Isabel Antunes-Rocha (UFMG), Aracy Alves Martins (UFMG)

CONSELHO EDITORIAL
Antônio Júlio de Menezes Neto (UFMG), Antônio Munarim (UFSC), Bernardo Mançano Fernandes (UNESP), Gema Galgani Leite Esmeraldo (UFCE), Miguel Gonzalez Arroyo (Professor Emérito da FaE/UFMG), Mônica Castagna Molina (UnB), Salomão Hage (UFPA), Sonia Meire Santos Azevedo de Jesus (UFSE)

EDITORA RESPONSÁVEL
Rejane Dias

EDITORA ASSISTENTE
Cecília Martins

PROJETO GRÁFICO DA CAPA
Christiane Costa (sobre imagem de Stock.xchng)

PROJETO GRÁFICO DO MIOLO
Tales Leon de Marco

REVISÃO
Graça Lima

DIAGRAMAÇÃO
Eduardo Queiroz
Tales Leon de Marco

Dados Internacionais de Catalogação na Publicação (CIP)
(Câmara Brasileira do Livro)

Educação do Campo : desafios para a formação de professores / Maria Isabel Antunes-Rocha & Aracy Alves Martins , (organizadoras) . – 2. ed. ; 1. reimp. – Belo Horizonte : Autêntica Editora, 2015. – (Coleção Caminhos da Educação do Campo; 1)

Bibliografia.
ISBN 978-85-7526-405-8

1. Educação rural 2. Professores - Formação I. Antunes-Rocha, Maria Isabel.
II. Martins, Aracy Alves. III. Título. IV. Série.

09-07305   CDD-370.193460981

Índices para catálogo sistemático:
1. Brasil : Formação de professores : Educação do campo 370.193460981
2. Brasil : Formação de professores : Educação rural 370.193460981

GRUPO AUTÊNTICA

Belo Horizonte
Rua Aimorés, 981, 8º andar
Funcionários . 30140-071
Belo Horizonte . MG
Tel.: (55 31) 3214 5700

Televendas: 0800 283 13 22
www.grupoautentica.com.br

São Paulo
Av. Paulista, 2.073,
Conjunto Nacional, Horsa I
23º andar . Conj. 2301 .
Cerqueira César . 01311-940
São Paulo . SP
Tel.: (55 11) 3034 4468

Rio de Janeiro
Rua Debret, 23, sala 401
Centro . 20030-080
Rio de Janeiro . RJ
Tel.: (55 21) 3179 1975

Dedicamos este livro ao Professor Emérito da Universidade Federal de Minas Gerais, Miguel González Arroyo. Em seu nome, prestamos homenagem aos Educadores e Educadoras que fazem do ofício de educar a arte de aprender.

Não sabendo que era impossível, foi lá e fez.
JEAN COCTEAU

Lista de Siglas

FAE – Faculdade de Educação

CNE/CEB – Conselho Nacional de Educação/Câmara de Educação Básica

UFMG – Universidade Federal de Minas Gerais

CEPE – Conselho de Ensino, Pesquisa e Extensão

CONTAG – Confederação Nacional dos Trabalhadores na Agricultura

IFES – Instituições Federais de Ensino Superior

REUNI – Plano de Reestruturação e Expansão das Universidades Federais

CPT – Comissão Pastoral da Terra

ONG – Organização Não Governamental

FETAEMG – Federação dos Trabalhadores na Agricultura do Estado de Minas Gerais

INCRA - Instituto de Colonização e Reforma Agrária

LDB – Lei de Diretrizes e Bases

MEC – Ministério da Educação

MST – Movimento dos Trabalhadores Rurais Sem Terra

PRONERA – Programa Nacional de Educação na Reforma Agrária

Sumário

Prefácio – *Antônia Vitória Soares Aranha*..11

Formar docentes para a Educação do Campo: desafios para os movimentos sociais e para a Universidade
Maria Isabel Antunes-Rocha e Aracy Alves Martins............................17

PRIMEIRA PARTE – **Plantar a semente**

Capítulo 1 - Formação de professores para a Educação do Campo: projetos sociais em disputa
Antônio Júlio de Menezes Neto...25

Capítulo 2 - Licenciatura em Educação do Campo: histórico e projeto político-pedagógico
Maria Isabel Antunes-Rocha...39

Capítulo 3 - Movimento social e universidade: construindo parcerias
Amarildo de Souza Horácio; Sônia Maria Roseno; Marta Helena Roseno.................57

Capítulo 4 - O envolvimento técnico-administrativo na implantação do curso de Licenciatura em Educação do Campo: Pedagogia da Terra
Daniele Cláudia Matta Fagundes Zárate..................................67

SEGUNDA PARTE – **Germinar e crescer em solo fértil**

Capítulo 5 - O eixo Educação do Campo como ferramenta de diálogo entre saberes e docência
Alessandra Rios Faria; Carmem Lúcia Eiterer; Maria José Batista Pinto; Santuza Amorim da Silva; Juliane Corrêa; Leonardo Zenha Cordeiro; Rosely Carlos Augusto......................79

Capítulo 6 - Desafios e possibilidades da área de Ciências Sociais e Humanidades na formação para a docência no campo
Maria de Fátima Almeida Martins; Ana Maria Simões Coelho; Shirley Aparecida Miranda......................................95

Capítulo 7 - Ciências da vida e da natureza no curso de Licenciatura em Educação do Campo – UFMG
Maria Emília Caixeta de Castro Lima; Helder de Figueiredo e Paula; Mairy Barbosa Loureiro dos Santos 107

Capítulo 8 - Ler e escrever memórias: práticas de letramento no campo
Amarílis Coelho Coragem; Maria Zélia Versiani Machado; Marildes Marinho; Míriam Lúcia dos Santos Jorge 119

Capítulo 9 - Práticas de numeramento e formação de professores: indagações, desafios e contribuições da Educação Matemática e da Educação do Campo
Maria da Conceição Ferreira Reis Fonseca; Cleusa de Abreu Cardoso; Paula Resende Adelino; Ana Rafaela Ferreira; Priscila Coelho Lima; Juliana Batista Faria; Maria Celeste Reis Fernandes de Souza 139

Capítulo 10 - Mediação pedagógica no campo: produção de materiais didáticos no curso de Licenciatura do Campo
Juliane Corrêa; Leonardo Zenha Cordeiro 153

TERCEIRA PARTE – **Colher e semear**

Capítulo 11 - Licenciatura em Educação do Campo: sob o nosso olhar de lutadores e lutadoras do campo
Turma Vanessa dos Santos 163

Capítulo 12 - Reflexões sobre o papel da monitoria no curso de Licenciatura em Educação do Campo – Turma 2005
Luciane Souza Diniz; Liliane Barcelos Silva Melo; Mara Raquel Barbosa; Fernando Conde; Jucélia Marize Pio 171

Posfácio – Para germinar novas sementes

Possibilidades e limites de transformações das escolas do campo: reflexões suscitadas pela Licenciatura em Educação do Campo – UFMG
Mônica Castagna Molina 185

Os autores 199

Prefácio

Antônia Vitória Soares Aranha

> *Temas como a relação educação escolar/não escolar; religiosidade; campo/cidade; práticas alternativas como a pedagogia da alternância e das práticas de ensino desenvolvidas pelos movimentos sociais; relações de gênero; inserção das práticas culturais na escola; utilização das tecnologias nos processos educativos; formação de educadores e principalmente o lugar material e simbólico da terra nas práticas escolares se colocam como questões que demandam uma discussão mais aprofundada no que diz respeito ao contexto das questões agrárias, agrícolas, sociais e culturais que tecem o campo.*[1]

Carinhosamente, foi-me dada pelas organizadoras deste livro a incumbência de escrever o prefácio. Ora, além de diversos artigos que tratam da experiência da FaE-UFMG, há outros também que tratam da teorização e justificativa da necessidade da Educação do Campo. Preferi, então, trabalhar em alguns tópicos que pudessem explicitar a importância dessa experiência no interior da FaE-UFMG. Quero alertar a todos que este não é um depoimento neutro; é o depoimento de alguém que sempre defendeu uma Universidade Pública, Democrática e sempre entendeu os movimentos sociais como uma das molas impulsionadoras da nossa sociedade.

Uma experiência que instiga e que mobiliza

"Professora, podemos conversar?" Assim fui abordada por algumas pessoas, Professora Maria Isabel Antunes-Rocha e militantes do MST, responsáveis pela

---

[1] Relatório de Pesquisa "Diálogos entre Escola, Formação Docente, Práticas Sócio-Culturais: possibilidades e limites da educação do Campo", ARANHA, Antônia V. S.; ROCHA, Maria Isabel A, et al., UFMG, 2007, p. 4.

área educacional desse importante movimento. Isso aconteceu quando ainda era Vice-Diretora, nos idos de 2002.

A demanda era clara: construir na FaE o curso Pedagogia da Terra.

Já tinha ouvido falar dessa experiência e alguns professores da FaE, como Maria Isabel Antunes e Antônio Júlio, já haviam trabalhado com os "Sem Terra" das mais diversas formas: academicamente, via suas pesquisas de doutorado, com intervenção direta, por meio de cursos dados em parceira com eles, o INCRA e o Ministério da Reforma Agrária.

Sabia que o MST fazia e faz um grande investimento em educação, implantando escolas ainda nos acampamentos. Sabíamos das parcerias que ele já havia estabelecido com outras universidades para a oferta desse curso. Mas, nesse momento, era a vez da FaE.

A oferta desse curso na Unidade implicou um intenso trabalho. Reuniões com professores de diversas áreas, idas e vindas à Reitoria, contatos com o MEC, entre outras iniciativas. Mobilizamos não só o pessoal em atividade nesse momento; contamos com o auxílio importante do Professor Miguel Arroyo, que tem acompanhado, *pari passu,* as iniciativas educacionais dos "sem terra".

Movia a todos nós o sonho sempre acalentado de estreitar os laços entre Universidade e Movimentos Sociais, permitindo um diálogo mais aberto e propiciando uma maior inclusão social.

Nem sempre, porém, esse diálogo foi fácil. MST e UFMG têm dinâmicas diferentes de funcionamento, trabalham diferentemente com espaços, tempos, etc. Assim, para a implantação do curso, seria necessária a aprovação pelo Conselho de Ensino, Pesquisa e Extensão (CEPE) e pelo Conselho Universitário. Isso demanda tempo, amplia o número de pessoas a serem convencidas, mas garante também a seriedade e a institucionalidade do que faz a Universidade. O Movimento, entretanto, tem outro tempo, outras urgências e muitas vezes tínhamos que acalmá-lo e lhe explicar a dinâmica da Universidade. Mas, acredito, isso foi um ensinamento para ambas as partes.

Vencidos os entraves acadêmicos e burocráticos, tratava-se de implementar, finalmente, o curso.

Uma experiência que inova

"Salete Stronzaq, estamos com você
Para ocupar de frente o latifúndio do saber: a UFMG!"

Com essa palavra de ordem dos novos alunos, iniciamos, em 2006, o curso na Faculdade de Educação, numa mística em que o apelo ao direito à Educação para os povos do campo tinha a sua centralidade.

Mas não foram apenas as místicas, as bandeiras, as palavras de ordem que trouxeram um novo perfil à FaE.

Tratava-se de inovar em todos os aspectos. O "P. Terra", como carinhosamente passou a ser chamado, demandou-nos utilizar toda a criatividade para inovar relações pedagógicas, políticas, verdades e práticas cristalizadas, valores e saberes.

Trabalhando com a Pedagogia da Alternância, em que se implanta o Tempo Escola e o Tempo Comunidade como nova organização dos tempos e espaços escolares, o curso exigiu de todos os que, direta ou indiretamente, com ele trabalhavam inserir-se na discussão desse referencial pedagógico, novo para a grande maioria de nós, professores.

Mas não foi somente nesse aspecto que o cursou ousou e inovou: quebrou-se a estrutura rígida disciplinar como são trabalhados os conteúdos na Universidade e se introduziu o trabalho inter e transdisciplinar. Não mais disciplinas, mas trabalhar com áreas do conhecimento. Por um lado, isso impactou o trabalho docente, na maioria das vezes, feito de forma muito isolada e se passou a trabalhar de maneira mais coletiva, mais integrada. Integração essa que atingia os bolsistas, seja da graduação, seja da pós-graduação que, conosco, atuavam no curso. Todos estavam chamados a dar a sua colaboração para a implementação do P. Terra. Incluem-se, no próprio colegiado, membros do MST, não cursistas, mas com experiência política e educacional para ajudar a pensar o curso. Quebraram-se, assim, muitas amarras e muitas barreiras. Por outro lado, o estudante sairá apto a exercer a docência numa área do conhecimento e não numa disciplina. O reflexo disso nas escolas do campo pode ser um bom objeto de pesquisa.

Uma experiência de inclusão.

Sabemos que está em pauta, em todo o ensino superior brasileiro, mas particularmente no ensino público, a questão da inclusão. No geral, todas as IFES e várias Universidades Estaduais têm tomado medidas de ações afirmativas para garantir a inclusão de setores que têm dificuldade relativa ao acesso a essas Universidades. Assim, ações afirmativas, como cotas e bônus para egressos da Escola Pública, negros, indígenas e portadores de necessidades especiais têm sido implementadas no sentido de garantir a diversidade e maior equidade nessas instituições.

O próprio MEC tem interferido nesse quadro com diversas iniciativas: desde o projeto de lei, em tramitação no Congresso Nacional, garantindo um percentual de 50% de vagas nas IFES para alunos pobres, negros e indígenas, até o incentivo, via editais, do oferecimento de cursos específicos para alguns setores, como a Licenciatura Indígena e a Licenciatura do Campo. Atualmente, tem destinado parte das verbas que vão para as IFES à Assistência Estudantil, compreendendo este momento como o de mobilidade social nas Universidades e, portanto, tentando garantir não só o ingresso, mas a permanência de alunos de setores sociais mais desfavorecidos.

Assim, podemos também enxergar o curso Pedagogia da Terra como uma ação afirmativa, visando à inclusão de um setor com pouquíssima inserção na Universidade – os povos do campo, mais exatamente, os assentados e acampados do MST.

Ainda que tenham garantias legais para ter uma educação mais voltada para as suas necessidades, os povos do campo, só muito recentemente, têm sido contemplados por experiências como essa, que implementam um direito constitucional.

Uma experiência que fica

Como uma experiência adquire raízes na instituição? Evidentemente, se consegue modificar a sua rotina, o seu jeito de ser, a sua cultura. E para que isso ocorra, de maneira mais deliberada e eficaz, é preciso que haja certa sistematização dessa experiência.

Foi com esse intuito que a equipe do Curso realizou uma pesquisa, financiada pela Anped-Secad. De forma muito sintética, essa experiência foi retratada em um artigo de um livro dessas instituições, denominado "Diálogos entre escola, formação docente e práticas sócio-culturais: possibilidades e limites da educação do Campo".[2] E, agora, de maneira mais completa, ela se apresenta neste livro.

Pois bem, mas uma experiência, para deixar raízes, pode ir além do exposto e sistematizado; pode integrar-se no ordinário da instituição, tornando-se parte efetiva dela. E foi isso o que ocorreu com o nosso curso Pedagogia da Terra. Após ser analisado por equipe do MEC, serviu de base, de inspiração para que se lançasse um edital, solicitando às IFES que oferecessem a Licenciatura do Campo.

Várias são as razões para isso, além de ser um direito legal dos povos do campo.

> O movimento reivindica a criação de políticas públicas que priorizem a superação da situação educacional, econômica, política e social da população pobre do meio rural, numa perspectiva que aponte para uma organização pedagógica, curricular, administrativa e financeira que seja do interesse desta população. Que seja "uma educação específica e diferenciada", "voltada aos interesses da vida no campo", mas alicerçada numa concepção de educação como "formação humana" e comprometida com "uma estratégia específica de desenvolvimento para o campo". (ROCHA *et al,* 2007, p. 41)[3]

---

[2] O livro chama-se *Educação como exercício de diversidade – estudos em campos de desigualdades sócio-educacionais,* foi organizado por Regina Vinhaes Gracindo, publicado em 2007 pelo MEC/ Anped/ Líber Livro.

[3] Inserido no Relatório de Pesquisa "Diálogos entre Escola, Formação Docente e Práticas Sócio-Culturais: possibilidades e limites da Educação do Campo", já citado neste prefácio.

A Faculdade de Educação da UFMG concorreu ao edital, passando a ofertar também a Licenciatura do Campo, ampliando o público a ser atendido, incluindo os "sem terra", mas também professoras e professores rurais de municípios, educadores das escolas família-agrícola, entre outros.

Por fim, por meio do Reuni,[4] a FaE-UFMG resolveu transformar a Licenciatura do Campo em curso regular da Faculdade, equiparando-o aos cursos regulares ofertados, rompendo com a provisoriedade que marcava as experiências anteriores.

A caminhada ainda não acabou e parece apontar que é longa. Trata-se de incluir na estrutura universitária um curso que se distingue, em muitos aspectos, dos cursos regulares da UFMG. Mas o desafio vale a pena e a maioria da comunidade acadêmica da Faculdade de Educação da UFMG já o assumiu. Quem viver verá!

> Quero a solidão dos píncaros
> A água da fonte escondida
> A rosa que floresceu
> Sobre a escarpa inacessível
> (Manuel Bandeira)

---

[4] Programa de Expansão das IFES.

Formar docentes para a Educação do Campo: desafios para os movimentos sociais e para a Universidade

Maria Isabel Antunes-Rocha
Aracy Alves Martins

Estamos inaugurando a Coleção "Caminhos da Educação do Campo", com a publicação deste livro cujos textos analisam os desafios e as possibilidades do desenvolvimento do curso de Licenciatura em Educação do Campo.

A Coleção tem como objetivos divulgar e socializar resultados de pesquisas, relato de práticas, modelos didáticos e ensaios em torno de temas relevantes no contexto da construção de um projeto para a Educação do Campo.

As publicações serão organizadas com os seguintes eixos:

1. Acadêmico – resultados de pesquisas e/ou ensaios sobre o desenvolvimento do curso, bem como de temas afins;
2. Didático – temas específicos relativos à prática cotidiana do educador na sala de aula;
3. Sociocultural – temas relacionados às práticas culturais, sociais, políticas e econômicas que envolvem o campo da educação na reforma agrária.

Pensar em Pedagogia da Terra, primeira denominação dada ao projeto, ou em Licenciatura em Educação do Campo, denominação que se adota nos últimos tempos, para, sobre e com os Movimentos Sociais, significa pensar sob outra lógica, quer seja a lógica da Terra, a lógica do Campo e, sobretudo, a dos sujeitos que ali vivem, constroem e defendem seu *modus vivendi*.

Para a Universidade, em primeiro lugar, pode significar o cumprimento de sua função educativa do ponto de vista inclusivo e democrático, ao acolher em seu seio grupos sociais que instauram novas formas de pensar e fazer o mundo, isto é, produzem novos conhecimentos e desejam partilhá-los e legitimá-los em um ambiente historicamente comprometido com a produção e a socialização de saberes.

Ainda para a Universidade, em segundo lugar, considerando o uso da preposição nas expressões – **da** Terra, **do** campo –, pode significar um pertencimento

– à Terra, ao Campo – de determinados conhecimentos que, em via de mão dupla, serão partilhados com a academia. Culturalmente, significa aprender com a Terra, aprender com o Campo os modos genuínos de olhar para a vida do homem, em sintonia com a vida na natureza. Sociológica e politicamente, significa conhecer e dialogar com diferentes modos de organização da sociedade e das lutas políticas. Discursivamente, significa reconhecer o poder que têm os gestos, as cores, as imagens e as palavras escolhidas para a luta como saberes legítimos.

É função da Universidade, em terceiro lugar, investigar, debruçar-se sobre objetos, sujeitos e práticas para, a partir deles, construir conhecimentos, refletindo sobre a vida cotidiana e, mais largamente, sobre a humanidade. No caso deste livro, seria como, nas palavras do pesquisador português, Rui Canário (2008), "transformar um objecto social (a pequena escola rural) num objecto de estudo", fundamentando-se na hipótese de que "as características da escola rural (pequena escala, proximidade, heterogeneidade da classe única) podem ser transformadas em recursos para a produção de novas práticas pedagógicas, fazendo da escola rural uma espécie de 'laboratório' de uma 'outra' escola".

Para além, mas muito próximo, está o compromisso acadêmico e político com o processo de construção de uma sociedade justa, fraterna e sustentável. Enfim, são muitos os motivos pelos quais podemos elencar o envolvimento da Universidade em um projeto de formação de professores, para atuação nas escolas do campo, em parceria com um Movimento Social. Estar junto, ser aliada, ser companheira, colaborar, mas, fundamentalmente, ocupar seu papel como sujeito nessa construção.

Assim estamos construindo a experiência da Licenciatura em Educação do Campo.

Parece que foi ontem, mas lá se vão quase cinco anos de construção. Um tempo com muitos desafios e possibilidades. Estamos aprendendo no exercício da dúvida, do diálogo, de fazer e receber críticas, de construir parcerias, de receber e dar apoios, do pensar profundamente articulado com o sentir. Uma experiência coletiva, construída com o trabalho de muitas pessoas.

Não podia ser diferente quando nos propomos a escrever o que estamos vivenciando. Na maioria dos textos, a dúvida: quem é o autor? Como citar o nome de todos? Todos os que, neste livro, se dispuseram a narrar, viveram a experiência de se sentir como um narrador com a responsabilidade de falar de algo construído por muitos. Nenhum de nós fez sozinho o que aqui relatamos. Uma conversa ali, uma leitura acolá, uma observação mais adiante, enfim, vivemos cotidianamente o exercício da reconstrução de práticas e saberes, com a participação de muitas mãos, olhares, escutas e conversas.

Este livro é, portanto, por um lado, uma obra construída com o objetivo de dar a conhecer o que estamos fazendo. A ideia surgiu quando nos deparamos com um expressivo número de pedidos de informações sobre o curso em andamento. Solicitações de universidades, de movimentos sociais, de órgãos públicos, de estudantes e dos meios de comunicação. Pensamos então que a publicação de nossas reflexões pudesse suprir a lacuna da nossa falta. Nem sempre estamos a postos para atender a todos e a todas que nos procuram.

Por outro lado, o ato de escrever o que vivenciamos se constituiu no desafio de sistematização de uma prática tecida com infinitos fios, cujos teares e mãos estão em espaços e tempos diferenciados. Professores, estudantes do curso e de outros cursos, profissionais das áreas técnicas da universidade, vozes da instituição e do movimento social parceiro constituíram, ao final da obra, um coral com muita harmonia.

Organizamos a obra em um momento introdutório, três partes e um momento reflexivo/prospectivo. Articulamos os trabalhos em cada uma delas, visando realçar quatro pontos básicos: o compromisso institucional, o envolvimento com a construção, aprovação e implantação do curso, o processo de implementação e finalizamos com as reflexões dos educandos, educandas sobre o significado dessa experiência em suas vidas. Pensando no posfácio, convidamos a Professora Mônica Castagna Molina para uma leitura reflexiva de todo o material escrito, indicando os limites e as possibilidades do que estamos realizando.

Na abertura do livro, utilizamos a epígrafe de Jean Cocteau como forma de expressar o que sentimos e pensamos: naquele momento de 2005, não sabíamos que era uma tarefa impossível, pensamos simplesmente em criar novas possibilidades. E fomos em frente.

Ao dedicar a obra ao Professor Miguel Gonzáles Arroyo, queremos deixar registrado o que ele significa para o grupo que participa do projeto. Miguel Arroyo é referência para tudo o que fizemos e pretendemos fazer daqui por diante. O lugar que Miguel Arroyo ocupa nesse curso é também o lugar que ocupa na luta pela Educação do Campo no Brasil: fonte na qual bebemos e aonde sempre vamos quando temos sede. Buscamos nele as indicações de princípios pedagógicos, políticos e éticos. Mais do que um ideal, Miguel Arroyo é para nós a referência concreta do como fazer uma educação comprometida com a transformação.

Na **parte introdutória**, o primeiro trabalho traz a voz da Profa. Antônia Vitória Soares Aranha, atual diretora da Faculdade de Educação, como anunciadora do que nos propusemos produzir. A Profa. Antônia, então como vice-diretora, foi quem acolheu, escutou e encaminhou a demanda dos movimentos sociais por um curso de educação superior. Coube a ela o papel decisivo de considerar a proposta como possibilidade.

O texto produzido pelo Instituto Nacional de Colonização e Reforma Agrária de Minas Gerais /INCRA-MG para a orelha do livro nos mostra o compromisso de uma instituição capaz de ouvir, interpretar e apoiar uma demanda que se configurava em 2005 como um projeto muito *diferente*. Sem sombra de dúvida, as pessoas que naquele momento faziam e ainda fazem parte da gestão do Programa Nacional de Educação na Reforma Agrária – PRONERA, em Minas Gerais acreditaram na proposta. Ousaram aprovar, acompanhar e dar o apoio necessário para que ela acontecesse. Aqui ressaltamos o papel assumido pelo Gerente Nélson Félix.

A referência às pessoas, tanto da Diretoria da FaE/UFMG quanto da do PRONERA/INCRA-MG, é importante, pois sabemos que uma instituição abriga diferentes concepções sobre os temas em foco neste curso. E, naquele 2005, bem como nos anos posteriores, essas pessoas abriram as portas e continuam lutando para mantê-las abertas não somente para esse curso, mas para um significativo número de outros projetos que contribuem, cada um a seu modo, para o fortalecimento da Educação do Campo.

Tendo aberto as portas, organizamos o livro em três partes.

A **primeira** apresenta reflexões que dizem respeito às ações que plantaram o curso – seja no cenário social mais amplo, seja na universidade (na Faculdade de Educação e na Reitoria), seja no contexto do Movimento dos Trabalhadores Rurais Sem Terra. O artigo do Prof. Antônio Júlio de M. Neto anuncia em que terra política, social, econômica, geográfica e cultural plantamos o curso. O artigo de Maria Isabel Antunes- Rocha nos traz a materialidade da experiência. Fala do lugar ocupado como articuladora do processo de transformação da demanda em projeto para depois se constituir como um curso. Ao apresentar o desenho atual do curso, cuida de dizer o que até então está construído, com o cuidado de apontar que ainda há muito caminho a ser percorrido. O texto de Sônia Roseno nos traz o olhar do Movimento dos Trabalhadores Rurais para esse processo. A presença e o envolvimento da universidade e do movimento ficam evidentes nos dois relatos e, ao mesmo tempo, nos conduzem para as especificidades e o lugar de que cada um fala. Situação que pode ser analisada no relato de Danielle Zárate ao mostrar que a presença do curso exigiu discussões e mudanças não somente no plano acadêmico, mas também na estrutura da administração pedagógica. Os quatro textos anunciam vozes de diferentes lugares, mas que procuraram se constituir em uma direção, sem perder suas identidades e objetivos.

A **segunda parte** do livro traz os textos dos professores envolvidos com a construção cotidiana do curso, não somente nos debates, mas também na prática da sala de aula. A maioria dos autores faz parte da construção do projeto desde o momento inicial da demanda. Essa informação é importante porque a organização em partes pode induzir um raciocínio temporal, como se os professores tivessem entrado no processo após a criação do curso. A intenção é deixar evidente o processo formativo, a sala de aula, o encontro com os estudantes/movimentos sociais e as áreas do conhecimento. Aqui germina o que se plantou.

A fertilização contínua e o cuidado com o que se planta nos dizem claramente que *o caminho se faz ao caminhar.* Como nos indaga o Prof. Miguel G. Arroyo (2008, p. 34):

> [...] por quais caminhos percorrer para dar maior centralidade política aos olhares, às representações sobre os coletivos e sua diversidade? Como auscultar a radicalidade que vem dos olhares de si mesmos, das interpretações das histórias e dos projetos de sociedade e de ser humano que os educandos e educandas trazem?

A **terceira parte diz respeito** aos frutos – tudo o que desejamos e queremos alcançar. Os Educandos e as Educandas dos Cursos de Licenciatura do Campo nos falam de como sentem, pensam e fazem como participantes de um processo formativo no qual suas identidades, suas lutas, seus saberes, suas práticas, seus sonhos, suas vidas se constituem como matriz curricular. Eles não estudam *para* serem professores de outros sujeitos distantes de suas realidades, e sim objetivando se constituírem como educadores de sujeitos semelhantes, de companheiros.

Os Educandos de outros cursos que atuam como Monitores na Licenciatura do Campo também se fizeram presentes. A aprendizagem pela convivência, pelo embate, pela diferença que se faz identidade se mostra em sua plenitude. Estão também em formação. Por isso são também frutos. Não são mais os mesmos de quando começaram a atuação no curso como bolsistas. Comparam, confrontam, distendem, reelaboram saberes e práticas.

No **posfácio**, na leitura feita dos nossos textos, Mônica C. Molina nos desafia a pensar na responsabilidade assumida com esta experiência. A autora nos diz que as questões suscitadas com este curso – relação com os sujeitos coletivos, o lugar dos conhecimentos científicos, concepções de docência, entre outros – anunciam novas possibilidades de atuação na universidade. Isto é, a intencionalidade de contribuir com os movimentos sociais e com a população do campo se articula profundamente com a missão de produzir movimentos na própria universidade.

Nesse sentido, consideramos, com os autores deste livro, as práticas pedagógicas desenvolvidas na Licenciatura do Campo como práticas efetivas de uma 'outra' escola, incluindo a universidade, vislumbradas *como uma realidade portadora de futuro* (como possibilidades de outro futuro).

Referências

ARROYO, Miguel G. Os coletivos repolitizam a formação. In: DINIZ-PEREIRA; LEÃO. *Quando a diversidade interroga a formação docente*. Belo Horizonte: Autêntica, 2008.

CANARIO, Rui. Escola rural: de objecto social a objecto de estudo. *Revista do Centro de Educação*, v. 33, n. 1, 2008. Disponível em: <http://coralx.ufsm.br/revce/revce/2008/01/a2.htm>. Acesso em: 11 set. de 2008.

PRIMEIRA PARTE

Plantar a semente

Capítulo 1
Formação de professores para a Educação do Campo: projetos sociais em disputa

Antônio Júlio de Menezes Neto

Os cursos de Licenciatura do campo inscrevem-se dentro de propostas políticas que podem ser inovadoras para a escola e para as relações sociais, pois, numa sociedade de classes, com interesses diferenciados, o compromisso com o trabalhador do campo e com a escola que interessa aos setores populares é parte da disputa hegemônica para a conquista de uma sociedade mais justa. Pois as relações sociais no campo brasileiro, neste novo século, apresentam, basicamente, dois projetos políticos em disputa: de um lado, o agronegócio, que se apresenta como "globalizado e moderno" e, de outro, o camponês que, apesar de produzir boa parte dos alimentos para consumo interno no Brasil, é considerado retrógrado.

No projeto político, social e econômico do agronegócio, encontram-se as grandes monoculturas, as grandes extensões de terra, o uso intensivo da tecnologia e do agrotóxico, os transgênicos, as culturas para exportação, a concentração de terra, o trabalho assalariado e o desemprego e o desrespeito ao meio ambiente. Porém, conta com apoio da grande mídia, de muitos intelectuais, de políticos e governos conservadores e são, muitas vezes, apresentados como sinônimo de "eficiência e produtividade. Por outro lado, no projeto camponês, trabalhadores lutam por terra, produzem alimentos diversificados para o consumo interno e vivem, muitas vezes, um mundo de carências. São considerados pelos defensores do agronegócio como ineficientes para os padrões de produção capitalista. Como a educação não se encontra no vazio social, de modo análogo, no mundo da educação, existem os mesmos projetos em disputa. É a luta de classes nas relações sociais de produção e na educação do campo.

Assim, o modelo capitalista de agricultura, no campo da educação, também defenderá a formação capitalista, centrada na competição, na formação para o "mercado de trabalho", na "eficiência produtiva", na "integração ao sistema" e no individualismo. Já o modelo camponês, alternativo ao modelo do agronegócio, apresenta o potencial de um projeto de educação também alternativo ao modelo competitivo deste. Esse outro "modelo", defendido e já com algumas práticas desenvolvidas pelos movimentos sociais, seria centrado no direito à cidadania, no direito ao conhecimento crítico, ao conhecimento científico, à formação, não para o mercado de trabalho, mas para o mundo do trabalho, entendido como o processo de conhecimento e de transformação da natureza para o bem-estar dos seres humanos. Nessa perspectiva educativa, o trabalho humano apresentaria sua outra face, sendo, inclusive, um princípio pedagógico, capaz de centralizar o processo educativo de forma emancipatória.

Nesse contexto, pode-se dizer que nas discussões acerca da educação do campo existem interesses das classes sociais que definem diferentes projetos para o campo, representados pelo agronegócio e pelo projeto camponês de "Educação do campo". Como são propostas antagônicas, devem defender pedagogias que sejam adequadas aos seus interesses político-pedagógicos.

A formação educativa para o emprego no mercado de trabalho ou, ao contrário, a formação pelo trabalho humano numa perspectiva emancipatória, está no centro de ambos os projetos, mas os conteúdos políticos são diametralmente opostos. O agronegócio quer formar trabalhadores para as empresas e que sejam funcionais à reprodução do capital. A educação camponesa deve, pelo trabalho humano, formar indivíduos não fragmentados na sua totalidade e que, dessa maneira, possam compreender as relações humanas tanto na sua diversidade cultural como nas desigualdades sociais, econômicas e políticas geradas pelo capital.

Este trabalho apresentará essa discussão, debatendo, sucintamente, as discussões pertinentes aos projetos de educação para o campo hoje e que estão em pauta nos debates para a construção das licenciaturas do campo.

A formação para o emprego
(ou desemprego) no agronegócio

Com forte viés ideológico, principalmente em um período em que o capitalismo globalizado torna-se o sistema amplamente hegemônico, o agronegócio, mesmo concentrando terras e poupando trabalho humano, representa, para diversos setores sociais, a face capitalista, moderna, competitiva e neoliberal do campo brasileiro. Apesar do desgaste político representado por derrotas de candidatos representantes da direita neoliberal na América Latina, essa ideologia ainda é hegemônica. E, hoje, no Brasil, vemos as plantações de cana-de-açúcar, tão presentes na história brasileira, revestirem-se de modernidade com produção de combustíveis, principalmente para automóveis, mesmo que seja à custa do trabalhador do canavieiro, cada vez mais explorado.

Assim, o agronegócio consegue impor-se não só nas relações de produção, mas também nos debates educativos, pois se apresenta como a comprovação de que o campo pode e deve ser um local de produção moderna, tecnológica, capitalista. Esses fatos constroem a ideologia do agronegócio e a apresentam como o caminho a ser seguido por todos os que não são "porta-vozes do atraso". Também na ideologia escolar, pensa-se na formação para esse mundo moderno e não para o "atraso" que representaria o mundo camponês.

Mas por que a educação teria, neste momento, ganhado a preocupação das classes dominantes do campo? Se considerarmos a importância da escola como formadora de trabalhadores, podemos afirmar que o trabalho do campo, historicamente, sempre foi considerado como desqualificado, sem necessidade de treinamentos mais profundos, ao contrário do trabalho urbano-industrial, para o qual sempre houve alguma forma de treinamento, ou adestramento dos trabalhadores. O camponês, vivendo uma realidade descapitalizada, não via necessidade de maiores investimentos em sua formação. Era um aprendizado demarcado pela tradição ou pela presença de técnicos vinculados aos governos que iam "ensinar novas técnicas" para as populações do campo. O poder público também se mostrou ausente, já que a agricultura apresentava-se como um setor em que as relações de trabalho não demandavam maiores qualificações para a sua "modernização".

É certo que a construção do "Brasil Moderno", que vem desde os anos 1930 e foi intensificada no período militar, trouxe novas discussões acerca do papel da agricultura, do campo e da educação no novo projeto de país. Porém, essas políticas, quase sempre com o viés de modernização conservadora, visaram, pela educação, à elevação da taxa de mais-valia relativa, pela exploração do trabalho qualificado. Essas novas demandas do capital serão muito intensificadas nas últimas décadas, pois a forma de reprodução do capital passou por uma nova reestruturação produtiva e ideológica. A chamada "nova demanda por conhecimento", sob a ótica do capital, visou e visa, portanto, à integração da agricultura ao modo de produção, reprodução e circulação do capital. É o tempo do campo "moderno", do agronegócio, em que máquinas informatizadas tornam-se o símbolo imponente do capitalismo agrário.

Esses novos tempos virão acrescidos de uma nova ideologia, ou seja, da substituição do "trabalho artesanal e da enxada" pela nova "empregabilidade", que exigiria "novos conhecimentos, novas mentalidades, nova formação técnica". Dessa forma, discutem-se formas educativas de integração do agricultor nessa nova realidade e se busca mudar as mentalidades para que o morador do campo possa se adequar ao "novo mundo rural, sem questioná-lo". Ou seja, que de forma acrítica, subordine-se ao novo processo produtivo vinculado ao agronegócio. Saliente-se que o discurso do agronegócio diz que o trabalhador do campo necessita ser modernizado para acompanhar os novos tempos. Porém, esse discurso parte de análises equivocadas e ideológicas, pois as relações sociais de produção do campo são frutos de relações que servem à reprodução do capitalismo de formas diferenciadas em diferentes momentos e de diferentes formas e, só a educação, não teria o poder de transformar essa realidade para o trabalhador. Assim, a proposta de integração do agricultor à nova formatação do capital, representado pelo agronegócio, teria o poder muito maior de absorver uma pequena parcela para essas novas atividades e desqualificar uma grande massa para o seu trabalho camponês, pois desenraíza esse de seu meio-ambiente, de sua cultura e de seu modo de produção. Esse trabalhador desenraizado, descrente de sua cultura e de seu conhecimento técnico, não resistiria ao avanço do capitalismo no campo. A educação cumpriria, dessa forma, um papel de abertura ideológica para as novas relações sociais no campo, sendo, portanto conservadora e conformista.

Mas é importante frisar que, sendo o desemprego inerente a essa realidade, o novo discurso educativo diz que se deve preparar o educando para novas funções também fora do meio rural. Assim, não é objetivo dos defensores do modelo agronegociante debater a educação como uma possibilidade de fixação dos moradores do campo no campo (ideia, de todo, já desgastada), mas habilitá-lo para a nova "modernidade". Ou, em outras palavras, prepará-lo para ser um trabalhador integrado e adequado às necessidades do agronegócio, pretendendo, com isso, o aumento da produtividade e a maximização dos lucros.

É nesse contexto que a necessidade de novos conhecimentos passa a ser debatida e, no discurso dos novos empresários, do campo e da cidade, aparece a demanda acerca da qualificação do trabalhador, seja ele um camponês ou um assalariado do agronegócio. O conhecimento passa a ser apresentado, num discurso ideológico, o principal insumo para a moderna agricultura e, assim, o precário sistema educacional do campo passa a sofrer questionamentos por parte de setores vinculados ao capital, que passam a defender o fortalecimento da escolarização e da formação profissional para a empregabilidade do trabalhador do campo e para que o campo possa se "modernizar".

Essas novas demandas podem ser exemplificadas pela defesa que o presidente do Banco Mundial, James D. Wolfensohn[1] faz do conhecimento como indispensável fator para o crescimento, abstraindo-se dos problemas decorrentes e

---

[1] Em 1997.

inerentes à exploração do trabalho capitalista e transferindo para o conhecimento os problemas decorrentes da reprodução do capital:

> O conhecimento é agora, tão, se não o mais importante fator no desenvolvimento e esta situação tende a intensificar-se". No próximo século, a aplicação e acumulação do conhecimento dirigirão os processos de desenvolvimento e criarão oportunidades sem precedentes para o crescimento e a redução da pobreza. (WOLFENSOHN apud LACKI, 2001, p. 76)

O discurso do presidente do Banco Mundial demarca a importância do conhecimento, colocando-o como o mais importante insumo de desenvolvimento. Essa análise poderia ser transferida para o atual estágio das relações sociais de produção capitalistas no campo brasileiro? Certamente que sim, pois o discurso, carregado de forte componente ideológico, é vinculado à reprodução do capital, seja urbano ou do campo. Dentro dessa lógica, todos os agricultores devem se preparar para vivenciar uma nova realidade da produção de alimentos e essa nova realidade demanda uma produção "eficiente" para que se possa competir no mercado nacional e internacional. A educação, em consequência, deve estar em consonância com os novos conhecimentos requisitados pela necessidade da reprodução globalizada do capital. Ou seja, esse discurso é funcional às empresas vinculadas ao agronegócio, não levando em conta, em termos macro, a lógica da dinâmica implícita das desigualdades sociais no capitalismo e a subordinação de países por grandes grupos econômicos, além de, num nível micro, desconhecer a lógica das desigualdades sociais familiares, étnicas, de gênero, as trajetórias vividas, entre tantas que compõem um quadro de desigualdade no capitalismo.

Exemplificando essa questão, a Monsanto,[2] empresa paradigmática da "modernidade" capitalista do campo, realiza investimentos na educação brasileira. Conforme dados da empresa, a Monsanto está investindo em Programas de Saúde, na Cidade dos Meninos em Campinas (SP), na preservação do cerrado, na construção de moradias populares, em apoio aos programas de Ações Afirmativas, no Programa Cidadão Mirim, na preservação do Patrimônio Histórico, em Programas diversos de Meio Ambiente e em educação. Acerca desse último, registra:

> Escolas da Bahia, Mato Grosso, Rio Grande do Sul e Distrito Federal receberam em 2005 um Kit educacional, composto de seis revistas Horizonte Geográfico, pôsteres e guias de atividades, totalizando 540 páginas de reportagens sobre

---

[2] Com sede nos EUA, é uma das maiores empresas multinacionais, atuando no ramo da agricultura e biotecnologia. É líder mundial na produção de sementes transgênicas, que são patenteadas, e é uma das empresas símbolo da atual expansão do capital no campo, sendo alvo constante de protesto de movimentos ecológicos e antiglobalização.

os mais variados temas. Um deles, com oito páginas, que trata da história da agricultura no Brasil, das técnicas agrícolas, do uso do solo no Brasil e da importância da conservação do solo. Em uma segunda etapa do projeto, técnicos da Editora Horizonte Geográfico e professores de universidades, em parceira com as Secretarias de Educação, oferecem aos professores das escolas contempladas oficinas de capacitação de oito horas, utilizando o material distribuído. O tema agricultura e meio ambiente é apresentado para mostrar aos professores opções de atividades em aula para incentivar a pesquisa, a reflexão e o trabalho em grupo. (MONSANTO, 2006)

Na página eletrônica do site, a Fundação Monsanto afirma que a empresa atua no melhoramento nutricional por meio de:

> Ensino de técnicas de agricultura sustentável para pequenos agricultores a fim de melhorar o gerenciamento da área cultivada e aumentar a produção e a disponibilidade de alimentos mais nutritivos; incentivo à educação agrícola, ambiental e alimentícia, através do desenvolvimento de hortas e a criação de animais nas escolas, da educação em nutrição, etc.; pesquisas voltadas para a redução de incidência de carências de vitaminas; pesquisas voltadas para a redução do impacto de pragas e vírus em lavouras de subsistência. (MONSANTO, 2006)

A Fundação Monsanto investe na educação em ciências, "qualificando" professores e alunos, objetivando levar o desenvolvimento científico para os jovens:

> A Fundação Monsanto acredita que, quanto mais os jovens compreendem a necessidade da educação em ciências, mais eles poderão influenciar a qualidade de suas vidas nos anos futuros. Por isso trabalha para incentivar a educação nessa área, com: programas inovadores de educação em áreas das ciências (biologia, física, química, por exemplo); treinamento de professores; colaboração em estudos científicos; desenvolvimento de novos currículos. (MONSANTO, 2006)

Essa "preocupação" da Monsanto com a educação brasileira, investindo, inclusive, em escolas públicas, demonstra como o novo capitalismo agrário, representado pelo agronegócio, busca a inserção no processo educativo, trabalhando, inclusive, nas questões em que a empresa é mais criticada: na educação ambiental e nutricional, sem esquecer da formação "científica" dos alunos. Ou seja, encontramos nos projetos educativos da empresa um investimento tanto na área ideológica como na formação para o trabalho.

Esse exemplo apenas demonstra que a questão educativa atual, sob o prisma do agronegócio, deve ser analisada dentro das necessidades para a reprodução ideológica e técnica do capital. E essas necessidades, quando pensamos em educação para o trabalho, tendem a ser limitadas, pois se sabe que existem diversas atividades desenvolvidas no trabalho rural que continuam a não exigir qualificação específica, exigindo, antes, o conhecimento empírico do trabalhador. Sabe-se também que a "modernização" capitalista é poupadora de trabalho humano e, assim sendo, o modelo agronegociante não teria interesse em nenhum projeto de expansão da escolarização, mesmo nos moldes capitalistas, a não ser como um projeto educativo de inculcação ideológica. Essa questão debatida e criticada nas análises pertinentes à educação, como na citação abaixo:

> Decorre destas análises a contestação de dois mitos anteriormente lembrados, e no caso da expansão das escolas técnicas, enfatizado: o de que o progresso técnico exige crescente qualificação de mão-de-obra, de forma generalizada e de que esse progresso amplia a oferta de trabalho, tendendo ao pleno emprego. [...] Ou seja, nem o progresso técnico demanda de forma generalizada crescente qualificação de trabalhador, nem amplia oferta de emprego. (FRIGOTTO; FRANCO; MAGALHÃES, 1992, p. 42)

A educação para o campo, vista sob a ótica do agronegócio, realmente é uma educação proposta para a formação da força de trabalho e para inculcar ideologias, contribuindo para a perpetuação das desigualdades sociais e manutenção da sociedade de classes. Não serviria, dessa maneira, a um projeto de sociedade que atenda aos setores camponeses ou a qualquer outro projeto de sociedade que busque superar as relações capitalistas. As propostas apresentadas para introduzir o trabalho na educação, sob os interesses do capital, direcionam-se na preparação do aluno para "este" mercado de trabalho alienante e funcional à reprodução do capital, sob o argumento da preparação para o "emprego futuro", que garanta a inserção do aluno no mercado de trabalho capitalista.

Mesmo considerando que a educação não é dividida em dois blocos paralelos, pois, em qualquer projeto, os conflitos são inerentes, torna-se necessário, neste momento, contrapor-se ao projeto do "moderno" agronegócio, pois esse serve aos interesses do capital. Assim, devem-se buscar propostas condizentes com uma educação camponesa, tendo por base que essa não seja um projeto de integração capitalista, ou seja, que não forme força de trabalho nem crie conhecimento apenas para a reprodução do capital, mas sim que tenha como parâmetro uma educação centrada no interesse daqueles que vivem de seu trabalho.

A Educação emancipatória camponesa

A Educação, sendo parte da totalidade social, é um direito de formação do ser humano na sua totalidade social e, assim sendo, não pode ser separada do restante da vida social e nem fragmentada em seu conteúdo. Trabalho e cultura, definidores do processo educativo, são fundamentos inseridos na totalidade das relações sociais, estando no centro do contraditório processo de sociabilidade e formação humana.

Didaticamente, apresentarei três discussões (mesmo as considerando intrinsecamente ligadas) que devem ser parte de todos os projetos emancipatórios camponeses e que são debatidas nos encontros dos movimentos sociais do Brasil como alternativa à escola capitalista.

O trabalho humano como princípio educativo

Partir da formação humana pelo trabalho continua sendo uma questão central nas discussões acerca de qualquer projeto educativo, seja urbano ou camponês. E, ao debatermos a questão dos vínculos entre trabalho e educação, observamos que esses possuem maior nitidez no campo. Isso porque o trabalho é presente na vida diária da criança e do jovem rural, pois esses moram e vivem muito próximo dos locais de trabalho dos pais.[3] Assim, com mais frequência do que no mundo urbano, a criança vivencia o mundo do trabalho no seu cotidiano. Essa é uma questão carregada de complexidade e contradição, pois se sabe que, muitas vezes, o trabalho infantil é incorporado à reprodução do capital e é fundamental a mobilização social contra essa forma de trabalho, pois a luta pelos direitos fundamentais da criança e do jovem de viver a sua infância e a sua juventude é uma das principais questões com que somos confrontados. A argumentação da necessidade material, que tantas vezes serve para justificar o ingresso da criança e do jovem prematuramente no "mercado de trabalho", não pode ser aceita. É necessária uma ação política profunda, radical, capaz de mudar esse quadro, tirando a criança do trabalho para colocá-la no mundo do brincar, da escola, do lazer e de todas as instâncias que compõem o mundo infantil e juvenil.

Porém, é fundamental separar as discussões acerca do trabalho, como uma necessidade imposta pelo capital, do trabalho como formação humana e princípio educativo. O primeiro visa preparar o futuro trabalhador para que se possa extrair mais-valia relativa desse ao passo que o segundo encontra-se no processo de conhecimento da relação ser – humano/natureza, visando a que o educando compreenda a totalidade das relações sociais, culturais, científicas e práticas do mundo em que ele está envolvido. Assim, a educação do campo pode e deve incorporar o trabalho como um princípio educativo que não tenha em vista a "preparação para o emprego", e sim a formação "pelo trabalho". Pensar a educação pelo trabalho é um importante passo para a superação do ensino tradicionalmente idealista e situa o conhecimento no mundo material da produção humana.

Podemos exemplificar: a criança, ou o jovem, devem ser desafiados a desenvolver alguma atividade que envolva formas de trabalho. Esse ato educativo

---

[3] A grande diversificação das relações sociais de trabalho no campo está mudando esse quadro.

pode ser direcionado para "ensinar" ao educando uma "profissão" assim como "ensiná-lo" a produzir mercadorias que ele possa vender na feira e ganhar algum dinheiro. Sendo assim, será uma atividade de formação direcionada ao mercado. Mas essa mesma atividade poderá estar inserida num projeto pedagógico amplo, múltiplo, interdisciplinar, no qual o objetivo é que o educando compreenda a sua relação com a natureza e como essa relação é parte dialética de nossas relações sociais. Assim colocado, a educação do campo pode ser um espaço aberto à criatividade, não sendo apenas um projeto idealista desvinculado da práxis real e nem uma preparação para o mercado de trabalho, incorporando princípios de um projeto educativo não capitalista.

Sem a vinculação à educação capitalista, esse projeto abre perspectivas para discussões sociais que debatam o meio ambiente, as relações de gênero, da política, das etnias, enfim, discussões do mundo da cultura que não são desvinculadas das relações materiais. Numa nova perspectiva, e incorporando outras discussões, a relação entre trabalho e educação do campo pode construir um processo de formação humana desvinculada dos interesses do capital e trazer os debates acerca de "qual escola e qual a formação humana que interessaria aos trabalhadores e às classes populares".

Essa formação deve demarcar a contra-hegemonia à educação do agronegócio, inserindo as discussões da escola unitária, debatida por Antonio Gramsci, que apresenta a indissociabilidade entre a teoria e prática, o trabalho manual e intelectual, entre dirigentes e técnicos e centraliza o processo educativo na práxis pedagógica. Gramsci defendia que todos deveriam, independentemente da classe social, ter a mesma educação, pautada na formação geral, que englobava as humanidades, a ciência, a tecnologia e a administração (MANACORDA, 1990). O modelo escolar, nessa perspectiva, terá por princípio o trabalho cooperativo – não capitulado ao projeto neoliberal do agronegócio – e a cultura emancipada camponesa, que compreenda e respeite, sem hierarquias, a existência de diversas culturas na sociedade.

Porém, é necessário insistir que, ao discutir a relação trabalho e educação, é sempre fundamental mostrar as várias faces do trabalho humano, ou seja, demonstrar que, no capitalismo, e no interesse da reprodução do capital, o trabalho humano é uma preparação do "futuro trabalhador" para que se possa extrair mais-valia relativa. Mas também mostrar que o trabalho humano se encontra no centro do processo de conhecimento da relação ser humano / natureza, contribuindo para a compreensão da totalidade das relações sociais, culturais e científicas e práticas do mundo em que estamos envolvidos e, com isso, abrindo a perspectiva de criarmos e recriarmos conscientemente a nossa existência.

Nesse sentido, os cursos de licenciatura do campo devem conhecer as lutas dos trabalhadores do campo e não perder a perspectiva de que nossas relações sociais, nosso conhecimento e o nosso próprio processo de humanização decorrem do nosso conhecimento e de nosso fazer. Deve instigar e incentivar a relação teoria e prática, sem fragmentar e menosprezar o lado do trabalho humano como um processo de relação respeitosa e construtiva com a natureza.

Conhecimento tradicional e técnico-científico

Os trabalhadores do campo sempre produziram, pela prática, os seus conhecimentos e, esses, não podem, simplesmente, ser desprezados pelo saber acadêmico e científico. O conhecimento advindo da experiência é, também, fonte de saber e não cabe apenas aos técnicos com conhecimentos "científicos", numa postura de "educação bancária", avaliar e validar ou não tais saberes. Retomar a pedagogia de Paulo Freire é fundamental nesta discussão, pois foi partindo dos princípios de que a leitura do mundo precederia à leitura da escrita, que Paulo Freire começou seu trabalho educativo, alfabetizando pescadores em Pernambuco. Ouvindo os relatos das práticas sociais desses, elaborou o método de alfabetização baseado nas atividades e nos saberes desses trabalhadores, visando à educação e à conscientização. Posteriormente, trabalhou com camponeses, trabalhadores do campo e, também, respeitando o saber desses, continuou a elaborar a sua pedagogia do oprimido.

Portanto, em Paulo Freire, trabalho e cultura, teoria e prática, senso comum e ciência sempre fizeram parte do mesmo processo de formação humana. Porém, Freire sempre demarcou que o respeito e o diálogo não significam a idealização acrítica do "saber popular":

> O intelectual interfere, o intelectual não se omite. A postura democrática difere da postura autoritária apenas porque a intervenção democrática envolve o outro também como sujeito da própria intervenção. [...] Disse que o ponto de partida da prática educativa está, entre outras coisas, no senso comum, mas enquanto ponto de partida, e não ponto de chegada ou ponto de "ficada". Você perguntou o que fazer. Teríamos duas posições: uma autoritária, que é desrespeitar o senso comum e impor sobre ele a sua possível rigorosidade. Para mim, não: é preciso que o educando se assuma ingenuamente para, assumindo-se ingenuamente, ultrapassar a ingenuidade e alcançar maior rigorosidade. (FREIRE, 1995, p. 6)

Em Paulo Freire, a prática social e política, a experiência e o senso comum devem ser respeitados e podem servir de base para o projeto educativo que, sem, negar o conhecimento já acumulado e sistematizado e nem o conhecimento tradicional, ultrapasse a ingenuidade. É importante ressaltar que existem práticas muito conservadoras e questionáveis nas classes populares. Assim, a ultrapassagem da ingenuidade popular é fundamental num processo emancipatório, pois não basta reconhecer a dominação do outro, da classe dominante, mas também reconhecer o quanto os oprimidos também estariam impregnados da cultura dominante (FREIRE, 2005).

Os saberes da tradição e os saberes científicos podem conviver e se completar mutuamente. Paulo Freire, um educador que incorpora a práxis humana e é fundamental para a construção da educação do campo, debate a relação do senso comum com a ciência:

> Continua em mim o respeito intenso à experiência e à identidade cultural dos educandos. Isso implica uma identidade de classe dos educandos. E um grande respeito, também, pelo saber "só de experiências feitas", como diz Camões, que é exatamente o saber do senso comum. Discordo dos pensadores que menosprezam o senso comum, como se o mundo tivesse partido da rigorosidade do conhecimento científico. De jeito nenhum! A rigorosidade chegou depois. A gente começa com uma curiosidade indiscutível diante do mundo e vai transformando essa curiosidade no que chamo de curiosidade epistemológica. Ao inventar a curiosidade epistemológica, obviamente são inventados métodos rigorosos de aproximação do sujeito ao objeto que ele busca conhecer. (FREIRE, 1995, p. 6)

Assim, os cursos de licenciatura do campo devem incrementar o diálogo entre os vários saberes, incentivando, sempre com respeito, os saberes presentes em todas as culturas, seja a tradicional ou a técnico-científica. Dessa forma, o conhecimento pela experiência deve ser reconhecido, pois a experiência é fonte de conhecimento, assim como pode ser motivo de crítica quando assume uma prática que tecnicamente não avança e que ideologicamente serve na construção de saberes conservadores politicamente. Mas o importante é que exista sempre o diálogo:

> Desta maneira, o educador já não é o que apenas educa, mas o que enquanto educa, é educado, em diálogo com o educando que, ao ser educado, também educa. [...] Já agora ninguém educa ninguém como tampouco alguém se educa a si mesmo: os homens se educam em comunhão mediatizados pelo mundo. (FREIRE, 2005, p. 79)

A transdisciplinaridade na educação do campo

Os debates acerca da interdisciplinaridade, da transdisciplinaridade e do rompimento rígido das fronteiras entre as diversas áreas do conhecimento também devem ser apresentadas como alternativa para uma educação do campo, principalmente porque existe um potencial de incorporar a terra como um tema transversal.

Essas discussões ganharam ares de inovação e estão sendo apresentadas até mesmo como um novo "paradigma" como, por exemplo, pela "Teoria da Complexidade". Esse "paradigma" faz a crítica ao quantitativismo positivista-objetivo e racional- inerente ao modelo científico ocidental da modernidade, herdado de Descartes, que separa o sujeito do objeto, a existência da essência, o sentimento da razão, a qualidade da quantidade, entre outros. Critica a fragmentação cientificista do conhecimento e propõe um novo "paradigma" que considere as relações sociais em constante interação entre si e que não considere a ciência como a única forma de conhecimento (MORIN, 2000).

Essas discussões apresentam-se como contribuições importantes, porém se necessita aprofundar as discussões tendo por base a práxis humana emancipatória, mesmo dentro das relações sociais de produção capitalistas. Torna-se, assim, necessário contextualizar o porquê da importância de uma formação crítica inserida na totalidade dialética.

Para tanto, voltemos a Marx (s.d) que descreve o capitalismo como um sistema produtor de mercadorias de tal magnitude que, em vez de a mercadoria nos servir, nós é que servimos à mercadoria. Assim, o aumento da produtividade seria central na reprodução do capital e, para tanto, a divisão do trabalho levada a extremos cumpriria essa finalidade, mesmo que à custa de alienação e de subjugação do ser humano. Na modernidade, pela submissão da ciência ao capital, temos a total fragmentação do trabalho intelectual, já que a ideologia da divisão do trabalho intelectual e manual, aumenta a "produtividade e justifica diferenças sociais.

Porém, o conhecimento crítico, inserido na totalidade das relações sociais e com potencial contra-hegemônico, pode contrapor-se às necessidades desse produtivismo. Para tanto, educação camponesa, presente nos cursos de licenciatura do campo, deve trabalhar as várias dimensões humanas, tendo por base a inserção crítica na realidade social. Deve, ainda, romper com a velha lógica capitalista de fragmentação do conhecimento – com vistas ao aumento da produtividade.

O fundamental para os cursos de licenciatura do campo é que a formação do professor não perca o conceito de totalidade e nem seja dirigida a um conhecimento produtivista. Assim acontecendo, as disciplinas podem e devem ter o seu lugar, desde que sejam importantes na formação humana e que não sejam apresentadas de forma fragmentada ou "encaixotada".

Conclusão

Neste momento, em que antagônicos projetos políticos lutam pela hegemonia no campo, a educação também está em disputa. Para que essa não seja submetida e subjugada aos interesses da reprodução ideológica e material da capital, torna-se de fundamental importância a disputa contra-hegemônica e a construção de novas discussões educativas na educação do campo. Projetos político-pedagógicos vinculados às classes populares devem demarcar suas diferenças em relação ao projeto capitalista para o campo, representadas pelo agronegócio.

Os projetos para a educação do campo devem basear-se nos direitos sociais e ser centralizados na formação integral, não fragmentada, plural, democrática, coletiva, solidária, que incorpore novos valores críticos sem desrespeitar os saberes tradicionais. Devem contemplar o direito ao conhecimento das ciências, das artes, do corpo, das humanidades e das culturas de forma descompromissada em relação ao mercado de trabalho.

Devem ser centralizados na formação pelo trabalho humano realizado no campo, ser uma educação vinculada aos interesses de todos os que se preocupam com a superação do atual estado capitalista e se propor a construir novas relações sociais e pedagógicas. Assim, não se deve preocupar com a "produtividade científica do conhecimento", mas sim com a formação desvinculada dos interesses da reprodução do capital.

Pode-se concluir que a luta contra a lógica do capital na educação é pertinente e atual e que somente no combate a essa lógica a educação pode assumir um significado de emancipação humana. Para tanto, as resistências e as construções de relações pedagógicas não capitalistas, ainda dentro de relações sociais capitalistas, são fundamentais para pensarmos uma educação do campo que vá além da retórica e vá criando, de fato, alternativas concretas à lógica do capital.

Mas não podemos perder de vista que a construção de uma educação do campo democrática, camponesa, cooperativa e solidária, que atenda aos interesses do ser humano e não aos interesses do mercado e do agronegócio depende da vontade política e da capacidade de organização popular, pois, hoje, mais do que em outros momentos da história, temos a convicção de que não existem forças inevitáveis e contradições insolúveis que levem ao fim do capitalismo.

Neste sentido, as parcerias que estão sendo realizadas entre os movimentos sociais e sindicais do campo e as universidades – como a licenciatura do campo que a Universidade Federal de Minas Gerais coloca em prática –, buscando caminhos próprios para uma educação democrática e emancipatória, devem ser vistas como uma nova perspectiva de educação e de escola que se inscrevem na construção de uma nova hegemonia pedagógica e social.

Referências

FREIRE, Paulo. *Ação cultural para a liberdade*. Rio de Janeiro: Paz e Terra, 1976.

FREIRE, Paulo. Entrevista. *Presença pedagógica*, Belo Horizonte: Dimensão, ano 1, n. 1, jan./fev.,1995.

FREIRE, Paulo. *Pedagogia do oprimido*. São Paulo: Paz e Terra, 2005.

FRIGOTTO, Gaudêncio; FRANCO, Maria Ciavata; MAGALHÃES, Ana Lúcia. Programa de melhoria e expansão do ensino técnico: expressão de um conflito de concepções de educação tecnológica. *Contexto & Educação*. Ed. UNIJUÍ, ano 7, n.27, jul./set. 1992, p.38-48.

LACKI, Polan. *A escola rural deve formar solucionadores de problemas*. 2001. Disponível em: <www.agronline.com.br/artigos/artigo.php?id=16>. Acesso em 1º jun 2006.

MANACORDA, Mário A. *O princípio educativo em Gramsci*. Porto Alegre: Artes Médicas, 1990.

MARX, Karl. *O capital*. Livro 1, v. 1. Rio de Janeiro: Civilização Brasileira, s.d.

MORIN, Edgar. *Complexidade e transdisciplinaridade: a reforma da universidade e do ensino fundamental*. Natal: Editora UFRN, 2000.

MONSANTO. *Site* institucional. Disponível em: <www.monsanto.com.br/monsanto/brasil/comunidades/projetos/mo_projetos.asp. Acesso em 12/07/2006. www.monsanto.com.br/monsanto/brasil/comunidades/monsanto_fund/mo.asp>. Acesso em: 13 jul. 2006.

CAPÍTULO 2
Licenciatura em Educação do Campo: histórico e projeto político-pedagógico

Maria Isabel Antunes-Rocha

Em 2004, a Faculdade de Educação da Universidade Federal de Minas Gerais recebeu demanda por parte do Movimento dos Trabalhadores Rurais Sem Terra (MST), no sentido de construir uma parceria para criar um curso de Pedagogia com o apoio do Programa Nacional de Educação na Reforma Agrária (PRONERA). A Faculdade tem atuação histórica junto aos movimentos populares, tanto urbanos quanto rurais. Traz em seu portfólio uma expressiva produção em termos de projetos de pesquisa e extensão. Mas, no que diz respeito ao ensino, a demanda se configurava como um novo desafio. Seria necessário pensar questões, como princípios pedagógicos, habilitação, forma de ingresso, organização curricular, materiais didáticos, avaliação, parceria, manutenção dos alunos, entre outras. Organizou-se uma equipe formada por professores e representantes do Movimento Social.[1]

A parceria proposta pelo MST estava respaldada na natureza do PRONERA, que se definia como "expressão de uma parceria estratégica entre o Governo, as Universidades e os Movimentos Sociais Rurais, com o objetivo de desencadear um amplo processo para Educação de Jovens e Adultos nos Assentamentos da Reforma Agrária (Manual de Operações, p. 5). Os projetos a serem apresentados deveriam apresentar caráter interativo: "[...] os projetos do Pronera visam estabelecer parcerias entre os órgãos governamentais, as universidades e outras Instituições de Ensino Superior – IES, os movimentos sociais e sindicais, e as comunidades assentadas [...]" (Manual de Operações, p. 11). E caráter participativo:

---

[1] Participantes da Equipe: Maria Isabel Antunes-Rocha, Ana Maria R. Gomes, Lúcia H. A. Leite, Miguel G. Arroyo, Antônia Vitória S. Aranha, Samira Zaidan, Antônio Júlio de M. Neto, Juliane Corrêa (UFMG). Sônia Maria Roseno e Marta Roseno (MST).

"[...] devem priorizar atividades que venham ao encontro das necessidades da comunidade assentada. Estas necessidades devem ser identificadas pelo conjunto da comunidade beneficiária do Projeto, que deverá estar envolvida em todas as fases de sua elaboração, execução e avaliação" (Manual de Operações, p. 12). Na apresentação do projeto, um dos critérios de elegibilidade indicava que "[...] A proposta do projeto incluirá uma carta de aceite e integração com os movimentos sociais" (Manual de Operações, p. 6).

A demanda inicial era por um curso de Pedagogia, isto é, formação de professores para atuação nas séries iniciais do ensino fundamental. O Movimento já tinha uma experiência consolidada no desenvolvimento de cursos de graduação, notadamente de Pedagogia. Até aquele momento, o MST já contava dezesseis turmas de Pedagogia da Terra, em parceria com diferentes universidades públicas. Os professores tinham experiência em pesquisa, ensino e extensão em projetos similares. Sendo assim, a comissão contou com a experiência prévia dos seus membros e com a consulta a publicações e legislações que tratavam do tema.

Para a criação de um curso destinado à formação de professores para atuação específica no campo, entendeu-se que seria preciso, primeiramente, refletir sobre o perfil de educador que se queria formar. Para isso, seria necessário responder a perguntas, tais como: Em qual realidade escolar este educador irá atuar? Como ela se organiza? Quais as suas necessidades? Que competências este educador deve ter para atender às necessidades dessa realidade? Qual é o projeto político-pedagógico para a educação a ser efetivada junto aos povos do campo? Que projeto social e educativo? Que proposta pedagógica? Que processos de ensinar e aprender viabilizar? Que processos educativos vivenciar na formação para a docência? Que competências? Que percursos acadêmicos? Neste sentido, um curso de formação para professores do campo deveria deixar qual sua concepção de educação e qual seu projeto de escola do campo.

A escola do campo demandada pelos movimentos vai além da escola das primeiras letras, da escola da palavra, da escola dos livros didáticos. É um projeto de escola que se articula com os projetos sociais e econômicos do campo, que cria uma conexão direta entre formação e produção, entre educação e compromisso político. Uma escola que, em seus processos de ensino e de aprendizagem, considera o universo cultural e as formas próprias de aprendizagem dos povos do campo, que reconhece e legitima estes saberes construídos a partir de suas experiências de vida. Uma escola que se transforma em ferramenta de luta para a conquista de seus direitos de cidadãos. O curso proposto, em seus objetivos e formas de estruturação, deveria buscar a formação de educadores e educadoras compromissados com esse projeto educativo e com competência para levá-lo a cabo, com qualidade e responsabilidade social.

Ao longo das discussões, foi se delineando a necessidade de pensar um curso que respondesse às necessidades de fortalecimento e ampliação da oferta da Educação Básica no campo. Por que pensar somente em professores para as séries iniciais, quando os dados indicavam a quase ausência de oferta das séries finais do ensino fundamental e de ensino médio? Esse último argumento provocou a emergência da dimensão propositiva do projeto: formar professores para escolas a serem conquistadas passou a ser um dos objetivos do curso. A comissão, respaldada no artigo 28 da Lei n 9.394/96 da LDB, que estabelece o direito aos povos do campo a um sistema de ensino adequado à sua diversidade sociocultural, para as necessárias adaptações de organização, metodologias e currículos às "peculiaridades da vida rural e interesses dos alunos da zona rural", considerou que, para organizar um sistema de ensino conforme proposto pela legislação, seria necessário pensar também em formar profissionais habilitados para tal função. Assim nasceu a proposta de construir um curso que habilitasse o egresso para a docência nas séries iniciais e finais do ensino fundamental e para o ensino médio (BRASIL, 1996).

Em meio a esse debate, emergiu a discussão sobre a superação do modelo disciplinar na formação docente. A proposta de realizar uma formação por área do conhecimento ganhou força e legitimidade à medida que argumentos de origens diversas iam sendo colocados e debatidos. Ao final, concluiu-se que a formação por área do conhecimento poderia ser um caminho para garantir o funcionamento de salas de segundo segmento do ensino fundamental e médio no campo, constituindo-se assim como alternativa em um cenário em que a nucleação e transporte dos alunos para escolas distantes de suas residências têm sido as únicas possibilidades para escolarização da população do campo.

As necessidades presentes na escola do campo exigem um profissional com uma formação mais ampliada, mais totalizante, já que ele tem que dar conta de uma série de dimensões educativas presentes nessa realidade. Nesse sentido, a demanda de formação do Docente Multidisciplinar exige um repensar do modelo de formação presente nas Universidades brasileiras, centrado em licenciaturas disciplinares. As licenciaturas, baseadas num modelo de especialização, não permitem que esse educador seja capaz de intervir globalmente no processo de formação de seus alunos. Por outro lado, o curso de Pedagogia não prepara o educador para coordenar o processo de formação nos últimos anos do ensino fundamental e no ensino médio.

A formação e titulação a serem ofertadas deveriam criar condições para atendimento das especificidades dos diferentes contextos de educação escolar, buscando viabilizar as diferentes configurações institucionais que existem e que podem vir a existir. A dispersão espacial das moradias dos alunos e a centralidade das relações com as comunidades de pertencimento geram, por vezes, exigências na organização da escola que estão muito distantes da organização padrão que caracteriza as escolas urbanas. Por exemplo, é comum a exigência de um professor multidisciplinar, cuja formação o prepare para desenvolver suas atividades em diferentes níveis do Ensino Fundamental, e cujo conhecimento lhe permita realizar um trabalho articulado entre as diferentes áreas disciplinares, independentemente do fato de que sua atuação seja ou não concentrada em alguma dessas áreas. Do mesmo modo, a formação para atuação no Ensino Médio deve se fundamentar na capacidade de articulação entre as diferentes áreas do conhecimento, ainda que as diferentes terminalidades do curso orientem para uma área específica de aprofundamento e atuação. Nesse sentido, a formação inicial não se fecha em torno de uma única proposta de atuação docente, uma vez que essa atuação deverá necessariamente se adequar aos contextos de origem dos participantes do curso.

Tal orientação tinha respaldo no Parecer 9/2001 – CNE/CP, que fundamenta a resolução que institui as "Diretrizes Curriculares Nacionais para a Formação de Professores da Educação Básica", quando afirma a necessidade de uma revisão profunda de aspectos essenciais da formação de professores, tais como: a organização institucional, a definição e estruturação dos conteúdos para que respondam às necessidades de atuação do professor, os processos formativos que envolvem aprendizagem e desenvolvimento das competências do professor, a vinculação entre as escolas de formação e os sistemas de ensino, de modo a assegurar-lhes a indispensável preparação profissional (p. 11).

E ainda:

Quando define as incumbências dos professores, a Lei de Diretrizes e Bases da Educação Nacional (LDB) não se refere a nenhuma etapa específica da escolaridade básica. Traça um perfil profissional que independe do tipo de docência: multidisciplinar ou especializada, por área de conhecimento ou disciplina, para crianças, jovens e adultos. [...] É importante observar que a lei prevê que as características gerais da formação do professor devem ser adaptadas ou adequadas aos diferentes níveis e modalidades do ensino assim como a cada faixa etária. É preciso destacar a clareza perseguida pela lei ao constituir a educação básica como referência principal para a formação dos profissionais da educação (p. 12-13).

Nesse sentido, foi necessário pensar na proposta de um curso que formasse o educador da Educação Básica, aliando, nessa formação, os processos de docência e gestão, de pesquisa e de intervenção, competências fundamentais para o educador do Campo. Isso exigiu um repensar dos conteúdos, dos tempos, dos espaços, das propostas metodológicas dos cursos até então em vigor, sem desconsiderar o acúmulo já existente em nossas universidades.

Um dos grandes desafios para a escola do campo é superar os argumentos que afirmam não ser possível organizar uma turma com um mínimo de alunos para sustentar a criação do ensino fundamental completo e ensino médio, dado que nas séries iniciais é necessário organizar as salas chamadas multisseriadas. O termo "multisseriada" na verdade esconde que a turma é composta por alunos de idades diferenciadas e não cursistas de séries diferentes. Por que o segundo segmento do ensino fundamental e o ensino médio no campo não podiam ser organizados com turmas por ciclos etários?

O Parecer CNE/CEB 36/2001 e Resolução CNE/CEB 1/2002, que institui as Diretrizes Operacionais para a Educação Básica nas Escolas do Campo inovam em diferentes artigos sobre organização da escola, trato com o conhecimento e com a prática pedagógica. Indica para as populações do campo uma educação emancipatória, associada às soluções exigidas à qualidade social dos povos do campo para um novo desenvolvimento.

No art. 3º, há um reconhecimento do poder público na garantia da universalização do acesso da população do campo à educação básica. Os artigos 5º, 7º, 8º, 9º e 10º trazem alterações para a organização do trabalho pedagógico, organização curricular e tempo pedagógico. Com uma gestão compartilhada, a escola do campo ganha um caráter abrangente, dialógico, flexível e dinâmico. A realidade dos sujeitos é o princípio e o fim da prática pedagógica. O estudo é relacionado ao trabalho e à diversidade do campo em todos os seus aspectos: sociais, culturais, políticos, econômicos, de gênero, geração e etnia, e poderá ser realizado em diversos espaços pedagógicos e tempos diferenciados de aprendizagem.

Para implementar esse modelo de escola do campo na sua especificidade e por um novo trato no conhecimento e na organização do trabalho pedagógico, as diretrizes apostam nos processos de formação de profissionais qualificados, capazes tanto de entender as demandas apresentadas quanto de lhes proporcionar os meios necessários à implementação. Nos artigos 12º e 13º, a formação dos profissionais da educação do campo, de acordo com o artigo 67 da LDB, prevê para os sistemas de ensino a formação inicial e continuada em todos os níveis e modalidades, com aperfeiçoamento permanente dos docentes, indicando aos centros formativos os seguintes componentes para formação:

- O respeito à diversidade cultural e aos processos de interação e transformação existentes no campo brasileiro;
- O efetivo protagonismo das crianças, dos jovens e dos adultos do campo na construção da qualidade social de vida individual e coletiva;

• O acesso ao conhecimento científico e tecnológico, tendo por referência os princípios éticos e a democracia. Isso supõe, entre outras coisas, superar a cultura da reprovação, da retenção e da seletividade, centrar a atenção nos níveis de desenvolvimento cognitivo, afetivo, social, moral, ético, cultural, profissional.

Essa especificidade da identidade das escolas do campo é reforçada no projeto de Resolução do parecer CNE/CP 009/2001 – Diretrizes Curriculares Nacionais para Formação de professores da Educação Básica, que diz, no seu "Art. 7º – A organização institucional da formação dos professores, a serviço do desenvolvimento de competências, levará em conta que:

I. A formação deverá ser realizada em processo autônomo, em curso de licenciatura plena, numa estrutura com identidade própria;

II. Será mantida, quando couber, estreita articulação com institutos, departamentos e cursos de áreas específicas. (2001)

Sendo assim, o curso se organizou como uma Licenciatura para formar o professor por área do conhecimento, para atuar no ensino fundamental e no ensino médio. O termo *Pedagogia da Terra* passou a denominar não um tipo de curso e de habilitação, mas a matriz estruturante do curso. Caldart (2002) dava as pistas para o lugar da "terra" no projeto.

O substantivo terra, associado com a pedagogia, indica o tipo de materialidade e de movimento histórico que está na base da formação de seus sujeitos e que precisa ser trabalhada como materialidade do próprio curso: luta e resistência para permanecer na terra. Quando os estudantes do MST passaram a se chamar de pedagogos e pedagogas da terra estavam demarcando e declarando este pertencimento: antes de serem universitários somos Sem Terra, temos a marca da terra e da luta que nos fez chegar até aqui (CALDART, 2002).

Outra decisão referiu-se à organização dos tempos e espaços de funcionamento. A comissão considerou que escola e comunidade são tempos/espaços para construção e avaliação de saberes e que, portanto, seria necessário buscar superar a perspectiva de que a escola é lugar da teoria e a comunidade é lugar da aplicação/transformação. A escola como mediação para aprender a reelaborar formas de pensar/sentir/agir, e não para manter e/ou substituir formas anteriores. Nessa direção, a Comissão adotou a alternância como referência para organização dos tempos e espaços do curso. Assim se afirmaram os conceitos de Tempo Escola e Tempo Comunidade, como processos contínuos de aprendizagem.

A organização do tempo/espaço em alternância possui base empírica, teórica e institucional. Em termos empíricos, ancora-se na experiência acumulada de quase um século da Rede dos Centros Familiares de Formação por Alternância (CEFFA) no Brasil e nos cursos desenvolvidos há quase uma década pelo Pronera. O CEFFA congrega as Escolas Famílias Agrícolas (EFA), Casas Familiares Rurais (CFR) e Escolas Comunitárias Rurais (ECOR), contando com mais de 217 escolas, espalhadas por mais de 20 estados do país, e vêm se mostrando como uma alternativa bemsucedida e perfeitamente consoante com as proposições apontadas nas Diretrizes Operacionais para as escolas do campo, sobretudo em áreas de agricultura familiar (BEGNAMI, 2004; QUEIROZ, 2004). O Pronera apoia cursos de Normal Médio, Pedagogia, Direito, Agronomia, Geografia, Veterinária, entre outros, na perspectiva da organização dos tempos e espaços em tempo escola/tempo comunidade.

A alternância já se constitui em tema consolidado de pesquisa nos programas de pós-graduação em educação do país e do exterior. Em 2006, a CEB/CNE, no Parecer nº. 1/2006, expõe motivos e aprova os dias de estudo na comunidade como letivos para a Pedagogia da Alternância.

Após as decisões sobre a habilitação e organização dos tempos/espaços, foi se configurando o que depois seria chamado de Projeto Princípios. Foram dez meses de tramitação entre a Congregação da FaE e o Conselho Universitário. Em cada instância, surgiam debates, sugestões, críticas e novos apoiadores. Em nenhum momento, emergiu a possibilidade da não oferta do curso. Nessa caminhada, o projeto foi ganhando adeptos, revisões na estrutura curricular, ampliação dos objetivos e se inserindo na pauta de debates da universidade. Foi se capilarizando. O Conselho Universitário aprovou o projeto, por unanimidade, em de agosto de 2005.

Desde a fase inicial, o projeto contou com o apoio das Pró-Reitorias de Graduação e Extensão da UFMG, da Fundação Universitária Mendes Pimentel e da Fundação de Desenvolvimento e Pesquisa. Na Faculdade de Educação o projeto conta com a participação efetiva de expressivo número de núcleos de pesquisa e órgãos complementares.

Após a aprovação, o desafio passou a ser a transposição dos princípios em ações. Como transformar a matriz "Pedagogia da Terra" em conteúdos curriculares, organização dos tempos e espaços, modo de funcionamento do colegiado, sistema de avaliação, regulamento do curso, gestão administrativa e pedagógica, entre outros?

Para chegar ao formato apresentado neste artigo, aconteceram muitas reuniões, seminários, *insigts* individuais e coletivos, estudos, palestras, debates e conversas entre alunos, professores, técnicos educacionais, militantes dos movimentos sociais, apoiadores de outras universidades, colegas do Pronera, do MEC e amigos comprometidos com a compreensão de que a educação é uma ferramenta importante na luta pela reforma agrária e pela construção de uma sociedade mais justa e fraterna.

Uma questão relevante nesse processo foi a constatação de que o curso deveria propor rupturas, mas não podia se afastar demais da experiência dos participantes. Sendo assim, seria necessário construir a formação por área do conhecimento, com um desenho curricular que possibilitasse ao cursista um mínimo de familiaridade com sua experiência escolar prévia. Isso porque já havia tantas rupturas no projeto que poderíamos correr o risco de provocar um excesso de estranhamento e resistências cognitivas e afetivas. Não era um cuidado excessivo, mas sim uma preocupação teoricamente orientada por relatos de projetos e reflexões que nos indicavam a necessidade de buscar um mínimo de equilíbrio entre o instituído e o instituinte.

Nesse tempo, viu-se a necessidade de enraizar o curso na Faculdade de Educação. A organização e gestão do curso não deveriam ficar sob a responsabilidade somente de uma coordenação ou de alguns professores que assumissem, de forma individualizada, a condução do curso. Seria necessário envolver a instituição nesse processo. Dessa forma, considerou-se que os Núcleos de Estudos e Pesquisas seriam as instâncias adequadas para o diálogo, porque traz em sua organização a experiência do trabalho em ensino, pesquisa e extensão em equipe, situação que não acontece dentro da estrutura departamental da unidade. O Centro de Alfabetização, Leitura e Escrita (Ceale) assumiu a coordenação da Área de Línguas, Artes e Literatura. O Centro de Ensino de Ciências e Matemática (CECIMIG) assumiu a formação da Área de Ciências da Vida e da Natureza. O Núcleo de Estudos sobre Trabalho e Educação (NETE) encarregou-se da Área de Ciências Sociais e Humanidades. O Grupo de Estudos sobre Numeramento (GEN) passou a coordenar a Área de Formação em Matemática. O Núcleo de Estudos e Pesquisas sobre Profissão e Condição Docente (PRODOC) e a Cátedra da Unesco para a Educação a Distância aceitaram o desafio de coordenar o Eixo da Formação Pedagógica. Constituiu-se, assim, um grupo de professores que, com a participação dos representantes dos movimentos sociais, empenhou-se na atividade de criar a organização e os procedimentos para o funcionamento do curso.

Entre muitas discussões, vale ressaltar os debates e decisões sobre a forma de ingresso dos alunos. Como abrir um curso sem vestibular? E o direito universal de todos a uma vaga? Após uma série de debates e consultas à Procuradoria Jurídica, foi aprovada a realização de um processo seletivo especial, específico para o curso. No Edital, deveria constar que os candidatos deveriam residir ou estarem envolvidos em práticas educativas em acampamentos e assentamentos da reforma agrária, bem como serem portadores de uma carta de apresentação do presidente da associação comunitária do assentamento ou do acampamento, atestando sua prática e/ou residência. Constava também a possibilidade de garantir o acesso aos profissionais em exercício na educação fundamental e média que ainda não possuíam a titulação mínima exigida pela legislação educacional em vigor.

Com esse formato, foi possível garantir a especificidade do público atingido pelo Pronera, público da reforma agrária, bem como a inserção em um movimento social. O processo seletivo foi organizado da seguinte forma: o movimento debateu e construiu em suas bases um processo de seleção prévia dos candidatos. Cada um se comprometeu com os princípios e finalidades do curso e, junto com o movimento, emitiram uma declaração de compromisso. Os instrumentos seletivos foram a apresentação de um memorial, prova de leitura e interpretação de texto. Nesse processo, o MST convidou organizações da Via Campesina para se integrarem ao curso.

Foram aprovados 60 estudantes oriundos de seis movimentos sociais: Cáritas Diocesana, Centro de Agricultura Alternativa do Norte de Minas Gerais, Comissão Pastoral da Terra, Movimento dos Pequenos Agricultores, Movimento das Mulheres Camponesas e do Movimento dos Trabalhadores Rurais Sem Terra. O grupo se constituiu com 44 mulheres e 16 homens. Cerca de 30 estudantes estavam na faixa etária entre 18 a 25 anos; um total de 20 situavam-se na faixa entre 26 a 35 anos; sete na faixa entre 36 a 45 anos e três com mais de 46 anos.

Com a chegada dos estudantes, a proposta de organização da estrutura, dinâmica e conteúdo curricular foi apresentada ao grupo que, por sua vez, assumiu a função de participar da construção, o que tem sido um processo altamente fértil em termos de compreensão, compromisso, envolvimento e vínculo afetivo, cognitivo e político com o curso. Não existe uma proposta pronta: temos uma matriz curricular. A partir dela, vamos rediscutindo, a cada etapa, os conteúdos, tempos, espaços, processos e instrumentos avaliativos. Não temos uma grade, e sim um Tronco Curricular. Isto é, o currículo não é uma grade, mas um espaço/tempo de possibilidades de germinação, florescência, frutificação e produção de novas sementes.

O Tronco Curricular é o caminho por meio do qual o grupo, partindo de uma base, cujos pilares nesse caso é a terra e a escola, propõe-se percorrer, visando à construção de uma intencionalidade: adquirir ferramentas para atuar nessa base, visando ao seu fortalecimento.

O ponto de saída é constituído pelo encontro entre Educandos e Educadores que estão historicamente inseridos em suas realidades socioculturais: movimentos sociais; universidade; luta pela terra; campo; cidade. Esse encontro é mediado pelo Instituto Nacional de Colonização e Reforma Agrária/ Programa Nacional de Educação na Reforma Agrária.

O caminho entre o ponto de partida e de chegada constitui o tronco, tempo/espaço da formação. No tronco, estão quatro canais, quatro áreas de formação. As quatro áreas são interligadas pelo Eixo Temático: Educação do Campo. No ponto de chegada, espera-se a presença de Educadores para atuarem em práticas educativas escolares e não escolares (FIG. 1).

TRONCO CURRICULAR

Na atualidade, a proposta do curso assume como princípios as seguintes proposições:

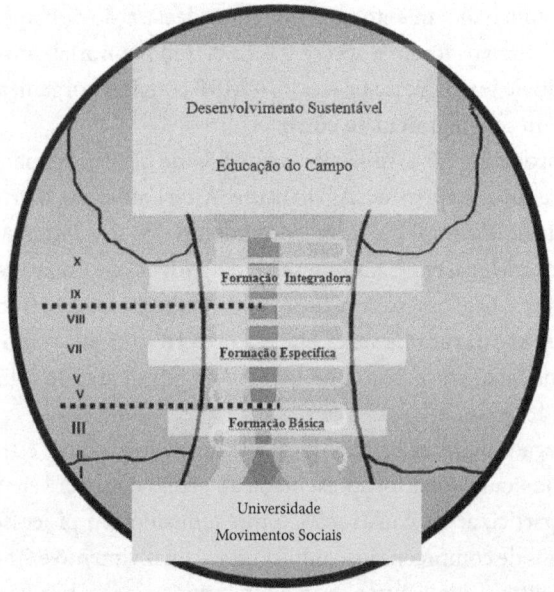

Figura 1

- Ação afirmativa para correção da histórica desigualdade sofrida pelas populações do campo em relação ao seu acesso à educação básica e à situação das escolas do campo e de seus profissionais.
- Disposição de contribuir na construção de políticas de expansão da rede de escolas públicas que ofertem a educação básica no e do campo, com a correspondente criação de alternativas de organização curricular e do trabalho docente, que viabilizem uma alteração significativa do quadro atual, prioritariamente no que se refere à oferta dos anos finais do ensino fundamental e à oferta do ensino médio, de modo a garantir a implementação das "Diretrizes Operacionais para a Educação Básica do Campo", em especial no que prevê o artigo 6º de sua Resolução (CNE/CEB 1/2002).

Diz o artigo:

> O poder público, no cumprimento da suas responsabilidades com o atendimento escolar e à luz da diretriz legal do regime de colaboração entre a União, os estados, o Distrito Federal e os municípios, proporcionará Educação Infantil e Ensino Fundamental nas comunidades rurais, inclusive para aqueles que não o concluíram na idade prevista, cabendo em especial aos estados garantir as condições necessárias para o acesso ao ensino médio e à educação profissional de nível técnico. (CNE/CEB 1/2002)

- Busca de sintonia com a nova dinâmica social do campo, atendendo a demandas legítimas, provenientes de comunidades, entidades da sociedade civil, movimentos sociais e sindicais e também de secretarias de educação de municípios e estados, consubstanciadas no debate atual sobre Educação do Campo e, particularmente, expressas na "Declaração Final da II Conferência Nacional Por Uma Educação do Campo", realizada em Luziânia, Goiás, de 2 a 6 de agosto de 2004, e reafirmadas nos 25 Seminários Estaduais de Educação do Campo promovidos pelo MEC ao longo de 2004 e 2005.
- Formação contextualizada e consistente do educador como sujeito capaz de propor e implementar as transformações político-pedagógicas necessárias à rede de escolas que hoje atendem a população que trabalha e vive no e do campo.
- Em sua orientação mais ampla, situam-se no âmbito das ações voltadas para a inclusão de grupos sociais, que é uma das linhas de atuação da Extensão Universitária, assim como uma das orientações da própria UFMG quanto ao papel da universidade nas políticas inclusivas.
- Construção de uma formação, garantindo a interlocução entre docência, gestão, pesquisa e intervenção.
- Relação educador/educando: buscar empreender processos que permitam ao educador/educando construir saberes, utilizando mediadores diversificados: texto impresso; web; vídeos; rádio.
- Conteúdo: Não está somente no educador. Ele não é o único responsável pelo saber a ser construído. Articular realidade rural-urbana e os conteúdos previstos nos Parâmetros Curriculares Nacionais para ensino fundamental, médio e técnico profissional.
- Formação de educadores que contribua com a expansão do Ensino Médio e a educação profissional na educação do campo.
Equidade de gênero em todas as instâncias de formação.
- Construção coletiva, e com os próprios estudantes, de um projeto de formação de educadores que sirva como referência prática para políticas e pedagogias de Educação do Campo.
- Construção de alternativas para a nucleação da rede escolar que vem sendo implantada em Minas Gerais, desde a década de 90.

Habilitação

O curso confere aos egressos a habilitação de Professor Multidisciplinar, nas séries iniciais do Ensino Fundamental, e de Professor por Área do Conhecimento, em Ciências da Vida e Natureza, ou em Ciências Sociais e Humanidade, ou em Línguas, Artes e Literatura ou em Matemática, nas séries finais do Ensino Fundamental e Ensino Médio.

Organização do tempo/espaço

O curso tem a duração de 5 anos. É desenvolvido em dois tempos: Tempo Escola e Tempo Comunidade. O Tempo Escola é desenvolvido na Faculdade de Educação/Universidade Federal de Minas Gerais. O Tempo Comunidade é desenvolvido nos locais de moradia/trabalho dos Educandos. Os espaços de funcionamento, Universidade e Assentamento/Acampamento se constituem como tempos de estudos teóricos e práticos. Assim, a alternância assume no curso o sentido da comunidade, como espaço físico, social e político, como dimensão formativa. Esse espaço inclui a família, mas não a tem como centralidade.

A dinâmica da formação contempla três momentos: Formação Básica, nos Períodos I, II e III. Formação Específica, nos Períodos IV, V, VI, VII e VIII. Nos Períodos IX e X, será o momento da Formação Integradora (Fig. 1). A Formação Básica se orienta pela questão: qual a formação necessária para o Educador do Campo atuar no Ensino Fundamental e Médio? A Formação Específica se orienta pela questão: qual a formação necessária para o Educador do Campo atuar no Ensino Fundamental e Médio, na área de Ciências Sociais e Humanidades; ou Ciências da Vida e da Natureza; ou Línguas, Artes e Literatura; ou Matemática? A Formação Integradora se orienta pela questão: qual a formação necessária para o Educador do Campo atuar no Ensino Fundamental e Médio, em uma determinada área do conhecimento, com condições de dialogar com outras áreas, visando à construção de um processo educativo articulado aos interesses dos povos do campo?

Conteúdos

Os conteúdos do curso estão organizados nos componentes, abaixo listados, conforme dispõe o Parecer CNE/CP 9/2001.

Componentes	Carga Horária
Conteúdos acadêmicos, científicos, culturais e artísticos: específicos da área do conhecimento	1830
Conteúdos acadêmicos, científicos, culturais e artísticos: formação pedagógica	570
Atividades de enriquecimento acadêmico, científico, cultural e artístico	210
Prática de Ensino	600
Estágio Curricular Supervisionado	555
Total	3705

Para atender às necessidades de formação, os conteúdos foram organizados em áreas do conhecimento e eixo Educação do Campo.

Áreas do conhecimento

- Língua, Artes e Literatura (organizada a partir da articulação entre os saberes da Língua Portuguesa, Literatura, Língua Estrangeira, Artes);
- Ciências Sociais e Humanidades (organizada a partir da articulação entre os saberes da História, Sociologia, Filosofia, Geografia);
- Ciências da Vida e da Natureza (organizada entre os saberes da Biologia, Física, Química, Geografia);
- Matemática.

Eixo Educação do Campo

- Conteúdos Pedagógicos;
- Prática de Ensino;
- Estágio Supervisionado;
- Atividades acadêmicas, científicas e culturais.

Uma longa discussão marcou a delimitação da Área de Conhecimento. Os conteúdos articulados em torno da Geografia geraram debates sobre seu lugar como espaço formativo e como espaço profissional: nas Ciências Sociais e Humanidades, ou nas Ciências da Vida e da Natureza. Concluímos que ela ocupava esses dois lugares e que, portanto, seria trabalhada nas duas perspectivas. Uma outra polêmica travou-se em torno do campo da Matemática. Onde ela se encaixava? Nas Línguas, Artes e Literatura, ou nas Ciências da Vida e da Natureza? Nesse caso não foi possível manter a duplicidade de lugares; criamos uma habilitação específica.

Outra reflexão relevante se deu em torno da formação pedagógica. Ao final, o grupo considerou que ela deveria estar presente durante todo o percurso. Deveria atravessar o tronco como canais alimentadores das Áreas de Formação, bem como ter espaços específicos de produção do conhecimento.

A Prática de Ensino tem sido o maior desafio do curso. Foi organizada por meio da disciplina Análise da Prática Pedagógica. Nas três primeiras etapas, trabalhou-se o memorial. Nas etapas de formação específica, a ênfase foi no portfólio. Na formação integradora, o foco será a monografia. Essa organização aconteceu após muitas discussões sobre a natureza e objetivos da prática de ensino. Optamos por enfatizar inicialmente o sujeito com suas experiências pessoais e profissionais, por meio do memorial. Em seguida trazê-lo para o campo da profissão, por meio do portfólio. A monografia emerge como a ferramenta reflexiva, entre sua trajetória pessoal e profissional, do contexto dos movimentos sociais e da educação do campo.

Na atualidade, observamos que, aos poucos, a prática está assumindo a função de articuladora dos conteúdos e habilitações do curso. Por intermédio do memorial, portfólio e monografia, cada educando elabora reflexões, expõe motivos, intencionalidades e mostra o processo de reelaboração dos saberes que está vivenciando.

Avaliação

A avaliação do processo ensino/aprendizagem acompanha a dinâmica de formação por meio de atividades que enfatizem a reelaboração de saberes. Para tal, em cada ação desenvolvida, tornar presente o saber dos Educandos. Partindo desse ponto, buscam-se levantar as questões, dúvidas, problemas e sugestões para, em seguida, introduzir novos saberes. A avaliação se pauta, nessa dinâmica, pela comparação entre o ponto de partida e o ponto de chegada. Com essa proposta, pretende-se caminhar no sentido de garantir a participação do Educando na avaliação de sua aprendizagem.

A avaliação quantitativa é feita pela análise dos trabalhos do Tempo Escola, Tempo Comunidade e uma atividade avaliativa, no início de cada Tempo Escola. O valor total atribuído corresponde a 100 (cem).

Gestão do curso

A gestão tem como princípio garantir a participação dos envolvidos no processo de planejamento, execução e avaliação do curso. Em função desse princípio, está se organizado nas seguintes instâncias:

– **Colegiado:** Composto por um representante dos professores, uma representação dos educandos, coordenação pela UFMG e pelos Movimentos Sociais.

– **Coordenação Pedagógica:** Coordenação UFMG e Coordenação Movimentos Sociais.

– **Coordenação de Áreas de Formação:** Núcleos de Estudos e Pesquisas.

– **Núcleos de Base:** organização dos estudantes

Vale ressaltar que ao longo da experiência a gestão tem sido criada e recriada em diferentes formas. Esse será certamente um tema para um outro artigo. Podemos adiantar que a complexa rede de tomada de decisões se constitui como um dos processos mais ricos e promissores do curso.

Desafios e possibilidades

A construção, gestão e avaliação do curso constituem, em si mesmas, um grande desafio, começando pela decisão de tratar dúvidas e impasses não como problemas, mas como desafio, isto é, algo a ser discutido, repensado, redefinido, superado ou mantido. Com o curso já entrando na sétima etapa, podemos ter um panorama do que conquistamos e do muito que está por fazer.

Um dos desafios refere-se à organização dos conteúdos por área do conhecimento. Estamos lidando com saberes e práticas já estabelecidos na universidade e na experiência escolar dos educandos e educandas. As dúvidas sobre o "barateamento" dos conteúdos emergem, a todo momento, por parte de todos os atores envolvidos no curso. Mas, a cada reflexão, vamos compreendendo e nos afirmando na riqueza de possibilidades que uma leitura multidisciplinar do mundo pode trazer para a escola.

As questões trouxeram a necessidade de discutir conceitos como transdisciplinar, interdisciplinar e multidisciplinar. Fomos compreendendo que, nos limites da experiência do grupo, poderíamos iniciar a construção, partindo da possibilidade de uma formação multidisciplinar. Ao longo do curso vamos caminhando em busca do que seria uma formação e uma prática docente na perspectiva interdisciplinar.

A desistência dos alunos é outro fato desafiante. Na segunda etapa, passamos a conviver com sucessivas desistências. Questões de gênero, sobrevivência, familiares, saúde, entre outras, foram pressionando e alguns não conseguiram dar continuidade ao curso. Algo como uma reprodução de tudo o que já sabemos sobre as dificuldades das populações do campo de frequentarem uma escola com assiduidade. A duração do tempo escola, geralmente cerca de trinta dias, longe do trabalho e da família, criou dificuldades para muitos. Como garantir a prevenção dos casos de desistência? A turma construiu equipes de apoio para os desanimados, a coordenação do curso faz intervenções por meio de conversas e contatos pessoais para fortalecer a vontade dos educandos e educandas. Temos obtido sucesso em muitos casos, mas não podemos deixar de registrar a ausência de 12 estudantes.

A construção do sistema de avaliação é outro ponto desafiante. Como medir saberes, articulando a produção no Tempo Escola e no Tempo Comunidade? Ao longo da caminhada, estamos encontrando procedimentos enriquecedores. Adotamos como instrumentos de avaliação, a prova, realização de seminários, produção dos trabalhos, no tempo comunidade, e os exercícios comentados em sala de aula.

Uma referência que está emergindo diz respeito à construção de instrumentos para produzir e sistematizar o saber prévio dos estudantes, antes de trabalhar com os conteúdos. Isso porque já sabemos que, com esse trabalho, é possível garantir a participação de cada um em seu próprio processo de aprendizagem, bem como ter uma referência para comparar saberes prévios e saberes produzidos após a experiência de aprendizagem.

A gestão em parceria com os movimentos sociais também se configura como uma dimensão desafiadora para todos os envolvidos. Acertar a organização do tempo e do espaço da universidade e dos movimentos sociais, no que diz respeito à montagem do cronograma, atender aos imperativos das agendas de cada um, aos processos de organização do cotidiano, enfim, são inúmeras questões que vamos discutindo e acertando no dia a dia do curso. A ideia da parceria em muito contribui para os ajustes. Já nos momentos iniciais de elaboração do projeto, fomos construindo o entendimento de que a universidade, representada pelos professores e técnicos administrativos envolvidos no curso, colocava-se na condição de parceira. Sendo assim, seria necessário construir procedimentos que respeitassem as práticas, normas e valores de cada organização participante. Não é um processo fácil, dado que, em muitos momentos, é preciso empenhar-se na capacidade de negociar entendimentos e buscar consensos para que seja possível continuar a caminhada.

Enfim, já com mais da metade do curso concluído, podemos dizer que temos muitos caminhos ainda por percorrer.

Referências

BEGNAMI, João Batista. *Uma geografia da pedagogia da alternância no Brasil*. UNEFAB. Documentos Pedagógicos. Cidade Gráfica e Editora: Brasília 2004.

BRASIL. *Lei de Diretrizes e Bases da Educação Nacional* – LEI Nº 9.394, DE 20 DE DEZEMBRO DE 1996.

BRASIL. Resolução CNE/CP Nº. 1 de 18 de fevereiro de 2002. *Institui as Diretrizes Curriculares para a Formação de Professores da Educação Básica, em nível superior, de graduação plena, curso de licenciatura*. Ministério da Educação. Conselho Nacional de Educação.

CALDART, Roseli S. Pedagogia da Terra: formação de identidade e identidade de formação. *Cadernos do ITERRA*. Pedagogia da Terra. Veranópolis, RS: Coletivo de Coordenação do Setor de Educação do MST; ITERRA, ano II, n. 6, dez. 2002.

FaE/UFMG – *Curso de Licenciatura em Educação do Campo*. Projeto Político-Pedagógico. Belo Horizonte, 2007. (n/publicado).

INCRA/PRONERA. *Manual de operações*. Brasília, MDA/INCRA, 2004.

PCN, BRASIL. Ministério de Educação – MEC, Secretaria de Educação Média e Tecnológica. *Parâmetros Curriculares Nacionais*: Ensino Fundamental. Brasília: MEC/SEMTEC, 1998.

BRASIL. PCN. Ministério de Educação – MEC, Secretaria de Educação Média e Tecnológica. *Parâmetros Curriculares Nacionais*: Ensino Médio. Brasília: MEC/SEMTEC, 1999.

Parecer CNE/CEB nº. 1/2006, aprovado em 1º de fevereiro de 2006 Considera como dias letivos o calendário escolar da Pedagogia de Alternância aplicado nos Centros Familiares de Formação por Alternância (CEFFA).

BRASIL. *PNE – Plano Nacional de Educação*. Aprovado pela Lei nº. 10.172/2001

QUEIROZ, João Batista. *Construção das escolas famílias agrícolas no Brasil: ensino médio e educação profissional*. Tese (Doutorado) – Universidade de Brasília, Brasília, 2004.

CAPÍTULO 3
Movimento social e universidade: construindo parcerias

Amarildo de Souza Horácio
Sônia Maria Roseno
Marta Helena Roseno[1]

O presente artigo pretende descrever o processo de construção do projeto político-pedagógico do curso de Licenciatura em Educação do Campo: Pedagogia da Terra, parceria do MST com a Faculdade de Educação da Universidade Federal de Minas Gerais. Percorrendo um caminho realizado pelos movimentos sociais na dimensão de uma pedagogia social e formadora de sujeitos com capacidade crítica e emancipadora, apontando as dimensões da Educação do Campo dos movimentos sociais no universo acadêmico, a educação nesse trabalho está fundamentada numa ação social que busca formar seres humanos, produzir, transmitir conhecimentos, na expressão da cultura, do jeito de pensar, sentir e agir de uma sociedade que faz parte da história da humanidade. Essa reflexão sobre Educação do Campo vem acontecendo no bojo dos movimentos sociais e também tem emergido no processo de construção do projeto do referido curso. Tal processo iniciou-se, a partir do ano de 2004, com representantes e lideranças do MST e da UFMG, e veio se consolidando durante a construção do projeto político-pedagógico do curso.

O substantivo "terra" associado com a pedagogia indica o tipo de materialidade e de movimento histórico que está na base da formação de seus sujeitos e que precisa ser trabalhada como materialidade do próprio curso: vida construída pelo trabalho na terra, luta pela terra, resistência para permanecer na terra... Quando os estudantes do MST passaram a se chamar de pedagogos e pedagogas da terra, estavam demarcando e declarando esse pertencimento: "antes de universitários, somos sem-terra, temos a marca da terra e da luta que nos fez chegar até aqui" (CALDART, 2002).

---

[1] Integrantes da Coordenação Estadual de Educação – Movimento dos Trabalhadores Rurais Sem-Terra/Minas Gerais.

A pedagogia do MST

O MST, desde sua origem, traz consigo uma trajetória de luta pela educação que vai ganhando força à medida que vão sendo construídas escolas nos assentamentos e acampamentos e organizados os coletivos de educação. A criação dos cursos de Pedagogia da Terra, que se inicia em parceria com a Universidade Regional do Noroeste do Estado do Rio Grande do Sul (UNIJUÍ), em 1998, se amplia para diversas universidades do Brasil, e, com isso, a concepção de Pedagogia do MST e a concepção de Educação do Campo vêm se fortalecendo. Caldart (2008, p. 73) chama a atenção para o fato de que:

> O que nos parece fundamental entender para não nos desviarmos da discussão de origem é que a especificidade de que trata a Educação do Campo é do campo, dos seus sujeitos e dos processos formadores em que estão socialmente envolvidos. Não tem sentido, dentro da concepção social emancipatória que defendemos afirmar a especificidade da Educação do Campo pela educação em si mesma; menos ainda pela escola em si mesma (uma escola específica ou própria para o campo). Isso é reducionismo. Politicamente perigoso e pedagogicamente desastroso... A contradição real que essa especificidade vem buscando explicitar é que historicamente determinadas particularidades não foram consideradas na pretendida universidade.

Nesse processo de construção enquanto sujeito pedagógico, compreendeu-se que era preciso derrubar muitas cercas. E, dentre elas, a cerca denominada "latifúndio de saber". Nessa compreensão, o Movimento passou a analisar que não bastava elaborar um currículo que atendesse a todas as demandas escolares, pois se tratava de um movimento que se norteava pelos mesmos princípios, mas com realidades diferentes. Ficou entendido pelo movimento que era preciso elaborar concepções, conceitos, construir conteúdos e desenvolver temas pedagógicos. Assim, foram construídos seus princípios pedagógicos e filosóficos. Os primeiros se referem ao jeito de fazer e pensar a educação para que seus princípios possam ser efetivados, enquanto os segundos dizem respeito à visão de mundo, às concepções mais gerais em relação à pessoa humana, à sociedade, no que se entende por educação.

Os princípios pedagógicos apresentados pelo Movimento são:
1- todos ao trabalho;
2- todos se organizando;
3- todos participando;
4- todo o assentamento na escola e toda a escola no assentamento;
5- todo o ensino partindo da prática;
6- todo professor é um militante;
7- todos se educando para o novo.

Já os princípios filosóficos apresentados nos *Cadernos de Educação* são definidos por:
1- educação para a transformação social;
2- educação para o trabalho e a cooperação;
3- educação voltada para as várias dimensões da pessoa humana;
4- educação com/para valores humanistas e socialistas;
5- educação como um processo permanente de formação e transformação humana (*Caderno de Educação MST*, n. 8, 1996).

O pensamento histórico, portanto, estaria associado à compreensão da realidade e à consciência que se constituiria ao compreender essa concepção de educação como parte da história, para realizar uma leitura crítica do mundo. A história para o MST se constitui como princípio educativo, como formadora, como instrumento para a reflexão, da trajetória do povo ou de um grupo, que, ao registrar suas vivências, se coloca em movimento. E nessa produção de conhecimento no processo de educação e de formação do povo, o MST passa a conquistar espaços também nas universidades, ao compreender que os problemas da educação no Brasil têm sido pautados nas discussões que envolvem as políticas públicas nos diversos setores da sociedade. Ao avaliar o alto índice de analfabetismo e o baixo nível de escolarização da população jovem e adulta, avalia-se também, nesse contexto, a formação de professores. Do ponto de vista teórico, a formação de professores na universidade está ainda fortemente marcada por pressupostos técnicos que dicotomizam teoria e prática. Ao mesmo tempo, estudos têm indicado que é preciso uma valorização dos saberes das experiências profissionais dos professores para poder contribuir não só para um resgate da profissão docente, como também para a melhoria da qualidade do ensino de um modo geral. Esse raciocínio está ligado desde a formação do magistério, no ensino médio, à universidade, como possibilidade de unir os conhecimentos teóricos e práticos na construção e na implementação de políticas de educação, relacionadas ao objeto de estudo, partindo de reflexões e da realidade do campo.

É nessa perspectiva que situamos o presente projeto de Pedagogia da Terra, construído em parceria com MST, Via Campesina, UFMG, PRONERA e INCRA/MG, tendo como objetivo formar educadores e educadoras para atuação específica nas populações que trabalham e vivem no e do campo, no âmbito da Educação, da formação e do trabalho, para que se concretize como direito e que possibilite a participação dos sujeitos do campo na construção de um novo projeto de transformação.

Ciente do direito à educação pública, que nem sempre foi garantido a todos os povos, a trajetória de luta do MST, em busca da efetivação desse direito, tem proporcionado a conquista de muitos cursos de graduação, no campo da formação de educadores, com diversas universidades brasileiras.

Foi ocupado mais um "latifúndio do saber", e os registros, mas principalmente a memória, percorrem as lembranças de como tudo começou. Era o momento de romper com o estranhamento e com a dicotomia dos diferentes saberes: popular, pedagógico, acadêmico e epistemológico. Com MST e universidade do mesmo lado, ainda que em realidades distintas, inicia-se o processo de negociação.

Em 2003, houve pela primeira vez a reunião de representantes do MST e da UFMG. Iniciava-se o processo de negociação de mais um curso de Pedagogia da Terra. O caminho ainda não estava muito claro; surgiam, a todo momento, muitas interrogações sobre o que significava, de fato, construir na essência um PPP (projeto político-pedagógico) de um curso de Pedagogia da Terra. Nesse percurso, constituiu-se a coordenação pedagógica do MST, uma equipe pedagógica da UFMG e um representante do INCRA. As inquietações prosseguiam, às vezes o processo andava rápido, às vezes parecia muito lento. De um lado, o MST apressando os passos; de outro, a universidade convocando a ter paciência: era a dialética da história, cada um com seu tempo. Aprenderam-se muitas lições, e uma delas foi aprender com as diferenças, sem abrir mão das concepções e dos princípios. O curso foi ampliado para outros movimentos sociais da Via Campesina, passando a se constituir por representantes do Movimento dos Trabalhadores Rurais Sem Terra (MST), Movimento das Mulheres Camponesas (MMC), Comissão Pastoral da Terra (CPT), Cáritas/diocesana/MG, Centro Alternativo de Agricultura (CAA), Movimento dos Pequenos Agricultores (MPA). E as interrogações nos acompanhavam em todo o processo. Nesse sentido, o projeto político-pedagógico do curso foi fundamentado nos seguintes objetivos:

- Contribuir na construção de alternativas de organização do trabalho escolar e pedagógico que permitam a expansão da educação básica no e do campo, com a rapidez e a qualidade exigidas pela dinâmica social e pela superação da histórica desigualdade de oportunidades de escolarização vivenciadas pelas populações do campo.
- Formar educadores para atuação nas séries iniciais e finais do ensino fundamental e do ensino médio em escolas do campo, aptos a fazer a gestão de processos educativos e a desenvolver estratégias pedagógicas que visem à formação de sujeitos autônomos e criativos capazes de produzir soluções para questões inerentes à sua realidade, vinculadas à construção de um projeto de desenvolvimento sustentável do campo e do país.
- Desenvolver estratégias de formação para a docência multidisciplinar em uma organização curricular por áreas de conhecimento nas escolas do campo.

- Formar e habilitar profissionais em exercício na educação fundamental e média que ainda não possuam a titulação mínima exigida pela legislação educacional em vigor.
- Habilitar professores para a docência multidisciplinar nas séries iniciais do ensino fundamental.
- Habilitar professores para a docência em escolas do campo nas áreas de Ciências da Vida e da Natureza; Linguagens, Artes e Literatura; Ciências Sociais e Humanidades e Matemática.
- Construir coletivamente, e com os próprios estudantes, um projeto de formação de educadores que sirva como referência prática para políticas e pedagogias de Educação do Campo (Coordenação do Curso/MST e UFMG, PPP do curso, 1996, p. 8).

A elaboração do currículo do curso possibilitou a visualização de uma matriz pedagógica e as suas simbologias. E assim, o girassol foi escolhido como símbolo do curso, na primeira conferência por uma Educação do Campo, em 1999. O tronco foi escolhido como referência a uma base construída em terreno fértil.

A aula inaugural do curso aconteceu no dia 21 de novembro de 2005, no auditório Luís Pompeu, na Faculdade de Educação da Universidade Federal de Minas Gerais. Na cerimônia de abertura, houve a apresentação de uma mística pelos educandos e pelas educandas do curso Pedagogia da Terra, com o som de foices, instrumentos de trabalho dos trabalhadores e das trabalhadoras. A apresentação incluiu dança e poesia, com representações dos elementos da terra, ofertadas em cestos de palha com frutas, flores e sementes. Muita música, na voz do artista popular Pedro Munhoz, as falas representando as instituições ali presentes e a aula inaugural do professor Miguel Arroyo marcaram aquela manhã, com o início do curso de Licenciatura em Educação do Campo, historicamente conhecido e reconhecido como curso de Pedagogia da Terra. E mais uma marca registrada entra para a história da classe trabalhadora, com a ocupação de mais um "latifúndio do saber", que ficou registrado nas falas ali presentes. Armando Vieira, membro da direção nacional do Movimento Sem Terra (MST) e educando do curso afirma: "As universidades ainda são o latifúndio, e nossa presença aqui é uma ocupação". Resgata também a História do início da construção do Movimento, quando a prioridade era ampliar suas fileiras: "Depois, percebemos outras necessidades, como a produção e a educação. E hoje entendemos que precisamos construir uma educação a partir da nossa prática", afirma, ao ressaltar que o curso que se iniciava na UFMG passava a constituir a 17ª turma de Pedagogia da Terra no país.

A reitora Ana Lúcia Gazzola concordou que estar na universidade é um privilégio e afirmou: "Deste lugar do privilégio é possível fazer a reforma agrária do saber, ao estabelecer pontes e transformar a universidade em um espaço onde os saberes populares e os saberes de todos os campos do conhecimento se enriqueçam e se entrelacem mutuamente".

A professora Maria Isabel Antunes-Rocha, coordenadora do curso pela UFMG, explicou que o curso Pedagogia da Terra não abre um caminho novo na UFMG, pois a instituição tem um longo caminho de diálogo com os movimentos sociais. "Este curso é uma continuidade, estamos saboreando um fruto. Mas não vamos jogar fora as sementes deste fruto; vamos tornar a plantá-las", disse, ao distribuir entre os presentes sementes de girassol, símbolo da educação no campo no Brasil.

E a vice-diretora da FaE, a professora Antônia Vitória Aranha, disse que abrigar este curso é uma obrigação social da UFMG e uma prova de que "é possível construir uma universidade de qualidade e democrática".

O vice-reitor Marcos Borato afirmou na ocasião que "não queria que a UFMG completasse 80 anos sem resgatar essa dívida com os trabalhadores rurais, assim como a dívida com os povos indígenas", referindo-se também ao curso de licenciatura para professores indígenas, prestes a ter início. E relembrou pessoas que, de certa forma, anteciparam aquele dia, com suas lutas anteriores, como Idalísio Soares Aranha Filho.

A coordenadora do curso pelo MST, Sônia Roseno, reafirmou os compromissos e os princípios com a pedagogia do Movimento e convocou a todos os educandos e educandas a receberem o livro *Pedagogia da Terra,* de autoria de Roseli Caldart, professora e coordenadora do setor nacional de educação, como símbolo de compromisso e continuidade dos valores com a educação e com a terra. Reafirmando-os, o índio Emílio Xakriabá falou do compromisso que temos de lutar juntos e da alegria que sentia ao saber que os povos indígenas também ocupariam aquele espaço com a aprovação do curso de Licenciatura Indígena.

O professor emérito da FaE Miguel Arroyo volta-se aos novos educandos e educandas, afirmando que a responsabilidade do curso Pedagogia da Terra, na UFMG, será a de fazer a aproximação de saberes. "Tenho muita esperança neste curso, esperança de que ele produza um saber novo, humilde, que se interroga, e que nós nos deixemos interrogar, que escutemos as interrogações que vêm da dinâmica da sociedade", disse.

Miguel Arroyo afirmou que tem orgulho de ser professor da UFMG, instituição sensível para a realidade social, lembrando a opção tomada pelo Programa de Pós-Graduação da Unidade, ainda na década de 1970, de se abrir aos movimentos sociais urbanos. "A maior riqueza que tivemos foram as questões que esses movimentos nos trouxeram. Mas tínhamos uma dívida para com os movimentos do campo, e ela agora está sendo saldada", contou, ao ressaltar a importância dos movimentos sociais na construção de espaços públicos.

Miguel Arroyo (2000) afirma também que não basta classificar a educação como direito, uma vez que os direitos universais não podem ficar em um campo abstrato. "Eles só se tornam históricos quando os movimentos sociais os levam para a concretude de suas vidas".

E a pergunta continua, dentro dos princípios pedagógicos e filosóficos do MST: na concepção pedagógica do Movimento, o curso de Pedagogia da Terra está possibilitando a efetivação desses princípios? Um longo caminho já foi percorrido, o curso já se encontra na sétima etapa. Avaliações apontam que o curso mexeu com as estruturas tanto dos movimentos sociais como da universidade, e não poderia ser diferente, por se tratar de uma proposta nova, que se diferencia de um curso regular, por se tratar de uma especificidade, de um público diferenciado, voltada para realidade do campo, que faz desse espaço de formação acadêmica mais um compromisso com a alfabetização de crianças, jovens e adultos dos acampamentos e assentamentos da Reforma Agrária.

O curso, sob a coordenação da Profa. Dra. Maria Isabel Antunes-Rocha, da UFMG, e da Profa. Marta Helena Rozeno, do MST, encerra-se em 2010. Muitas mudanças ocorreram e muitas conquistas foram alcançadas após a aprovação do curso PTerra (carinhosamente assim chamado). Pode-se dizer que mexeu com a vida de todos os parceiros. Hoje já está aprovado, e em exercício na UFMG, o curso de Licenciatura do Campo, e também está em andamento o projeto REUNI, no formato de curso regular e de alternância, que tem como objetivo dar continuidade à formação de educadores, para atuar nas escolas do campo e nas escolas indígenas. Ambos são heranças dos cursos Pedagogia da Terra e Licenciatura Indígena, que seguem com o desafio de não perder de vista o protagonismo dos movimentos sociais.

ASSIM VOU CONTINUAR
Zé Pinto

A flor que mais me marcou na luz do meu recitar
Foi uma jovem em Movimento
Que um dia ousou sonhar,
E isso a fez tão bela
Quanto uma deusa do mar.
Sei que estou acampada,
Estou aqui com muita gente,
Sei que a luta segue em frente,
Vou ter terra para plantar.
Mas vou ser sempre Sem Terra, assim vou continuar.
Vamos ter cooperativa, como tem em outros lugares.
Construiremos escolas, pra meninada estudar.
Também posto de saúde,
Ter um posto telefônico,
Energia e poesia de uma casa pra morar.
Realmente se essa força
Chamada MST
Foi crescendo desse jeito,
Na luta por terra e pão,
Construindo educação, ensinando e aprendendo,
Nessa briga por direitos,
Numa manhã muito próxima,
Muita coisa vai mudar:
A liberdade virá, os canhões se apagarão,
E daí só canção, melodia de amar.
E se você me perguntar:
Então não será mais Sem Terra?
Respondo, claro que sim,
Pois uma coisa é ser sem-terra,
E a outra coisa é ser Sem Terra:
Assim vou continuar...

Referências

ARROYO, Miguel. *Ofício de mestre: imagens e auto-imagens*. Petrópolis: Ed. Vozes, 2000.

CALDART, Roseli Salete. Pedagogia da Terra: formação de identidade e identidade de formação. *Cadernos do ITERRA*. Pedagogia da Terra. Veranópolis, RS: Coletivo de Coordenação do Setor de Educação do MST; ITERRA, ano II, n. 6, dez. 2002.

CALDART, Roseli Salete. *Pedagogia do Movimento Sem Terra*. 2. ed. Petrópolis, RJ: Vozes, 2000.

CALDART, Roseli Salete; SANTOS, Clarice Aparecida dos. *Por Uma Educação do Campo: Campo – Políticas Públicas – Educação*, Brasília 2008.

FaE/UFMG. *Projeto Político-Pedagógico do Curso de Licenciatura em Educação do Campo "Pedagogia da Terra"*. Belo Horizonte: Faculdade de Educação/UFMG, 2004.

FREIRE, Paulo. *Arquivos Paulo Freire*. São Paulo, 19 de março de 1997.

FREIRE, Paulo. *Pedagogia da autonomia*. Rio de Janeiro: Paz e Terra, 1997.

FREIRE, Paulo. *Pedagogia do oprimido*. 14. ed. Rio de Janeiro: Paz e Terra, 1983.

KOLLING, Edgar Jorge; CALDART, Roseli Salete; CERIOLI, Paulo R. (Orgs.). *Por uma educação básica do campo*, 1999, v. 1, SP.

KOLLING, Edgar Jorge; MOLINA, Mônica C.; NERY, Ir. (Orgs.). *Por Uma Educação do Campo*, 2002, v. 5, SP.

MST. *Princípios da educação no MST. Caderno de Educação MST*, n. 08. SP: MST, 1996.

CAPÍTULO 4
O envolvimento técnico-administrativo na implantação do curso de Licenciatura em Educação do Campo: Pedagogia da Terra

Daniele Cláudia Matta Fagundes Zárate

Este texto tem como objetivo apresentar a atuação do setor responsável pela análise técnica do curso de Pedagogia da Terra, atual curso de Licenciatura do Campo, por meio de um relato da experiência que envolveu os momentos de aprovação, criação e o desenvolvimento do curso na UFMG.

Quando da leitura da proposta do projeto pedagógico do curso de Formação de Professores da Educação Básica no Campo – Pedagogia da Terra, percebeu-se que se tratava de um projeto de caráter inovador e uma possibilidade para uma formação de professores que atendesse àqueles ao qual o curso se destinava – Professores da Educação Básica, para atuar, principalmente, no campo.

No que tange à formação de professores e no que se refere ao perfil do egresso, a proposta se mostrou inovadora. Também foi possível perceber a intencionalidade em desvincular-se do modelo de licenciatura "3+1" que, *grosso modo*, significa uma formação que contempla três anos de bacharelado mais um de conteúdos didático-pedagógicos. O percurso de formação do curso de Pedagogia da Terra tem por finalidade a docência, entendida essa como uma sólida formação acadêmico-científica e cultural capaz de contribuir para uma formação crítica das novas gerações, para a melhoria da educação básica e também para a construção da identidade profissional dos professores.

Romper com o modelo "3+1", na nossa percepção, é mais que uma intenção, é uma mudança de paradigma, que impõe a necessidade de se refletir sobre o que se pretende para a formação do professor da educação básica. Nesse sentido, o modelo proposto significa dar à formação de professores um novo contorno, como previsto no Parecer CNE/CP 009/2001, documento que apresenta a proposta das Diretrizes Curriculares para a Formação de Professores da Educação Básica. Nesse documento, a formação profissional é consolidada em três categorias:

Bacharelado Acadêmico; Bacharelado Profissionalizante e Licenciatura. Observa-se o interesse, no documento, em dar um novo rumo à Licenciatura.

A licenciatura ganhou, como determina a nova legislação, terminalidade e integralidade própria em relação ao Bacharelado, constituindo-se em um projeto específico. Isso exige a definição de currículos próprios da Licenciatura que não se confundam com o Bacharelado ou com antiga *formação de professores...* (Parecer CNE 9/2001)

Outro aspecto presente no projeto pedagógico do curso em questão, refere-se à possibilidade de uma formação multidisciplinar para o professor da educação básica. A estrutura do curso prevê uma formação que possibilita uma atuação multidisciplinar no ensino fundamental e no ensino médio em uma das áreas do conhecimento: Ciências Sociais e Humanidades; Ciências da Vida e da Natureza; Língua, Artes e Literatura; e Matemática. A atuação multidisciplinar permite que o professor lecione nas primeiras séries do ensino fundamental, nas séries finais do ensino fundamental e no ensino médio, em uma das áreas do conhecimento mencionadas.

A estrutura curricular do curso, ou o percurso de formação, compreende três momentos. No primeiro, os conteúdos comuns são ofertados aos estudantes, favorecendo a interação do grupo; o segundo momento é destinado à dedicação aos conhecimentos específicos de área, quando os alunos aprofundam-se nos conhecimentos da área escolhida; e o terceiro momento é destinado aos conteúdos comuns à formação docente e ao encontro dos cursistas, consolidando de forma integrada os saberes apreendidos durante a trajetória acadêmica. Em todos os momentos, o eixo norteador do currículo é a educação do campo. Esse percurso de formação, representado pelo desenho de uma árvore pela proponente, permitiu-nos compreender a intenção da proposta em contribuir para a construção da identidade do professor que atuará na educação básica do campo. Vale ressaltar que a LDB reconhece como educação básica, a educação infantil, ensino fundamental, ensino médio, a educação de jovens e adultos e educação especial. A proposta não considerou a possibilidade de formar professores para atuarem com crianças de 0 a 6 anos – educação infantil, o que não exclui a possibilidade de os egressos complementarem essa formação, em outro momento.

A possibilidade de formar professores multidisciplinares pode contribuir para a construção de um currículo integrado para a educação básica, se considerarmos que há uma simetria invertida quando nos referimos à formação e à atuação dos professores da educação básica. Ou seja, se, durante a formação acadêmica, os futuros professores estão submetidos a um currículo que permite a integração das diversas áreas do conhecimento, é possível que, no momento de sua atuação profissional, eles se utilizem dessa perspectiva. Também não podemos nos esquecer de que o momento da formação acadêmica do professor, diferentemente de outras profissões, dá-se de forma similar a sua futura atuação profissional.

Orientações legais para os cursos de Licenciatura

Para que possamos compreender a dimensão e o significado de uma formação de professores independente, ou melhor, desvinculada de outra modalidade, o que representa mudar o foco dessa formação, importa fazer um breve retrospecto da legislação referente às licenciaturas no Brasil. Para isso, recorremos a Palma Filho:

> De 1930 a 1968, prevalece o modelo conhecido como do tipo 3 + 1, no qual o bacharel no último ano do curso, geralmente de quatro anos, optava por cursar as chamadas matérias pedagógicas (Didática Geral, Didática Especial, Psicologia da Educação e Administração Escolar). (2004, p. 146)

Esse modelo apontava para a necessidade de os professores conhecerem em profundidade os conteúdos, conhecimentos específicos de sua área, que serviriam de base para o ensino de sua disciplina. A formação pedagógica era relegada a um segundo plano, ou seja, a formação pedagógica poderia ser adquirida no momento da prática, ou na experiência profissional. Dessa forma, no Brasil, a partir de 1930, os cursos de formação de professores são concebidos e estruturados em sintonia com esse propósito.

Ainda, segundo Palma Filho (2004), a partir do final dos anos 1960 e início dos anos 1970, a legislação educacional, no que se refere à formação de professores, sofreu mudanças significativas. A formação de professores, para alunos de 1ª a 4ª séries, se dava em nível médio, como uma habilitação do antigo segundo grau. Vale ressaltar que a Lei 9.394/96, Lei de Diretrizes e Bases da Educação, no seu artigo 62, assegura que a formação de professores para atuar naquele nível de ensino, ainda, pode acontecer, em nível médio.

> A formação de docentes para atuar na educação básica far-se-á em nível superior, em curso de licenciatura, de graduação plena, em universidades e institutos superiores de educação, admitida, como formação mínima para o exercício do magistério na educação infantil e nas quatro primeiras séries do ensino fundamental, a oferecida em nível médio, na modalidade Normal. (Lei 9394/96 – LDB)

Também foram criadas as licenciaturas curtas, ou cursos de formação de professores, para atuarem em disciplinas específicas de 5ª a 8ª séries, do antigo primeiro grau. Esses cursos levavam essa denominação, uma vez que os seus tempos de integralização eram de dois anos. Para atuar no antigo segundo grau, era exigida a licenciatura plena, que também poderia ser obtida com uma complementação de mais um ano, após a licenciatura curta. Esse modelo era predominante, principalmente, nas instituições de ensino privadas. Em princípio, para alguns, esse modelo parecia dar à licenciatura um caráter próprio: o "como ensinar" ganhava destaque sobre os conhecimentos disciplinares. De fato, não foi isso o que ocorreu, uma vez que o tempo de formação era insuficiente para se dar uma formação adequada aos professores; o que se verificou foi um empobrecimento tanto dos conhecimentos específicos de área quanto dos conteúdos didático-pedagógicos.

Até 1996, a carga horária, nos cursos de licenciatura, destinada para os conteúdos da formação pedagógica, era de 240 (duzentas e quarenta horas), distribuídas entre as disciplinas, Didática, Estrutura e Funcionamento do Ensino de 1º e 2º graus, Psicologia da Educação, em alguns casos, Introdução à Educação, além de 120 horas de Prática de Ensino. Esse contexto nos sugere que boa parte dos professores em exercício foram formados à luz desse modelo.

A LDB, no seu Título IV – Dos Profissionais da Educação –, altera esse panorama, uma vez que exige, como certificação mínima, a licenciatura, graduação plena, para aqueles que desejam atuar como professores da educação básica. Vale lembrar que as entidades que discutem sobre a formação de professores também sinalizam quanto à necessidade de titulação mínima em nível superior para a atuação dos professores da educação básica. É importante ressaltar que esse Título da LDB tem sido amplamente discutido e questionado, sob vários aspectos, por profissionais e pesquisadores da área de educação. Não é objeto desta apresentação se aprofundar nessa questão.

Ainda no Título IV, da LDB, já é anunciada, no Artigo 66, uma nova determinação para os cursos de formação de professores, no que se refere à carga horária destinada às atividades de Prática de Ensino, que passou a exigir para os currículos dos cursos de licenciatura um mínimo de 300 horas.

Posteriormente, essa carga horária é ampliada, por meio de outro documento, a Resolução CNE 2/2002, de 19 de fevereiro de 2002 – que institui a duração e a carga horária dos cursos de licenciatura, de graduação plena, de formação de professores da Educação Básica em nível superior, com o mínimo de 400 horas destinadas à Prática de Ensino. Cabe ressaltar que a Resolução CNE 2/2002 é uma regulamentação do Artigo 12, da Resolução CNE 1/2002 – que institui as Diretrizes Curriculares para a Formação de Professores da Educação Básica, em nível superior, curso de licenciatura, de graduação plena. Esse artigo da resolução determina a desconstrução da ideia de que a prática de ensino é o estágio profissional de fim de curso. Nesse documento, a prática de ensino é recomendada desde o início do curso. Assim, a prática de ensino ganha nova perspectiva, pelo menos do ponto de vista formal. É o projeto pedagógico e o desenvolvimento do curso de licenciatura que irão garantir a sintonia entre a prática de ensino e os conteúdos, tanto de natureza pedagógica quanto de natureza específica.

A Resolução CNE 1/2002 – que institui Diretrizes Curriculares para a Formação de Professores da Educação Básica, em nível superior, curso de licenciatura, de graduação plena – foi fundamentada na LDB e no Parecer CNE/CP 009/2001. A Resolução CNE 2/2002 – dispõe sobre a carga horária dos cursos de licenciatura – foi fundamentada pelo Parecer CNE/CP 28/2002. Esses documentos são referências para a construção de projetos pedagógicos dos cursos de licenciatura. Nesse sentido, a elaboração dos projetos pedagógicos, de cursos de licenciatura, devem considerar as orientações contidas na legislação. Todavia, deve-se evitar, como nos adverte Palma Filho, a tradicional fragmentação dos saberes da docência (saberes da experiência, saberes científicos, saberes pedagógicos) (PALMA FILHO, 2004, p.159). Não há que se privilegiar a prática em detrimento da teoria, nem vice-versa; é necessário que se perceba que ambas são fundamentais no processo de formação e de atuação profissional do professor.

A carga horária e a duração dos cursos de licenciatura são elementos fundamentais para a construção de um projeto pedagógico de curso. No caso das licenciaturas, essa matéria foi regulamentada, como visto anteriormente, em documento específico, a Resolução CNE 2/2002. Nesse documento, o tempo mínimo de integralização para os cursos de licenciatura é de três anos, com carga horária mínima de 2800 horas. O documento recomenda que a relação entre teoria e prática seja articulada ao longo de toda a matriz curricular e essa deve considerar:

I – 555 (quinhentas e cinquenta e cinco) horas de prática como componente curricular, vivenciadas ao longo do curso;

II – 540 (quinhentas e quarenta) horas de estágio curricular supervisionado a partir do início da segunda metade do curso;

III – 2.400 (duas mil e quatrocentas) horas de aulas para os conteúdos curriculares de natureza científico-cultural;

IV – 210 (duzentas e dez) horas para outras formas de atividades acadêmico-científico-culturais (Resolução CNE 2/2002).

É sob a luz dos aspectos formais e dos aspectos epistemológicos que envolvem a formação dos professores da educação básica que a proposta do curso de Pedagogia da Terra foi analisada no contexto de nosso trabalho.

A análise da proposta do curso Pedagogia da Terra

A proposta pedagógica do curso de Pedagogia da Terra foi encaminhada para análise da Pró-Reitoria de Graduação da UFMG, em dezembro de 2004. No âmbito da UFMG, a discussão sobre a legislação referente às licenciaturas era frequente, em virtude da adequação dos currículos dos cursos de licenciatura às Diretrizes Curriculares para a Formação de Professores da Educação Básica. Entendemos que esse momento se tornou importante para nos orientar na análise da proposta. Vale registrar que a UFMG oferece cursos de licenciatura em várias áreas do conhecimento; a experiência da Instituição, nesse campo profissional, também se configura como fator determinante para uma análise mais consistente da proposta.

O curso de Pedagogia da Terra, antes de sua implantação, foi submetido às seguintes instâncias universitárias: Congregação da Faculdade de Educação, sede do curso; Pró-Reitoria de Graduação – Setor Acadêmico, para análise técnica; Câmara de Graduação e Conselho de Ensino Pesquisa e Extensão/CEPE, para apreciação e aprovação da proposta, e Conselho Universitário da UFMG, para apreciação e aprovação da criação do curso. A tramitação, nas instâncias universitárias, para aprovação de cursos de graduação, visando a sua implantação, está prevista nos documentos oficiais da instituição. Mesmo essa tramitação sendo extensa, não se configura empecilho; trata-se de garantir consonância com o propósito da Universidade, no sentido de conferir aos seus cursos de graduação compromisso com uma formação profissional de qualidade para seus estudantes e para com a sociedade.

A proposta do projeto pedagógico do curso especial de graduação para formação de professores, Educação Básica no campo: Pedagogia da Terra visava à formação de professores em nível superior, em curso de licenciatura plena, para atuarem principalmente em Zona Rural, especialmente em assentamentos de Reforma Agrária.

Entendemos que a proposta se apresenta em consonância com a LDB, principalmente, no seu artigo 28, que prevê, para a educação da população do campo, um caráter diferenciado, que deve considerar as peculiaridades da vida rural. A proposta considerou essa perspectiva, uma vez que é desejável, para o professor que atua no campo, uma formação ampla, capaz de compreender a necessidade de práticas educativas em sintonia com aquela realidade. A possibilidade de uma formação docente multidisciplinar pode garantir que o professor tenha essa visão ampla da realidade do campo. Além do processo de docência, também é considerada, na proposta, a capacidade de gestão, de pesquisa e de intervenção, competências necessárias para o educador da educação básica, seja de atuação no campo ou em zonas urbanas.

A análise técnica da proposta do curso de Pedagogia da Terra contou com técnicos em educação da Pró-Reitoria de Graduação. Essa análise tem como objetivo verificar se a proposta se encontra em consonância com os aspectos formais e legais exigidos para os cursos de graduação, tanto no âmbito institucional quanto no que se refere à legislação educacional brasileira. Vale lembrar que as Universidades têm autonomia para a criação dos seus cursos de graduação; contudo, o reconhecimento deles é de competência do Ministério da Educação. É nessa perspectiva que a análise do projeto se constituiu. Assim, no intuito de subsidiar a decisão da Câmara de Graduação quanto à aprovação da criação do Curso de Pedagogia da Terra, na UFMG, a equipe responsável pela análise técnica da proposta elaborou documento informativo sobre os aspectos presentes e os limites que a proposta apresentava no contexto da instituição. Esse documento, em conjunto com a proposta de criação do curso, foi submetido à apreciação da Câmara de Graduação. Nessa instância, a proposta foi amplamente discutida, sendo necessários vários esclarecimentos tanto da equipe técnica quanto da proponente – Faculdade de Educação.

É de nosso entendimento que a proposta, de caráter inovador, para além das dúvidas relativas aos aspectos formais, apontava a necessidade de reflexão sobre a educação dos povos que vivem do e no campo. Nesse sentido, as dúvidas que surgiram quanto à titulação, quanto à atuação profissional e quanto ao currículo multidisciplinar e os aspectos legais que amparam essas questões foram esclarecidas, ganhando espaço a compreensão da realidade educacional do campo e a importância de se discutir no espaço universitário um projeto de formação de professores para atuar naquela realidade. A percepção e a relevância social que a proposta assumia permitiam a reflexão sobre o tema formação de professores para grupos distintos e o cuidado de não se perder o compromisso com uma formação de qualidade para aqueles futuros professores.

Importa registrar que a primeira proposta do curso submetida à Câmara de Graduação não considerou a possibilidade de formar professores para atuar no ensino médio. Após as discussões da Câmara de Graduação, foi sugerida à proponente a inclusão dessa possibilidade. Isso demonstra como as discussões avançaram entre o grupo responsável pela aprovação da proposta e o interesse da instituição em conferir aos egressos de seus cursos de graduação uma formação sólida, para que esses atuem na sociedade de forma crítica e reflexiva, contribuindo também para uma formação crítica das novas gerações.

A representação do modelo curricular proposto, em princípio, não era compatível com o sistema de registros acadêmicos, denominado Sistema Acadêmico da UFMG. Isso se configura em dificuldades para se obterem, de forma sistematizada, as informações gerais do curso, pelas instâncias responsáveis pelos cursos de Graduação da UFMG. Assim, várias discussões, entre a Pró-Reitoria de Graduação e a proponente, ocorreram, no intuito de adequar a estrutura curricular ao modelo institucional. Em princípio, parecia-nos que essa situação poderia prejudicar a compreensão da proposta como um todo.

Contudo, percebemos que seria possível fazer as adequações necessárias, sem prejuízo da proposta conceitual do curso. Entendemos que o formato institucional dos registros acadêmicos, mesmo com os limites que apresenta, favorece a administração e organicidade do curso, uma vez que nesse modelo é possível obter dados de forma sistematizada, além de permitir a otimização da estrutura já implantada na UFMG.

Destacamos que, após a visita da comissão da Coordenação Nacional da Educação do Campo/SECAD/MEC à Faculdade de Educação, foi sugerida uma nova denominação para o Curso, Licenciatura em Educação do Campo. Essa perspectiva fortalece a proposta nacional e cria melhores condições para enraizar a formação de professores para atuar no campo.

Considerações finais

A análise e acompanhamento da proposta do curso especial de graduação para formação de professores, Educação Básica no Campo: Pedagogia da Terra, permitiu-nos adquirir um novo olhar sobre a formação dos professores da educação básica. Assim, entendemos que foi positiva a possibilidade de vivenciar em nosso trabalho a implantação do curso no âmbito da UFMG.

Cabe ressaltar que uma segunda turma do curso iniciou-se em 2008, agora denominada Licenciatura em Educação do Campo. Dessa forma, estão em andamento na UFMG duas turmas do curso de Licenciatura em Educação no Campo. Também está prevista, no âmbito do REUNI – Plano de Reestruturação e Expansão das Universidades Federais –, a oferta regular desse curso, o que nos faz perceber a relevância que as propostas de formação dos professores da Educação Básica assumem no contexto da UFMG.

Referências

BRASIL. *Lei de Diretrizes e Bases da Educação Nacional*. Lei. N°. 9.394, de 20 de dezembro de 1996. Estabelece as diretrizes e bases para a Educação Nacional. 23 de dezembro de 1996.

BRASIL. Parecer N°. 09 de 08 de maio de 2001. *Diretrizes Curriculares Nacionais para a Formação de Professores da Educação Básica, em nível superior, curso de licenciatura, de graduação plena*. Ministério da Educação. Conselho Nacional de Educação. Disponível em <www.mec.gov.br>. Acesso em: 22 mai. 2008.

BRASIL. Resolução CNE/CP N°. 1 de 18 de fevereiro de 2002. *Diretrizes Curriculares para a Formação de Professores da Educação Básica, em nível superior, de graduação plena, curso de licenciatura*. Ministério da Educação. Conselho Nacional de Educação. Disponível em <www.mec.gov.br>. Acesso em: 22 maio 2008.

BRASIL. *Resolução CNE/CP nº. 2 de 19 de fevereiro de 2002*. Institui as duração e carga horária dos cursos de licenciatura, de graduação plena, de formação de professores da Educação Básica, em nível superior. Ministério da Educação. Conselho Nacional de Educação. Disponível em: <www.mec.gov.br>. Acesso em: 22 mai. 2008.

BRASIL. *Parecer nº. 28 de 02 de outubro de 2001*. Dá nova redação ao Parecer CNE/CP 21/2001, que estabelece a duração e a carga horária dos cursos de Formação de Professores da Educação Básica, em nível superior, curso de licenciatura, de graduação plena. Disponível em <www.mec.gov.br>. Acesso em: 22 maio de 2008.

FREITAS, Helena Costa Lopes de. Formação de Professores no Brasil: 10 anos de embate entre projetos de formação. *Educação Sociedade*, Campinas v. 23, n. 80, set./2002, p. 136-167. Disponível em: <http.:www.cedes.unicamp.br>.

PALMA FILHO, João Cardoso: A política nacional de formação de professores, In: BARBOSA, Raquel Lazzari Leite. (Org.). *Trajetórias e perspectivas da formação de educadores*. São Paulo: UNESP, 2004.

Segunda parte
Germinar e crescer em solo fértil

CAPÍTULO 5
O eixo Educação do Campo como ferramenta de diálogo entre saberes e docência

Alessandra Rios Faria
Carmem Lúcia Eiterer
Maria José Batista Pinto
Santuza Amorim da Silva
Juliane Corrêa
Leonardo Zenha Cordeiro
Rosely Carlos Augusto

O eixo Educação do Campo organiza-se como uma espiral no currículo do curso de Licenciatura em Educação do Campo, perpassando as Áreas (Linguagem, Matemática, Ciências da Vida e da Natureza e Ciências Sociais) nos tempos das diversas formações: Básica, Específica e Integradora. O Eixo desdobra-se em três diferentes ações: conteúdos pedagógicos (Teorias Pedagógicas, Didática, Filosofia da Educação, Psicologia da Educação, Sociologia da Educação, Política da Educação), Oficinas (Pedagogia de Projetos), Prática de Ensino e Estágio Supervisionado. Vamos nos deter naquelas etapas já desenvolvidas, mais especificamente nas ferramentas que buscam construir a integração entre os diferentes saberes. Assim é a Prática de Ensino, desenvolvida na disciplina "Análise da Prática Pedagógica", por meio das seguintes atividades: Memorial, Portfólio, Monografia, Tecnologias, Grupo Operativo e Educação, Formação para a Pesquisa e Orientação de Aprendizagem.

Apresentaremos a seguir elementos para uma aproximação da nossa concepção de trabalho nesse eixo. Entendemos que a formação de professores envolve diferentes tipos de saberes: saberes específicos (conteúdos de Matemática, Linguagem, Artes, Ciências); saberes pedagógicos de natureza teórica (como Sociologia da Educação, História da Educação, Filosofia da Educação, etc.) e saberes práticos (das vivências das pessoas, como estudantes e/ou como educador, entre outras).

---

[1] O presente texto apresenta a síntese de uma concepção de trabalho construída coletivamente. Tomaram parte nesse processo diferentes profissionais, educandos, professores e pesquisadores. A todos, fica nosso reconhecimento e agradecimento. Nomeamos alguns a seguir: Amarilis Coragem, Inês Teixeira, Miriam Jorge, Antonio Julio de Menezes Neto, Maria Isabel Antunes-Rocha, Marta Roseno e Sonia Roseno (MST) e educandos da turma de Licenciatura Educação do Campo.

Nossa compreensão se orienta na direção de autores como Candau (2002), frisando a importância da união entre a teoria e a prática para a formação do educador, na perspectiva de um trabalho simultâneo, buscando superar o que a autora afirma acontecer nos cursos de Pedagogia e de Licenciatura em que teoria pedagógica e prática educacional acabam por ser vistas de maneira separada. Para a autora, a união entre a teoria e a prática "traz em si a possibilidade do educador desenvolver uma 'práxis' criadora na medida em que a vinculação entre o pensar e o agir pressupõe a unidade, a inventividade, a irrepetibilidade da prática pedagógica" (CANDAU, 2002, p. 69).

Na mesma direção, Tardif (2002) discute o distanciamento teoria e prática na formação de professores, apontando que, na maior parte das vezes, os saberes acadêmicos são selecionados e definidos pela Universidade, identificados como saberes disciplinares. Os professores/educandos, na maior parte das vezes, não têm controle sobre esses saberes estabelecidos pela instituição. O autor defende a associação entre os saberes acadêmicos transmitida pelas instituições de nível superior relacionados à formação de professores e os saberes experienciais dos profissionais em exercício, ressaltando a importância da conexão entre Instituições de Formação de Professores e os profissionais da educação que atuam nas escolas. Nesse sentido, Nóvoa (1995) se apoia em Zeichner para frisar a necessidade de a prática docente estar articulada entre as universidades e as escolas, valorizando os "espaços da prática e da reflexão sobre a prática" (ZEICHNER *apud* NÓVOA, 1995b, p. 26).

Dessa forma, recorremos ainda a Garcia, para recordar distintas concepções de professor que o autor aponta – o docente pode ser visto como alguém que facilita a aprendizagem, como investigador, como o que toma as decisões, como um líder, etc. Esse autor observa que a formação de professores deve ser vista de maneira contínua, composta de fases diferentes do ponto de vista curricular, mantendo princípios éticos, didáticos e pedagógicos. O autor chama a nossa atenção para o termo *desenvolvimento profissional dos professores,* explicando que "a noção de *desenvolvimento* tem uma conotação de evolução e de continuidade que nos parece superar a tradicional justaposição entre formação inicial e aperfeiçoamento de professores" (GARCIA, 1995, p. 55, grifos no original). De acordo com ele, a estratégia indagação-reflexiva deve ser utilizada com os profissionais em formação e em exercício, favorecendo a conscientização sobre os problemas da prática.

A reflexão é um conceito utilizado na atualidade por investigadores e formadores de professores que têm se desdobrado em termos como prática reflexiva, reflexão-na-ação, professores reflexivos, entre outros. Sua origem remonta a Dewey que argumentava em 1933 "que no ensino reflexivo se levava a cabo 'o exame ativo, persistente e cuidadoso de todas as crenças ou supostas formas de conhecimento, à luz dos fundamentos que as sustentam e das conclusões para que tendem"' (*apud* GARCIA, 1995, p. 60). De tal modo na Educação do campo o desafio se converte em

[...] uma escola pronta a lidar com a realidade destes sujeitos e atender às demandas específicas destes homens e mulheres e seus filhos, população que trabalha com a terra e detém conhecimentos específicos e realidades profundamente diferentes daquela dos sujeitos do meio urbano. (Projeto do Curso, 2007)

Construímos um eixo que visa pensar de forma global a formação como educador e interage com todo o percurso do educando dentro e fora da Academia, procurando integrar essas diferentes dimensões e favorecer a reflexão do educando acerca de seu percurso formativo, desde a etapa inicial do curso na formação básica, passando pela etapa de formação específica, até a etapa final que chamamos de etapa integradora.

Também a avaliação do processo ensino/aprendizagem acompanhará a dinâmica de formação por meio de atividades que enfatizem a reelaboração de saberes. Para tal, em cada ação desenvolvida, tornar-se-á presente o saber dos Educandos. Partindo desse ponto, buscar-se-á levantar questões, dúvidas, problemas dos Educandos, para em seguida introduzir novos saberes. A avaliação se pauta nessa dinâmica pela comparação entre o ponto de partida e o ponto de chegada.

A prática educativa

Essa disciplina perpassa todas as etapas do curso e, ao longo do processo, o educando será chamado a refletir e a sistematizar suas reflexões sobre sua trajetória pessoal e profissional, enfocando a prática pedagógica e produzindo conhecimentos que serão registrados por meio do memorial, do portfólio e da monografia. Os Guias de estudo são ainda instrumentos elaborados pelos formadores, que apresentam aos educandos as orientações para seus estudos. As considerações apresentadas neste texto baseiam-se largamente nesses Guias.

Como procuramos apontar, o foco na prática pedagógica se dá em função da natureza deste curso, pois ele visa à formação do professor e a prática pedagógica é a ação desse profissional. Para quem já atua como professor ou professora, é demasiado importante que reflita sobre sua prática, construindo sentidos e conhecimentos a partir dela. Para quem não atua como professor ou professora, é importante que comece a se familiarizar com esse espaço de atuação profissional, aproximando-se dessa e construindo seus conhecimentos acerca dela. Esperamos com essa disciplina exatamente romper com a prática reflexiva espontânea e estruturar uma prática reflexiva sistematizada, registrando-a em diferentes suportes.

Lembramos que o debate acerca da formação de professores percorreu um longo caminho até chegar aos dias de hoje. Desde a década de 1960, as pesquisas sobre a formação docente voltaram-se para a relação entre os processos de ensino e a aprendizagem. As propostas curriculares visavam identificar as melhores formas de ensinar, assim como as maneiras mais adequadas de preparar o professor para utilizá-las.

Os anos 1970 trouxeram mudanças de orientação no campo educacional, tendo em vista o contexto de transformações políticas, sociais e culturais, repercutindo em novas abordagens no âmbito educacional. Já a partir dessa década, pesquisa-se como o professor é formado nas e pelas instituições escolares. Nesse sentido, as pesquisas foram direcionadas para a subjetividade, identidade, processos de formação e constituição dos saberes docentes, enfatizando a relevância dos saberes experienciais.

Magrone (2004) aponta que, no início da década de 1990, as transformações sociais e no papel docente repercutiram em "redefinições das relações entre a escola, o Estado e a sociedade" (MAGRONE, 2004, p. 88). De acordo com o autor, a tecnologização, a privatização e a racionalização do ensino levaram à desqualificação da influência do professor na educação. Nesse contexto, segundo o mesmo autor, houve uma tendência a enaltecer os saberes da pedagogia e os saberes disciplinares em detrimento dos saberes provenientes da prática.

No entanto, nas últimas décadas, um número relevante de autores vêm dedicando-se à defesa do saber professoral como saber específico construído na prática pedagógica vivenciada. Desde então, a contribuição de teorias, como aquelas sobre a reflexão-ação, vem demonstrando a necessidade de resgatar o valor dos saberes socioprofissionais dos professores e resgatar a dimensão da pesquisa intrínseca a esse fazer.

Garcia, destacando como central o conhecimento de conteúdos pedagógicos que associem o conhecimento das disciplinas e o modo de ensinar, ressalta que esses conhecimentos "representam uma elaboração pessoal do professor ao confrontar-se com o processo de transformar em ensino o conteúdo aprendido durante o seu percurso formativo" (GARCIA, 1995, p. 57).

No entanto, ele aponta que são necessárias aptidões e habilidades que dizem respeito a tarefas cognitivas para realizarem esse modelo de ensino. Garcia (1995) enumera e elucida estas destrezas:

a) empíricas, relacionadas ao diagnóstico em sala de aula e no âmbito da escola;
b) analíticas, descrição de dados e a partir deles construção de uma teoria;
c) avaliativas, processo de valoração, emissão de juízos e resultados alcançados;
d) estratégicas, planejamento e implantação da ação;

e) práticas, relação entre análise e prática, fins e meios para alcançar os objetivos satisfatórios;

f) comunicação, compartilhar ideias, importância da discussão em grupo.

Essas destrezas podem ser elementos da formação de professores inicial e permanente e, junto a elas, é necessário, para a consolidação de uma prática reflexiva, o desenvolvimento de

> [...] disposições ou atitudes como objetivos básicos da formação de professores entendendo por disposição uma característica atribuída a um professor que se refere à sua tendência para atuar de uma determinada forma num determinado contexto. (GARCIA, 1995, p. 62)

Até aqui, procuramos demonstrar como vem se estruturando essa proposta, ao desenvolver uma prática reflexiva e em que ela se fundamenta, com o objetivo de proporcionar clareza em relação às intenções da disciplina Análise da Prática Pedagógica. Vamos agora compreender como fazemos essa proposta acontecer.

O Memorial e o portfólio como instrumentos de registros na constituição de uma prática reflexiva

De acordo com Perrenoud (1999), "é funcionando numa postura reflexiva e numa participação crítica que os estudantes tirarão o melhor proveito de uma formação em alternância" (1999, p. 10). Nessa perspectiva, é importante pensar o funcionamento desse curso: Tempo Escola (TE) e Tempo Comunidade (TC) precisam articular-se intensamente por meio dessa disciplina.

Nesse sentido, a prática reflexiva pode até ser individual em determinados momentos, mas jamais poderá ser inteiramente solitária. O espaço coletivo dos encontros deverá se constituir em ricos debates e ressignificações de leitura sobre a prática do educando. Os instrumentos para consolidar os registros e subsidiar as reflexões são principalmente o memorial, o portfólio e a monografia. O memorial e o portfólio vão enfatizar a escrita autobiográfica, permitindo-lhe revisitar sua trajetória, fazendo leituras e análises dessa trajetória, ao longo do curso.

Como Kramer (1998) ressalta, a escrita autobiográfica é um importante instrumento de aprendizagem na formação de professores porque das memórias individuais e das histórias de vida emergem a ligação entre a educação e a memória social. A partir das questões mais significativas que emergirem nesse processo de sistematização do memorial e do portfólio, há a sistematização da pesquisa e a produção da monografia.

Esses instrumentos são os meios de consolidar um processo sistemático de reflexão sobre a formação e a prática pedagógica. Eles deverão ser vistos como instrumentos que permitem registrar e analisar as trajetórias dos educandos.

Memorial

O memorial é um instrumento por meio do qual se faz o registro da história de vida e trajetória profissional e, assim, reflete-se sobre elas, dialogando com a formação acadêmica. A memória nos revela aquilo que acumulamos ao longo da nossa existência e que mantemos como lembrança por alguma razão nem sempre explícita. Ver citação abaixo.

Considerando esses aspectos, o memorial deve ser construído a partir da

> [...] narrativa da sua própria experiência retomada a partir dos fatos significativos que vêm à lembrança. Fazer um Memorial consiste em um exercício sistemático de escrever a própria história, rever a própria trajetória de vida e aprofundar a reflexão sobre ela. Esse é um exercício precioso para o autoconhecimento. (SEE, Veredas, 2002, p. 162)

Seu objetivo é criar oportunidades de refletir sobre aquilo que se vivencia ou vivenciou, em relação àquele conhecimento de caráter mais teórico que se adquire ao longo da formação. No memorial, o educando é convidado a estabelecer um diálogo da teoria com a prática, a partir de sua própria vida, com sua **voz**, pois, como autor do texto, pode apresentar exemplos, levantar dúvidas, propor novas ideia, etc., de forma a atribuir um sentido mais pessoal e contextualizado àquilo que é estudado.

O objetivo maior do memorial, portanto, será desenvolver a habilidade de observar seu próprio contexto e suas próprias trajetórias como docentes e/ou educandos a partir de um diálogo permanente com as vivências do TE e do TC. Dessa forma, o memorial serve como um importante instrumento de avaliação do processo de formação de cada educando, avaliação que o próprio educando realiza, enquanto vai refletindo e escrevendo sobre o processo vivido. O texto passa por várias leituras e releituras, são produzidas diferentes versões ao longo do curso, identificando pontos que podem ser mais explorados ou relacionados entre si, antes da apresentação da versão final.

Nos encontros presenciais, os educandos dialogam sobre o processo do memorial e relatam seu conteúdo, constituindo uma reflexão coletiva que contribuirá significativamente para a reconstrução do memorial como instrumento.

Portfólio

O portfólio é utilizado na formação para a educação do campo como instrumento avaliativo. Sua origem vem do campo das Artes, pois é o nome dado às pastas em que os artistas e fotógrafos colocam as amostras de produções mais significativas e apresentam a qualidade e abrangência do seu trabalho, de modo a ser apreciado pelos especialistas e professores.

O seu uso no processo educativo de outros campos também segue o mesmo processo. Por meio do portfólio, exercitamos uma participação ativa na formulação dos objetivos de aprendizagem e o seu acompanhamento contínuo. Esse instrumento viabiliza uma avaliação formativa ao longo do curso. Diferentemente de outros métodos de avaliação, ele é construído pelo próprio aluno, ao longo do curso, observando os princípios de reflexão, criatividade, parceria e autonomia. Vinculando a avaliação ao trabalho pedagógico, o aluno participa das tomadas de decisões, de modo a formular suas próprias ideia, faça escolhas e não apenas cumpra prescrições do professor e da escola. Desse modo, a avaliação passa a refletir a aprendizagem de cada aluno, respeitando sua individualidade e seu ritmo próprio.

Esse exercício constrói um arquivo documental do processo de aprendizagem ao longo do curso, selecionando materiais diversos (textos, exercícios, imagens, citações, frases, ilustrações, fotografias, objetos, etc.), significativos nesse processo. Esse arquivo pode ser formatado no modo que educando preferir (pasta, caixa, caderno, etc.). É importante que o educando selecione o material a cada momento educativo (uma disciplina cursada, um encontro coletivo, uma atividade, um material que expresse sua relevância de acordo com o objetivo estabelecido).

Assim, é importante que ele tenha uma apresentação inicial, expondo os seus sentidos de construção, o que significou, como está organizado. Seu conteúdo será constituído pelos materiais selecionados e as pelas reflexões sobre ele. Ao final do curso, esse instrumento apresenta uma síntese de todo o processo de formação vivido.

Tecnologia educacional

A temática Tecnologia Educacional é integrante do eixo "A escola e seus sujeitos", por constituir um campo de conhecimentos que aborda as mediações pedagógicas decorrentes do uso de diferentes recursos tecnológicos. A delimitação desse campo conceitual, no nosso curso em específico, deu-se a partir dos conceitos de educação, tecnologia, comunicação abordados no Tempo Escola; já a articulação com os contextos sociais se deu por meio das atividades propostas no Tempo Comunidade. Compreendemos que essa articulação possibilitou situar as diferentes formas de utilização dos recursos tecnológicos nos contextos educativos.

O importante é pensar a educação em sua dimensão política e pedagógica, explicitando os interesses políticos e culturais de um determinado grupo social, ou seja, explicitando a real implicação dos sujeitos concretos que vivenciam determinadas condições sociais em um dado tempo histórico. Para isso, é preciso indagar: Que sujeitos são esses? Quais são as necessidades tecnológicas de seus contextos de vida? Quais são os conteúdos a serem abordados? Como incorporar tais conhecimentos em sua dinâmica social? Dessas indagações iniciais, parte a estruturação de um curso de licenciatura do campo e, em específico, da disciplina Tecnologias Educacionais. Sendo assim, escolhemos abordar a disciplina, tendo como referência os contextos educativos reais e não os contextos genéricos ou idealizados para, partindo desses contextos, compreender as reais possibilidades de utilização das tecnologias e, também, propor novas alternativas.

A ênfase de nosso trabalho tem sido a de garantir a fundamentação, a reflexão crítica acerca dos usos possíveis e também a instrumentalização para a produção de materiais midiáticos, considerando a articulação das diferentes linguagens. No curso, iniciamos as aulas, abordando as tecnologias primárias do eu, a comunicação educativa, de modo a proporcionar uma compreensão mais ampla da utilização das tecnologias de informação e comunicação. Esse trabalho ocasiona as seguintes reflexões:

> O primeiro contato com a disciplina do curso foi surpreendente, [...] para quem esperava atividades como operar um computador, navegar na web, produzir filmes, etc., deparamos com temas e práticas extremamente importantes nos processos de comunicação[...].Perceber a importância dos sentidos, muitas vezes negligenciados, provoca e estimula a querer saber mais em relação às possibilidades comunicacionais da visão, olfato, paladar, audição e tato. (Aluno do curso/turma 2006)

Em seguida a esse processo, abordamos a reflexão e a produção de materiais audiográficos e videográficos, a partir de temas dos contextos vivenciados pelos alunos. Essas produções tiveram como objetivos explicitar o propósito de cada mídia produzida, a sistematização necessária para a sua produção e a distribuição da informação.

A disciplina Tecnologia Educacional possibilitou a vivência do processo de produção de materiais assim como a tomada de consciência referentes aos impasses decorrentes dos contextos da educação do campo.

A formação para a pesquisa

Comecemos por discutir a inserção da disciplina Formação para a Pesquisa, na proposta do Curso, no eixo de Prática de Ensino. Essa inserção nos parece especialmente importante, se tomarmos as discussões e proposições atuais que permeiam o discurso sobre a formação docente. Entende-se, hoje, como apontado na apresentação deste capítulo, que os educadores devem fazer o exercício constante de crítica e reflexão sobre a sua prática de ensino, no sentido de propor revisões e superar desafios.

Nesse cenário, destaca-se a pesquisa como uma possibilidade de romper com visões equivocadas da realidade, pela valorização constante do questionamento crítico e sistemático.. Esse exercício pressupõe análise das teorias, conteúdos e identificação de novos caminhos, novos entendimentos e novas respostas, o que presume a busca de bases teóricas sólidas para fundamentar as ideias e ações.

Nessa direção, cabe destacar as reflexões de Arroyo, quando sinaliza sobre a importância da pesquisa para os movimentos sociais:

> [...] a função da pesquisa não pode ser reduzida a conhecer melhor a realidade. Há um grande acúmulo de conhecimento sobre a realidade, porém há pouco conhecimento e pesquisa sobre como intervir politicamente sobre a realidade, sobre como avançar na transformação social. (ARROYO, 2007, p. 35)

Vale lembrar que esse relato trata de uma única etapa, na qual a disciplina aparece pela primeira vez. Inicialmente se detectou que os/as alunos/as estavam muito tensos/as e preocupados/as com o que viria a ser esse curso e, obviamente, com a elaboração da monografia de final de curso, tarefa estritamente ligada à disciplina. Os fatores que poderiam justificar essa tensão são muitos, mas se destacam dois deles: primeiro, o lugar que a pesquisa ocupa dentro do MST, isto é, ela não aparece como um mero cumprimento de um ritual técnico para obtenção de um título, mas é compreendida e valorizada como um compromisso de transformação social e de produção de suas próprias concepções sobre sua história, memória e sociedade. Segundo, a própria dinâmica da prática da pesquisa e tudo o que ela exige e envolve – a pesquisa bibliográfica, a leitura de textos teóricos, a escrita analítica e reflexiva, entre outras, são práticas ausentes na formação da maioria dos estudantes dos cursos de graduação que chegam às nossas faculdades.

Esses fatores são significativos na construção de uma experiência de pesquisa e provavelmente estarão presentes nas futuras etapas do curso. No ato da escolha do tema e delimitação dos objetos de estudo, esses elementos vieram à tona todo o tempo. Nesse processo, tornou-se evidente o quanto as experiências, as vivências e a sensibilidade de cada um sobre a realidade são condutoras de suas escolhas e preocupações. Ainda assim, durante os encontros, muitos tiveram dúvidas para consolidar uma proposta sobre o que investigar, pois as necessidades da prática tornavam-se imperiosas e se sobrepunham a todos os outros indicadores já estudados e desenvolvidos em outras etapas do curso. Ao final, a maioria conseguiu destacar uma temática de interesse, relacionando-a aos estudos realizados no âmbito de sua área de formação.

Como Paulo Freire sempre advogou, o resgate das vivências e experiências pode ser considerado um excelente ponto de partida para iniciarmos um projeto de pesquisa. No entanto, se tomarmos as reflexões de Arroyo (2007), essa realidade precisa ser desvelada em seus múltiplos significados, pois conhecer não é acrescentar novas informações ao que já se sabe e isso exige novos olhares, novas leituras e também outros valores.

Este é o desafio colocado para a pesquisa e para todos os formadores envolvidos nesse processo de formação: contribuir para ampliar as concepções e incentivar o questionamento, dentro de um processo de reconstrução do conhecimento, consolidando assim as bases para o educar/formar pela pesquisa.

Grupo Operativo e Educação

Tomando-se ainda o Memorial como o instrumento que traz para o diálogo o Educando, na disciplina *Grupo Operativo e educação*, trabalharam-se a caracterização e as expectativas dos educandos nas dimensões individuais, familiares, grupais e coletivas, como sujeitos inseridos em diferentes espaços, tempos e rede sociais. Nesse sentido, o Memorial, como instrumento pedagógico, propiciou uma introdução à reflexão da relação sujeito-sociedade e da construção da memória e identidade, na dimensão individual e social.

O resultado desse trabalho foi o desenho do "perfil sociocultural" do grupo e uma relação de temas de interesse para compor a grade curricular do curso, incluindo demandas como compreender "as relações humanas nos grupos; discutir ideologia, subjetividade, relações de gênero e familiares". Tais demandas foram traduzidas na proposta de se formatar uma "disciplina prática de grupo operativo e educação", em que se refletisse sobre a própria formação e relações grupais.

A partir dessa demanda, da inovação pedagógica de uma Licenciatura em Educação do Campo – a história anterior do grupo (que já trouxe para a sala de aula uma história própria de inter-relações de um grupo político) e a dimensão grupal da sala de aula, como espaço de produção institucional de conexões inter e intrassubjetivas – é que se propõe esta prática de ensino, como uma experiência grupal e psicossocial de educação.

Tendo como objetivo dar continuidade à construção de mediações para diálogo com os sujeitos envolvidos no processo formativo, introduziu-se a noção do grupo, como uma entidade própria, mas não autônoma em relação aos indivíduos que o compõem, que mantém entre si uma interdependência dinâmica e dialética. O grupo, como resultado de uma pluralidade sociocultural complexa, maior que a soma dos indivíduos, possui uma dinâmica e fenômenos próprios. Por meio de oficinas vivenciais e pedagógicas de dinâmica de grupo, refletiram-se os fenômenos psicossociais presentes no próprio grupo.

Refletiram-se, ainda, a prática e papéis, nos grupos e organizações. Fenômenos e temas, como a liberdade individual, o compromisso grupal, a reprodução ideológica, no nível das organizações, grupos e comportamentos, foram debatidos.

No presente trabalho, o grupo é considerado elemento mediador na produção de normas e usos sociais, um microuniverso organicamente vinculado à realidade social mais ampla. Nesse espaço, articulam-se, em constantes agenciamentos e fluxos de subjetivações, o devir aluno-aprendiz, o devir-sujeito-social, o devir-professor, o devir-cidadão. A constituição da grupalidade se apresenta como um complexo processo em que a subjetividade se objetiva e a objetividade se subjetiva, tomando formas mais ou menos provisórias, mais ou menos estáveis, na trama que constitui os seres-no-mundo.

É importante evidenciar que, do ângulo da análise social centrada na vida cotidiana, as categorias macrossociais só ganham efetividade quando ressignificadas em nível das instituições sociais e, dentro dessas, em nível dos grupos que as compõem, por meio dos vínculos estabelecidos entre os sujeitos e, em nível individual, nos comportamentos, atitudes e sentimentos mobilizados.

Partindo do pressuposto de que a construção de conhecimento é forjada em experiências grupais de inter-ação, considera-se como parte dessa construção o "aprender sobre essas experiências". Muitas técnicas grupais, aplicadas ao ensino, sobretudo no campo da medicina, têm sido descritas e empregadas por distintos autores. As variáveis decorrem do objetivo operacional, das características do grupo, do embasamento teórico-prático do coordenador.

As seguintes características identificam o grupo: já se conhecem e têm uma história institucional/organizacional comum. O perfil do grupo revela uma composição marcadamente jovem, de origem no campo; com equidade de gênero; que se identificam como trabalhadores e educadores "sem-terra e Sem-Terra".

Essas características têm implicações importantes no formato da metodologia a se trabalhar nessa prática de ensino, quando, numa turma de aluno/as que não combinaram estar juntos, propõe-se um trabalho de estudo sobre a dinâmica dos grupos, baseado nas premissas da dinâmica dos grupos, conforme desenvolvido por Kurt Lewin (1989), buscando refletir a relação educador-educando; dirigente-dirigido. Fazemos isso, trazendo a reflexão para o próprio funcionamento do grupo – propiciando seu diagnóstico e a problemática colocada para os grupos nos movimento sociais, como a existência de conflitos e divergências institucionais internos e com outros grupos sociais e os atravessamentos de gênero, geracional e de origem social e cultural, presentes nesse grupo. Tomando essas características como ponto de partida, inicialmente, propusemos como estratégia metodológica a técnica e o processo proposto pelo "grupo operativo", como desenvolvida por Pichon-Rivière e outros psicossociólogos, na Argentina e no Brasil. Porém, esse formato pressupõe encontros mais amiúde para imprimir um processo de autorreflexão da tarefa operativa explícita – no caso, a aprendizagem – e da tarefa implícita de se construir o grupo e os sujeitos, reais e concretos, nas suas dimensões psicossociais, por meio da análise da ideologia, das estereotipias, bloqueios, medos e angústia suscitadas no processo grupal. Como o curso só permite dois encontros semestrais, de 3 a 4 horas cada, optou-se por formatar a prática em 08 oficinas, com começo, meio e fim nelas mesmas, centradas num "tema/questão" gerador da autorreflexão do processo grupal.

O conceito de oficina, aqui, faz referência a um lugar de trabalho coletivo e a uma experiência de atividade realizada num encontro de pessoas no qual se procurará construir, juntos, um saber. A aprendizagem vivencial ocorre quando uma pessoa se envolve, integralmente, em uma atividade, analisa- a, criticamente, elabora um saber e aplica seus resultados. Fazem parte das características desse processo: a preocupação em garantir a participação constante de todos os membros do grupo; a problematização; a alternância entre plenária e trabalho em subgrupos; a avaliação contínua; a criação de clima adequado e a documentação.

A orientação de aprendizagem

A orientação de aprendizagem é um dos espaços educativos de relevância neste percurso. Objetiva contribuir para a organização do tempo de estudo dos educandos e educandas, auxiliar na explicação e organização dos trabalhos escolares, na vinculação dos tempos-escola e tempos-comunidade. Procura acolher as demandas coletivas tanto quanto as individuais, apoiando esses sujeitos no seu retorno aos estudos e na sua nova experiência de vida, que se configura como sendo a vida acadêmica. Este é um dos desafios com os quais se depara: todos os homens e mulheres que compõem a turma são integrantes de movimentos sociais do campo, seja o Movimento dos Trabalhadores Rurais Sem Terra (MST), Comissão Pastoral da Terra (CPT) e outros. Assim sendo, eles têm modos próprios de organização, trabalho, reivindicação e relacionamento, que não são encontrados, na maioria das vezes, nos alunos dos cursos regulares da Universidade. Formaram-se na militância, na "Pedagogia dos Movimentos Sociais".

> O Curso Superior de Pedagogia da Terra se coloca numa lógica de habilitação, em nível Superior, destinada a profissionais que atuam no terreno educativo e não possuem graduação, nem possibilidades de freqüentar uma faculdade regularmente. As exigências legais estabelecem o ano de 2009 como limite para que todos os educadores e educadoras tenham uma graduação de nível superior. Muitos profissionais atuam e possuem competência profissional num acúmulo de anos de experiência. O grande desafio será a apropriação de conteúdo e metodologias num processo de valorização da práxis construída pela história de vida e trabalho dos educadores e educadoras do campo. (FaE, 2005)

Esses educadores e educadoras do campo chegam à Universidade com uma trajetória, demandas e expectativas que os distinguem dos alunos com os quais a Universidade tem atuado ao longo de sua existência. Esse coletivo apresenta trajetórias de escolarização variadas – alguns tendo longo trajeto percorrido ao largo da escola; outros se formaram dentro da própria lógica de formação do Movimento Social, como é o caso do Magistério da Terra, curso secundário de formação de professores do MST.

Assim, apresentam características novas para o professor, que citaremos a seguir. A primeira das características a se ressaltar é o fato de ser um coletivo profundamente motivado, de uma motivação interna, que atrela a organização e o rigor ao compromisso acadêmico, responsabilidade com as tarefas, horários, etc. Nesse aspecto, compõe-se o grupo de alunos dos sonhos de todo educador. Entretanto, por seus processos de escolarização heterogêneos, há a presença de dificuldades de leitura de textos acadêmicos por parte de alguns dos alunos da turma, ou mesmo de compreensão da linguagem utilizada nesse ambiente, como costuma mesmo ser comum entre alunos que chegam à universidade e não detêm *a priori* os códigos de funcionamento desse ambiente. Entretanto, aqui, a falha de comunicação é um problema maior, uma vez que o aluno passará meses longe do professor, debatendo-se com textos e materiais das diferentes disciplinas e estudando sozinho. A maioria dos educandos e educandas do curso não possui acesso à internet, nem mesmo, por vezes, a telefone. Para muitos, até o contato via carta é difícil, devido à localização do assentamento em que moram e às distâncias até a cidade, onde fica o correio. Há de se considerar que muitas cidades não estendem o serviço de entrega de correspondência aos assentamentos. Devemos também considerar as condições financeiras em que vivem os educandos e educandas do campo. Alguns foram mesmo destituídos de seus postos de trabalho nas escolas, quando admitidos no curso.

Condições financeiras frágeis são também as que a própria coordenação do curso enfrenta. A verba destinada ao custeio do projeto não permite abarcar amplamente todas as despesas com transporte, alimentação, hospedagem, necessidades de material da turma. Aqui se inscreve, de forma vital, a presença da orientação de aprendizagem. A orientação de aprendizagem prevê a ida de uma orientadora aos assentamentos dos educandos e educandas, para se aproximar da sua realidade, acompanhá-los no dia a dia das dificuldades de estudo e auxiliar na realização das tarefas em que encontrem maiores dificuldades.

Responder às questões apresentadas por um projeto de formação comprometida com uma realidade social pouco conhecida da maior parte dos professores universitários envolvidos nessa formação, tem provocado neles a necessidade de formar-se também, para o que têm realizado seminários interdisciplinares, com convidados externos à UFMG, com a presença, ou não, dos estudantes da Pedagogia da Terra.

Nessa perspectiva, para os professores universitários, discutir a universidade e seu compromisso com populações até então excluídas dela, como as populações do campo e as populações indígenas, tem sido um dos efeitos colaterais do curso.

Entre os desafios que o curso coloca, além daquele relativo a uma formação interdisciplinar, encontra-se a avaliação. Estabelecer critérios e instrumentos coletivos e específicos para as áreas, delimitar habilidades e competências para a educação básica do campo têm sido um constante esforço desta equipe, buscando traçar estratégias que permitam àqueles que tenham maiores dificuldades no aprendizado acompanhar o processo de desenvolvimento do curso.

> O grupo de professores se reunirá regularmente para avaliar o trabalho e o processo de formação dos estudantes. É importante que, nestas reuniões, sejam traçadas propostas de ação para acompanhar estudantes com dificuldades de aprendizagem, não deixando que este problema chegue ao final do curso. Desta forma, haverá uma proposta de acompanhamento diferenciada, com carga horária extra curricular [...] para os estudantes com dificuldades, possibilitando que os mesmos continuem acompanhando o desenvolvimento do curso, sem a necessidade de rupturas do processo. (FaE, 2005)

Podemos constatar a importância do papel desse orientador de aprendizagem. Mas, é fato que, diante das dificuldades financeiras a que tem sido submetido o projeto, do ponto de vista do montante de recursos e do ponto de vista de com que está autorizado a gastar, essa atividade tem acontecido de maneira um tanto irregular, considerada insuficiente, exigindo estratégias de superação do problema e criação de alternativas para que o trabalho e a aprendizagem dos estudantes possam vir a ser favorecidos.

A falta de acesso por parte de alguns desses estudantes à internet, ao telefone, e mesmo ao serviço dos correios, faz ver como a população do campo continua alijada de bens e serviços sociais básicos e como, de alguma forma, é relegada à segregação, ao isolamento.

Concluindo

Segundo Rocha (2005), para conhecer a história do campo, é preciso entender tempos e espaços: os sujeitos, os alunos. Para entender a escola hoje, é preciso conhecer o seu histórico, na tentativa de planejar o futuro. A escola chega, de fato, ao campo, no Brasil, nos anos 1940. A escola era a extensão da casa do fazendeiro. A maioria dos alunos era de filhos de agregados, meeiros, ou seja, os pobres do campo. Dos anos 1970 aos 1990, a escola ocupava ainda o espaço da agricultura familiar. Muitos livros produzidos não chegavam às escolas. A partir dos anos 1990, as escolas chegavam aos espaços conquistados pela luta de acesso. Agora, a luta é por qualidade; os sujeitos dessa luta são os Movimentos Sociais, ONGs e órgãos públicos.

Desse modo, a formação de professores para a Educação Básica do Campo resulta de uma política pública construída ao longo dos anos, pela demanda e inserção política dos sujeitos trabalhadores rurais. Essa demanda se configurou como a luta por uma escola *do* campo e traz no seu bojo um projeto educativo *próprio* que difere por defender uma escola *no* campo. Não basta que a escola ali esteja, mas é necessário que ela dialogue plenamente com a realidade do meio onde se encontra. Isso significa dizer que é uma escola inserida verdadeiramente na realidade desses sujeitos, pronta a acolher e procurar atender às demandas específicas desses homens e mulheres e seus filhos, população que trabalha com a terra e detém conhecimentos específicos e realidades profundamente diferentes daquela dos sujeitos inseridos no meio urbano.

Concordando, portanto, que o saber educar não se constrói apenas na academia, mas também no campo, no trabalho, na militância, visamos, no eixo Escola e seus sujeitos, integrar esses diferentes saberes em um diálogo reflexivo, especialmente aqueles saberes desencadeados na militância, a que chamamos a pedagogia do movimento social, articulando-a aos demais conhecimentos acadêmicos, pedagógicos e específicos. Considerando todo o contexto histórico e social desses educandos, é possível concluir que formar educadores e educadoras para a escola do campo é fortalecer não só o campo, mas um novo projeto de sociedade que ele propõe. O curso de Licenciatura para a Educação Básica do Campo esforça-se em oferecer uma formação organicamente enraizada na cultura, nos valores, nos modos de conhecer da realidade do campo e com todo o movimento que há nele. Este projeto, ainda que enfrentando os percalços e os limites impostos pela própria política pública, no seu viés financeiro, soma-se a outros, na luta pela construção e aplicação dessas políticas no campo no que se refere à formação de professores e à ampliação do acesso, permanência e sucesso dessa população na escola.

Referências

ARROYO, M. Os movimentos sociais e o conhecimento: uma relação tensa. *Cadernos do Iterra*. O MST e a pesquisa, v. 7, n. 4, nov. 2007. p. 35-43.

CANDAU, V. M. A relação entre teoria-prática na formação do educador. In: CANDAU, Vera Maria (Org). *Rumo a uma nova didática*. 13. ed. Petrópolis: Vozes, 2002.

FaE/UFMG. *Curso de Licenciatura em Educação do Campo. Projeto Político- Pedagógico.* Belo Horizonte, 2007. (mimeo).

GARCIA, C. M. A formação de professores: novas perspectivas baseadas na investigação sobre o pensamento do professor. In: NÓVOA, António. *Os professores e a sua formação.* 2. ed. Lisboa: Instituto de Inovação Educacional, 1995.

GARCIA, C. M. Pesquisa sobre a formação de professores: o conhecimento sobre aprender a ensinar. Caxambu: *Revista Brasileira de Educação*, n. 9, p. 51-75, set./dez. 98.

KRAMER, S. Leitura e escrita de professores: da prática de pesquisa à prática de formação. *Revista Brasileira de Educação*, São Paulo, v. 7, p. 19-41, 1998.

LEWIN, K. *Problemas de dinâmica de grupo*. Tradução de Miriam M. Leite. São Paulo: Cultrix, 1989.

MAGRONE, E. Saberes Docentes e Formação Profissional: uma visão crítica. *Educação em Revista*, Belo Horizonte, v. 40, p. 87-113, 2004.

NÓVOA, António. Formação de professores e profissão docente. In: NÓVOA, António (Org). *Os professores e a sua formação*. Lisboa: Dom Quixote, 1995.

PICHON-RIVIERE. *O processo grupal*. São Paulo: Martins Fontes, 1994.

PERRENOUD, P. Formar professores em contextos sociais em mudança: prática reflexiva e participação crítica. *Revista Brasileira de Educação*. p. 5-12, set./dez. 1999.

ROCHA, Maria Isabel Antunes. *Educação do campo em Minas Gerais*. Histórico e desafios da educação do campo em Minas Gerais. UFMG. 2º dia de palestra do Seminário Educação do Campo. dez., 2005.

SEE-MG – VEREDAS. *Formação Superior de professores: módulo 1* – v. 1. SALGADO, M. U. C.; MIRANDA, G. (Org.) .Belo Horizonte: SEE-MG, 2002.

TARDIF, M. *Saberes docentes e formação profissional*. 2. ed. Petrópolis: Vozes, 2002a.

TARDIF, M. Os professores enquanto sujeitos do conhecimento: subjetividade, prática e saberes do magistério. In: CANDAU, V. M. (Org.). *Didática, currículo e saberes escolares*. 2. ed. Rio de Janeiro: DP&A, 2002 b.

CAPÍTULO 6
Desafios e possibilidades da área de Ciências Sociais e Humanidades na formação para a docência no campo

Maria de Fátima Almeida Martins
Ana Maria Simões Coelho
Shirley Aparecida Miranda

Este texto tem como objetivo apresentar de que maneira, no contexto da constituição do curso Licenciatura do Campo – Pedagogia da Terra, iniciado em dezembro de 2005, na Faculdade de Educação da UFMG, vem sendo pensada a formação e o ensino da Área de Ciências Sociais e Humanidades para professores que irão atuar na educação do/no campo. O referido curso está se constituindo a partir de possibilidades delineadas na Lei de Diretrizes e Bases da Educação Nacional – LDBEN 9394/96 – para essa modalidade de educação, a qual ganha relevância na medida em que fortalece os sujeitos no lugar em que realizam a sua prática.

As reflexões apresentadas aqui estão pautadas pelas discussões que temos realizado em torno da construção do currículo, organizado por áreas de conhecimento, denominadas para esse curso: Área de Ciências da Vida e da Natureza; Área de Ciências Sociais e Humanidades; Área de Línguas, Artes e Literatura e Área de Matemática. Assim concebido, o curso exige que pensemos para além dos campos disciplinares instituídos, na medida em que nos coloca diante de novas necessidades e elementos desafiadores para a realização de um trabalho integrado com os conteúdos de ensino e aprendizagem, o que, no nosso modo de pensar, não se resume em propor atividades dentro daquilo que vem sendo chamado de interdisciplinaridade.

De fato, a montagem e realização do curso, estruturado a partir das áreas mencionadas, têm representado para os docentes envolvidos o exercício de pensar e propor conteúdos, materiais e atividades que ultrapassem os limites das disciplinas parcelares e das práticas mais comuns na universidade, por exemplo, elegendo temas de interesse comum e que esclareçam questões relacionadas à realidade social. Num primeiro momento, esses materiais e atividades se articulam num movimento de interdisciplinaridade, mas é preciso que, a partir daí, sejam (re)significados de maneira a permitir uma nova visão da realidade e também do seu ensino e aprendizagem na educação básica. Assim, o encaminhamento que vem sendo dado às discussões da área de Ciências Sociais e Humanidades visa provocar e reforçar iniciativas que permitam explorar, de modo consistente e continuado, as possibilidades de diálogo entre os campos disciplinares que, no caso da área de Ciências Sociais e Humanidades, nesse curso, abrangem a Geografia, a História, a Sociologia e a Filosofia, de modo a propor questões acerca da formação social, política, cultural e identitária da sociedade brasileira, cuja compreensão e solução esteja além das fronteiras disciplinares. Entendemos que essa forma de elaborar o pensamento acerca da realidade brasileira constitui uma ação propositiva fundamental frente aos desafios iniciais que o curso nos apresentou.

É preciso destacar que, em sua particularidade como lugar de formação do professor do campo, o curso (re)significa e qualifica a ação dos sujeitos envolvidos na ação educadora do e para o campo, pois tem sua centralidade na reflexão sobre a educação para além das fronteiras hegemônicas do saber instituído.

O curso iniciou suas atividades com sessenta alunos que, como condição para o seu ingresso, deveriam estar envolvidos no movimento de luta pela terra no campo e vinculados a um acampamento ou a um assentamento. Tendo em vista a especificidade da prática cotidiana desses alunos, sua participação no curso pode ser compreendida como sendo uma reflexão sobre a ação, como ressalta Schon (1983, *apud* Nóvoa, 1997), ou uma ação da/na prática, por se tratar, ao mesmo tempo, de um momento de formação teórica (no que se refere à elaboração de sentidos e significados no contexto do conhecimento científico) e de uma prática, que poderá e tenderá a ser reflexiva, na medida em que esses alunos, que deverão atuar como educadoras e educadores já estão, em alguns casos, inseridos em ações educativas (escolares e comunitárias), em assentamentos ou acampamentos vinculados ao Movimento dos Trabalhadores Rurais Sem Terra e à Via Campesina.

Ao discutir essa proposta de formação do professor do campo, torna-se fundamental ressaltar o movimento que desencadeou a construção de uma política para a educação nesse espaço. Como propósito de luta, esse movimento buscou romper com os sentidos que foram dados à educação "rural" formatada sob o signo do assistencialismo latifundiário – que reforçava a dominação assentada na prática da benemerência e a permanência da desigualdade do direito à terra –, para pensar e formular, sob outros contornos e significados, a educação dos que vivenciam o campo e se relacionam com a terra como lugar da existência e realização da vida. Como campo de luta política, o movimento pela educação ganha maior significado, na medida em que esclarece o processo em que se estruturam e se constituem as representações de rural e de urbano em nossa sociedade, as quais não podem ser separadas da luta pelo espaço.

A educação que tem como preocupação esses novos sujeitos rompe as amarras do tradicionalismo secular que marcou as relações no campo e fortalece a luta pela terra:

> O movimento Por uma Educação do Campo recusa essa visão [do latifúndio], concebe o campo como espaço de vida e resistência, onde camponeses lutam por acesso e permanência na terra e para edificar e garantir um *modus vivendi* que respeite as diferenças quanto à relação com a natureza, com o trabalho, sua cultura, suas relações sociais. Esta neoconcepção educacional não está sendo construída para os trabalhadores rurais, mas por eles, com eles, camponeses. Um princípio da Educação do Campo é que sujeitos da educação do campo são sujeitos do campo: pequenos agricultores, quilombolas, indígenas, pescadores, camponeses, assentados e reassentados, ribeirinhos, povos de florestas, caipiras, lavradores, roceiros, sem-terra, agregados, caboclos, meeiros, bóias-frias. (FERNANDES; MOLINA, 2005, p. 9)

O movimento recente de mudança se inicia com a I Conferência Nacional por uma Educação Básica do Campo, realizada em Brasília, em 1998, e a II Conferência Nacional por uma Educação Básica do Campo, realizada em 2004. Como ressaltam Fernandes e Molina (2005, p. 12), a partir dessas ações coletivas e tendo como base e foco da discussão as experiências vivenciadas pelos movimentos, foi alcançada uma mudança qualitativa, na medida em que o estabelecimento dos sentidos para a educação do campo passou a ser mediado pelos movimentos dos camponeses e por organizações que acompanham a luta dos trabalhadores pela terra, como o PRONERA – Programa Nacional de Educação na Reforma Agrária. É, portanto, no contexto mais amplo da história da luta pela terra (da qual não falaremos neste texto), e das ações de diferentes sujeitos que acreditam na educação do campo, que o curso ganha concretude.

Como já referido, a organização geral do curso foi pensada por áreas do conhecimento e o detalhamento de sua estrutura curricular tem como centralidade questões mais específicas da e sobre a realidade do campo. Essa abordagem converteu-se em uma oportunidade ímpar para pensarmos a articulação dos diferentes campos disciplinares, não apenas devido à necessidade de pensar esses conteúdos no contexto da montagem de um currículo organizado a partir das áreas, mas também tendo em vista que, num curso como esse, os conteúdos específicos que compõem a área de Ciências Sociais e Humanidades assumem um sentido mais claro para os sujeitos/educandos, uma vez que eles integram movimentos sociais e isso os estimula a nos colocarem em diálogo constante com sua prática. Além disso, é preciso não esquecer que a concepção norteadora é a de que a escola pública do/no campo deve colocar-se como espaço para a construção de um compromisso ético com a reforma agrária, dentro dos princípios de solidariedade, cooperação e respeito à diversidade étnica, de gênero e à biodiversidade.

É importante enfatizar que o processo de elaboração do currículo vem ocorrendo no próprio movimento do fazer, isto é, durante a realização do curso, o que tem possibilitado um diálogo bastante rico entre os representantes dos diferentes campos do conhecimento, uma vez que a ação, com todas as suas contradições – momentos em que as experiências são bem sucedidas ou momentos em que as atividades não se concretizam a contento – ilumina diretamente a reflexão, permitindo repensar as propostas, numa reelaboração permanente do currículo.

Cabe aqui uma pequena referência às discussões sobre currículo, empreendidas por Gimeno Sacristán e A. I. Pérez Gómez. Para esses autores, existe uma relação extremamente importante e próxima entre o ensino e o movimento que culmina na organização e na elaboração de atividades do currículo, ou seja,

> [...] é preciso ver o ensino não na perspectiva de ser atividade instrumento para fins e conteúdos pré-especificados antes de empreender a ação, mas como prática, na qual esses componentes do currículo são transformados e o seu significado real torna-se concreto para o aluno/a. (SACRISTÁN, PÉREZ GOMÉZ, 2000, p. 123)

Nesse sentido, refletir sobre a construção deste curso nos remete também a questões relativas à sociedade e aos sentidos da educação, ou seja, a pensar de que maneira a educação pode alcançar o desejável, ir além e chegar aos diferentes espaços, como objetivo e sentido, de forma emancipatória. Assim, ao realizar esse movimento de reflexão sobre os sentidos do curso e sua relação com a e na formação social, o "essencial é pensar a sociedade e a educação em seu devir" (MAAR, 2003, p.12). Essa perspectiva apresenta elementos que consideramos importantes para a prática e a formação do professor do campo, na medida em que reconhece ser essencial a educação como processo e, mais, na medida em que a vida e a experiência como realização passam a ser fundamentais como elementos formadores dos sujeitos na educação. Em outras palavras,

> [...] só assim seria possível fixar alternativas históricas tendo como base a emancipação de todos no sentido de se tornarem sujeitos refletidos da história, aptos a interromper a barbárie e realizar o conteúdo positivo, emancipatório, do movimento de ilustração da razão. (MAAR, 2003, p. 12)

Enfim, o desafio é o de desenvolver uma proposta de ensino e aprendizagem na área de Ciências Sociais e Humanidades que possa convergir numa experiência formativa, nos termos formulados por Adorno, de que "é preciso romper com a educação enquanto mera apropriação de instrumental técnico e receituário para a eficiência, insistindo no aprendizado aberto à elaboração da história e ao contato com o outro não-idêntico, o diferenciado"(apud MAAR, 2003, p. 27).

Nessa perspectiva é que temos nos colocado as seguintes perguntas: de que maneira, efetivamente, podem ser construídas alternativas que propiciem uma aprendizagem significativa e não reiterativa da/na prática formal? Como avançar na reflexão sobre a formação do professor do campo a partir da formação por áreas?

A respeito da prática de elaboração da estrutura curricular do curso, é importante assinalar que a experiência do diálogo entre os diferentes campos do conhecimento – Geografia, História, Filosofia e Sociologia – que compõem a área de Ciências Sociais e Humanidades, com o objetivo de definir o eixo norteador das questões a serem postas pela área, vem ocorrendo a partir do olhar e dos conhecimentos de cada disciplina, mas numa perspectiva que tenta ampliá-los para, no momento seguinte, aglutiná-los no âmbito da área. Além disso, o desenvolvimento do Curso nos denominados, como já referido anteriormente, Tempo Escola e Tempo Comunidade, estrutura e define aspectos da metodologia do ensino.

Cabe destacar que a aproximação e a articulação dos diferentes campos do conhecimento, na composição da Área de Ciências Sociais e Humanidades, ganham sentido e significado pelo fato de terem dimensões do Humano como elemento central e fundamental em suas análises, comportando reflexões sobre ética, conhecimento, cidadania, interações sociais e relações humanas com o espaço e com a natureza. A partir dessa perspectiva, podem ser problematizados temas fundamentais relacionados aos diferentes processos socioculturais, assim como às múltiplas dimensões das interações humanas.

Na Área de Ciências Sociais e Humanidades, propusemos, para iniciar os trabalhos no curso, que os estudos nos diferentes campos do conhecimento vinculados à Área começassem com uma pergunta básica: o que é imprescindível – de Geografia, de História, de Sociologia e de Filosofia – para a formação de educadores/as do campo? Nesse sentido, concordamos que os estudos e discussões durante os tempos I, II e III deveriam voltar-se para os fundamentos históricos e filosófico-epistemológicos de cada um desses campos disciplinares, de modo a refletirmos sobre os percursos do conhecimento nesses diversos campos, detendo-nos naquilo que têm de comum, sem perder de vista as especificidades, portanto as diferenças, mas de modo a nos encaminharmos para a definição de eixos articuladores da Área.

Uma primeira decisão comum foi que as questões referidas à compreensão da sociedade brasileira constituiriam a base da articulação da Área e a primeira proposta foi a leitura de autores que tematizaram o Brasil como elemento central de sua obra. Nesse sentido o primeiro livro trabalhado foi *O povo brasileiro*, de

Darcy Ribeiro, com a seguinte metodologia: num primeiro momento, durante o Tempo Escola IV, o autor e sua obra foram apresentados aos alunos durante uma aula expositiva com a participação de todos os professores da Área. No Tempo Comunidade posterior (TC IV), os alunos leram parte do livro e, no início do Tempo Escola seguinte (TE V), apresentaram um seminário a respeito, também com a participação de todos os professores da Área. A mesma metodologia será aplicada ao estudo de parte do livro *A revolução burguesa no Brasil*, de Florestan Fernandes, no Tempo Escola e Tempo Comunidade VI e Tempo Escola VII.

No atual momento do curso, a Formação Específica tem possibilitado um maior aprofundamento em cada um dos campos disciplinares, mas sem perder o elemento articulador da área e a formação para a docência. É importante ressaltar que nesta altura do curso, já tendo vivenciado momentos de prática nos Tempos Escola anteriores, continuamos a tessitura do currículo a partir não apenas das contribuições teóricas, mas também da discussão dessas práticas e, desse modo, percebemos que a constituição da Área vai ganhando maior consistência e clareza.

Se, num primeiro momento de formação, o curso Pedagogia da Terra contemplou reflexões sobre os fundamentos das diferentes disciplinas que compõem a Área de Ciências Sociais e Humanidades, como uma dimensão que permitia articulá-las na introdução de nossas discussões, no atual momento deverá ocorrer uma verticalização em aspectos dos conteúdos de cada um dos campos disciplinares. Tais aspectos foram selecionados, em cada disciplina, a partir da compreensão que se tem, na Área, da natureza deste curso de Licenciatura do Campo (ou Pedagogia da Terra), do perfil dos(as) educandos(as) do curso e, também, das contribuições específicas que cada disciplina pode trazer.

A intenção, ao realizarmos essa verticalização, é buscar um aprofundamento conceitual, com vistas ao esclarecimento das contribuições disciplinares para a compreensão da realidade social. Esse movimento realizar-se-á concomitantemente a uma reflexão sobre o exercício da docência, pois os conteúdos disciplinares e as ações de ensino-aprendizagem são compreendidos como faces imbricadas do fazer pedagógico nas diferentes disciplinas.

Não obstante serem realizadas, no curso, escolhas de conteúdo próprias de cada campo disciplinar em sua trajetória, prosseguimos apreciando diferentes temas, de maneira integrada, no interior da Área de Ciências Sociais e Humanidades. Dessa forma, a abordagem dos conteúdos disciplinares realiza idas e vindas no sentido de dialogar com esses temas, propiciando um detalhamento de conhecimentos específicos que não visa a sua compartimentação pura e simples, mas, antes, a uma compreensão multifacetada das temáticas selecionadas, incluindo contribuições da Filosofia, da Geografia, da História e da Sociologia.

Um dos aspectos interessantes da montagem deste curso tem sido a preocupação dos docentes que dele participam com as especificidades do público ao qual ele é dirigido. De fato, não é muito comum que um curso universitário seja concebido em função dos prováveis graduandos, embora isso possa parecer paradoxal e mesmo inaceitável, dependendo da abordagem adotada. Nesse caso, dadas as circunstâncias específicas da oferta do curso, que representa uma conquista histórica no sentido de prover uma licenciatura adequada às necessidades de pessoas que lutam para viver no campo e de atividades do campo, o entendimento dos cursistas como sujeitos socioculturais tornou-se algo prioritário. Assim, como participantes de movimentos sociais que lutam pelo direito à terra e que têm tido fortes embates em sua atuação na sociedade brasileira contemporânea, esses alunos têm uma compreensão bastante clara do papel da luta de classes e da ideologia nessa sociedade, das implicações políticas das mais diversas iniciativas na área econômica, na área da ciência, além de outros aspectos da vida social. Essa compreensão coloca-os numa posição diferente, na medida em que baliza suas demandas à universidade pública quanto ao conhecimento que querem construir, por exemplo, em termos dos seus objetivos e do sentido que esse conhecimento deve ter para eles.

Portanto, uma das especificidades desse público é a sua relação com aspectos da vida social que constituem temas que interessem à área de Ciências Sociais e Humanidades. A própria vivência desses alunos, que exercem atividades ligadas à terra não apenas como meio de produção, mas como meio de vida, faz com que eles detenham conhecimentos, advindos de suas experiências anteriores, que se relacionam a muitos dos conteúdos tratados na sala de aula.

O ensino-aprendizagem dos conteúdos da área pode, assim, beneficiar-se grandemente das diferentes práticas socioespaciais desses alunos, futuros professores, sujeitos da educação do/no campo. Uma primeira condição para que isso ocorra é que os docentes conheçam algo dessas práticas, ainda que de maneira pouco aprofundada. Este foi o objetivo de uma das atividades iniciais que os cursistas realizaram no curso Pedagogia da Terra: escrever sobre o seu espaço de vivência. Para isso, eles seguiram um roteiro previamente preparado pelos professores da Área. Nesses relatos os cursistas contaram a história do acampamento ou assentamento onde moram, de como esse foi instalado, da luta travada para a sua implantação, do seu funcionamento, dos moradores, das atividades que realizam, do que produzem, das dificuldades que enfrentam, etc. Esse relato tem constituído uma peça valiosa para a orientação de discussões ao longo do curso, uma vez que vários dos aspectos ali abordados remetem a questões pertinentes à situação do campo na sociedade brasileira contemporânea.

Por tudo isso, torna-se imprescindível que os conteúdos a serem explorados pela Área de Ciências Sociais e Humanidades com esses professores em formação discutam/trabalhem o espaço da sua vivência – que é, também, o espaço da vida de seus futuros alunos – de maneira que possam compreender melhor como as relações mais imediatas da sua vida, que definem uma prática de morar, de trabalhar e ,também, no caso, de lutar pela posse da própria terra, relacionam-se com a produção do conhecimento e, no mesmo movimento, como os diferentes campos do conhecimento que compõem a Área podem ajudá-los a compreender melhor essas relações, inserindo-as em contextos mais amplos.

Sendo assim, parece-nos que os elementos fundamentais a serem trabalhados com esses professores, e que certamente também deverão ser retomados por eles, num outro nível, com os seus alunos, deverão incluir alguns temas que usualmente fazem parte dos conteúdos estudados em Filosofia, em Geografia, em História e em Sociologia. No caso específico da Geografia, que é comumente tratada de forma dicotomizada como Geografia Física e Geografia Humana, temas relativos a aspectos físicos, como, por exemplo, o uso da água, as mudanças climáticas, o desmatamento, a erosão, etc., serão abordados a partir da visão de que compõem questões mais amplas e, portanto, não podem ser compreendidos isoladamente, apenas como fenômenos naturais, por exemplo, mas sim a partir da compreensão de que também estão inseridos numa problemática social. Essa abordagem deriva da visão de que a Geografia é uma ciência social.

Do ponto de vista da atuação efetiva desses professores, há uma especificidade que talvez seja importante comentar. Nas escolas rurais, em alguns casos, as turmas são heterogêneas não apenas com relação à idade ou ao desenvolvimento cognitivo dos alunos, mas quanto ao conteúdo que está sendo estudado. São as chamadas "turmas multisseriadas". Pensar sobre essa particularidade torna-se interessante, agora que os diferentes sistemas de ensino começam a adotar a concepção por ciclos e não por séries e os professores devem aprender a lidar com alunos de uma mesma turma que se encontram em diferentes estágios de aprendizagem. Embora essa circunstância na educação do campo esteja quase sempre vinculada a alguma carência do sistema educacional e os professores do campo talvez tenham, em uma mesma turma, alunos com diferença de idade suficiente para estar em diferentes ciclos, um aspecto que pode ser considerado é que eles podem, sob certos aspectos, estar melhor preparados para o trabalho na perspectiva dos ciclos de formação humana. Isso pode ocorrer tanto devido à prática com turmas heterogêneas, quanto devido a um contato mais próximo e pessoal com os alunos, decorrente do modo de vida do/no campo, que os levaria a terem um contato mais "integral" com esses alunos, no sentido de lidar com a pessoa na sua totalidade e não apenas na escola, essa última tradicionalmente mais voltada para o aspecto cognitivo. Uma outra possibilidade é que essa atuação do professor pode ser facilitada pela própria estrutura da educação do/no campo, assim como da escola e do currículo (que poderia ter uma abordagem efetivamente interdisciplinar).

Desafios e possibilidades da/na prática pedagógica na Área de Ciências Sociais e Humanidades

Embora a elaboração do currículo do curso tenha, como já referido, significado várias oportunidades de discussão, encontrar um caminho comum (por exemplo, um tema a ser tratado, e, em seguida, os procedimentos operacionais para fazê-lo), que possa ser trilhado por todos, isto é, pelos docentes responsáveis pelas diferentes disciplinas, tem se revelado uma tarefa que exige mais do que boa vontade. Em termos do tempo a ser empregado em discussões e em reuniões, necessárias para que se consiga fazer uma discussão substantiva, que toque, realmente, em elementos significativos para a construção de algo novo, que leve à superação da fragmentação das discussões no âmbito de cada disciplina, até mesmo essa disponibilidade nem sempre é conseguida por parte da equipe. É importante dizer que a disponibilidade física e material precisa ser acompanhada de disposição intelectual, o que é ainda mais difícil.

Acreditamos que isso ocorra, em parte, devido ao fato de nos encontrarmos hoje, na universidade pública brasileira, excessivamente atarefados, o que torna efetivamente exíguos os momentos de encontro para uma discussão quase sempre exigente de mais tempo e calma, ou seja, de um "tempo lento", capaz de produzir o pensamento e mesmo necessário para isso. Por outro lado, as dificuldades inerentes à tarefa a que nos propomos, de montar um currículo centrado em áreas do saber, para uma licenciatura semipresencial voltada para um público específico, e que forme professores que atuarão na educação do campo no ensino fundamental e médio, não são dificuldades banais!

Temos conseguido pensar em temas e em atividades que reúnem tanto os docentes quanto os discentes em torno de uma problemática comum a todos, mas os conhecimentos amealhados em cada tradição disciplinar que concorrem para uma melhor compreensão dos fenômenos envolvidos são muitos e exigiriam, em princípio, uma carga de leitura muito maior do que aquela possível, na prática, para os alunos. Esses têm poucas oportunidades de se reunirem para estudar, trocar ideias e mesmo sanar dúvidas entre si quando estão no Tempo Comunidade. Por outro lado, os discentes possuem uma capacidade de interação com os conteúdos disciplinares pautada por sua inserção social e política, a qual repercute em conhecimentos sobre as relações campo/cidade no Brasil, sobre os processos de industrialização e urbanização e os efeitos produzidos no campo, sobre o equacionamento da questão da terra ao longo de nossa história – as tensões no campo entre o latifúndio, a monocultura, o agronegócio e a expulsão da terra, de um lado, e a agricultura familiar, a reforma agrária, a permanência na terra e os movimentos de luta pela terra, de outro. Embora dispersos e às vezes fragmentários, os conhecimentos dos discentes e suas implicações permitem-lhes um certo trânsito pelos conteúdos disciplinares, o que facilita contornar algumas das dificuldades aqui listadas. É importante também demarcar que o envolvimento dos discentes com seu processo formativo não é apenas pessoal, mas é também fruto de uma estratégia coletiva dos movimentos sociais do campo. Esse entendimento tem uma implicação singular no curso, que se manifesta no esforço dos educandos de aproveitarem todos os momentos disponíveis no Tempo Escola para a leitura, o debate e o aprofundamento das reflexões.

As estratégias formativas que temos construído consideram esses aspectos da condição discente para estabelecer pontos de contato entre as disciplinas. Uma prática que tem se mostrado bastante interessante é a presença de mais de um professor em sala de aula. Isso ocorreu durante algumas atividades comuns propostas para os alunos. Nessas ocasiões, houve um primeiro momento em que cada professor apresentou o tema a partir da visão da sua disciplina e depois os alunos apresentaram seus comentários e fizeram perguntas que foram respondidas pelos professores em conjunto, na medida em que identificavam pontos em que o assunto ou as questões colocadas relacionavam-se a preocupações referenciadas por discussões na sua disciplina específica.

A proposição de leitura de partes de obras reconhecidas de interpretação do Brasil, conforme referido anteriormente, tem também o sentido de construir, com os alunos, a prática de leitura de obras de importantes intelectuais que pensaram o Brasil. Consideramos, como já mencionado, que tematizar o Brasil proporciona um ponto comum de interesse para a integração das diferentes disciplinas da Área. Além disso, visamos construir uma prática que potencialize a autonomia dos discentes na prática de estudo e pesquisa. Daí a insistência no exercício de leitura, que inclui a identificação da tese central proposta pelo autor e dos conceitos utilizados por ele para compor sua teoria.

O desenvolvimento de uma prática de ensino em Ciências Sociais e Humanidades constitui um outro aspecto ou dimensão do desafio representado pela Licenciatura do Campo proposta, pois, além de trabalhar os conteúdos usuais do ensino fundamental e médio, a partir de um olhar mais amplo e abrangente, também será necessário pensar a prática de ensino voltada para a área, e não de maneira fragmentada, como ocorre atualmente com as diferentes práticas de ensino de cada disciplina. Para enfrentar esse desafio, temos construído proposições para o Tempo Comunidade que possibilitem desencadear procedimentos de reflexão sobre a prática educativa. Deve-se ressaltar que muitos dos discentes do curso já estão inseridos em espaços formativos nos assentamentos e acampamentos, seja em escolas formais, seja na formação sociopolítica dos assentados e acampados. Assim, procuramos propor atividades que permitam que essa experiência e os acontecimentos que tensionam esses espaços de formação sejam convertidos em matéria de investigação e sistematização de dados, que os educandos trazem no Tempo Escola e desencadeiam reflexões coletivas sobre suas práticas pedagógicas.

Talvez para o professor já formado na perspectiva de uma Área de Ciências Sociais e Humanidades seja mais fácil, afinal, propor uma atividade na qual possa desenvolver as discussões reconhecidas por ele, ou na Área, como mais relevantes e abordar os diferentes problemas relativos à sociedade de um modo mais integrado – pois esses se encontram, afinal, reunidos na sua cabeça – do que tem sido para os docentes originários das diferentes disciplinas propor algo em conjunto e consensual, que reúna as preocupações procedentes dos diferentes campos do conhecimento.

Para que isso seja possível e se realize, na prática, acreditamos que o professor terá que, antes de mais nada, procurar desvincular-se, ao máximo, da visão e da experiência disciplinar que todos carregamos. Caso contrário, ele não conseguirá libertar-se dos inúmeros dilemas que fatalmente colocar-se-ão para o desenvolvimento da sua prática pedagógica, dilacerada entre aprofundar os inúmeros pontos importantes ou interessantes, referentes a determinados problemas pontuais, próprios das disciplinas usuais, ou renunciar a esse caminho e ingressar, com todos os riscos e vantagens, no caminho que permitirá superar a concepção fragmentada. Talvez possamos afirmar que a sustentação da integração dessa Área está menos numa concepção de interdisciplinaridade – que, afinal, pressupõe a existência das disciplinas e nos reenviaria para os conteúdos formais de cada uma – e mais na constituição de práticas pedagógicas coletivas que nos interroguem a todos, docentes e discentes. Nessa perspectiva, a superação da concepção fragmentada das disciplinas baseia-se, predominantemente, na tentativa de romper com a lógica dicotômica que opõe, entre outras coisas, conhecimento (dos professores) e ignorância (dos alunos) e de assumir, para todos, em todas as disciplinas, o exercício de articular respostas para interrogações comuns.

Referências

ADORNO, Theodor W. *Educação e emancipação*. 3. ed. São Paulo: Paz e Terra, 2003.

ANDRADE, Márcia Regina; DI PIERRO, Maria Clara. A construção de uma política de Educação na Reforma Agrária. In: ANDRADE, Márcia Regina et al. (Orgs.) *A educação na reforma agrária em perspectiva*: uma avaliação do Programa Nacional de Educação na Reforma Agrária. São Paulo: Ação Educativa; Brasília: PRONERA, 2004.

BRASIL. *Lei de Diretrizes e Bases da Educação Nacional*. Lei Nº 9394, de 20 de dezembro de 1996. Estabelece as diretrizes e bases para a Educação Nacional. 23 de dezembro de 1996.

FERNANDES, Bernardo Mançano; MOLINA, Mônica Castagna. *O campo da Educação do campo*. Mimeo, Pdf, 2005.

MAAR, Wolfgang Leo. À guisa de introdução: Adorno e a experiência formativa. In: ADORNO, Theodor W. *Educação e emancipação*. 3. ed. São Paulo: Paz e Terra, 2003.

SACRISTÁN, J. Gimeno, PEREZ GÓMEZ, A. I. *Compreender e transformar o ensino*. Porto Alegre: Artmed, 2000.

SCHÖN, Donald A. Formar professores como profissionais reflexivos. In: NÓVOA, António (Org.). *Os professores e a sua formação*. Lisboa: Publicações Dom Quixote, 1997.

CAPÍTULO 7
Ciências da vida e da natureza no curso de Licenciatura em Educação do Campo – UFMG

Maria Emília Caixeta de Castro Lima
Helder de Figueiredo e Paula
Mairy Barbosa Loureiro dos Santos

Os autores deste documento estiveram juntos em diferentes momentos, trabalhando para conceber e implementar uma proposta de currículo para a formação de educadores e educadoras do campo para atuarem na área de Ciências. As ideias aqui apresentadas pretendem ser uma contribuição para as discussões sobre a formação de professores de ciências, sobre a formação de educadores para o campo e sobre os processos que podem potencializar essa formação.

A seguir, apresentamos e justificamos algumas diretrizes curriculares que orientam o curso de Licenciatura do Campo para a área de Ciências da Vida e da Natureza – CVN – na Universidade Federal de Minas Gerais. Na sequência, alguns dos desafios que enfrentamos nesse processo são brevemente comentados, já que esses são inumeráveis, e submetê-los a um tratamento mais exaustivo não caberia neste documento.

O início do processo e as escolhas fundamentais

O curso de Licenciatura em Educação do Campo foi ofertado pela primeira vez na UFMG, a partir de 2005, sob a denominação de Pedagogia da Terra ou PTerra. Essa modalidade de formação de professores é bastante recente em nossa instituição e em todo o país. Em 2007, esse curso tornou-se permanente e passou a ser conhecido como LeCampo.

Não encontramos modelos exemplares a serem seguidos, mas evitamos incorrer em certos erros relacionados à falta de identidade entre o currículo proposto e as necessidades atuais das pessoas que vivem no campo, em nosso país, principalmente em assentamentos rurais, com todos os problemas e desafios que esses enfrentam cotidianamente.

Fomos tornando-nos cientes de que as pessoas que fazem parte dessas comunidades rurais passam grande parte do ano envolvidos na lida com a terra e que é difícil para elas permanecerem nos centros urbanos, dedicando-se exclusivamente aos estudos, por um longo tempo de suas vidas, como acontece nos modelos tradicionais de graduação de educadores.

Acrescente-se a isso a demanda apresentada pelos movimentos de trabalhadores do campo de que os educadores e educadoras em formação interagissem imediatamente com crianças e jovens, em áreas de assentamento, às vezes, sem acesso ao ensino oferecido pela rede pública ou a projetos curriculares efetivamente comprometidos com suas necessidades e aspirações.

Essa demanda, em especial, foi responsável pela criação de um modo de formação que prevê um tempo de interação direta entre os educadores do campo e os professores ligados à UFMG e outro tempo de aprendizagem, que ocorre no período em que eles estão de volta ao convívio de suas comunidades.

O tempo de interação direta, denominado tempo escola, é composto de atividades que ocorrem no espaço-tempo da Universidade, utilizando-se dos seus diferentes ambientes e recursos, tais como a Escola de Odontologia, o Instituto de Ciências Biológicas, a Estação Ecológica, a Faculdade de Educação e o Centro de Ensino de Ciências e Matemática. Nesse modelo semipresencial, o outro período, chamado tempo comunidade, é estruturado a partir de um conjunto de atividades e orientações de estudos acompanhadas a distância por um tutor.

Nossa orientação fundamental na concepção do curso foi a de instrumentalizar os educadores para desenvolver uma pedagogia comprometida com os anseios de suas comunidades, em suas lutas pela melhoria da qualidade de vida. Para isso, julgamos necessário fazer escolhas político-pedagógicas coerentes com as bandeiras sociais, culturais, éticas e políticas do movimento dos trabalhadores do campo.

Valendo-nos dos educadores do campo em formação como representantes de suas comunidades, buscamos reconhecer as especificidades de sua cultura e de sua compreensão de mundo. Desse modo, esperamos contribuir para que esses educadores se apropriem criticamente de novas culturas e olhares sobre a realidade, dentre as quais destacamos os saberes e olhares que constituem o conhecimento científico e tecnológico.

Seguindo essa diretriz, coube-nos, em um primeiro momento, definir critérios para a escolha de conteúdos e orientações didático-metodológicas que julgamos fornecer uma base adequada, tanto para a formação, quanto para a atuação do educador do campo.

Logo no início do percurso, encomendamos aos educadores em formação uma pesquisa a ser feita junto a suas comunidades. Tal pesquisa esteve orientada por um conjunto de questões que deveriam ser discutidas junto às famílias, aos agricultores, às crianças e jovens que frequentam as escolas rurais, bem como aos professores e professoras dessas escolas.

No caso das questões a serem discutidas com as famílias, o tema gerador foi a saúde. As perguntas propostas foram: Que tipos de problemas de saúde são mais frequentes? Como esses problemas são resolvidos e a quem e a quê se recorre nesses momentos? Que conhecimentos poderiam contribuir para o enfrentamento de tais problemas?

No caso das questões a serem discutidas com os agricultores, o tema gerador foi o trabalho e as perguntas sugeridas foram: Que tipos de problemas são encontrados com mais frequência no trabalho junto à plantação, aos cuidados com a terra e à colheita? Como esses problemas são resolvidos e a quem e a quê se recorre nesses momentos? Que conhecimentos foram transmitidos pelos mais velhos ou com técnicos agrícolas para a resolução de problemas com a água, com as pragas e com o solo? Como eles avaliam a eficácia desses conhecimentos para resolver esses problemas? Que outros conhecimentos, dos quais já ouviram falar, mas a que ainda não tiveram acesso, seriam importantes para eles?

As perguntas sugeridas para a pesquisa junto às crianças e jovens tinham como tema as aulas de ciências e foram as seguintes: O que se ensina na escola sobre ciências? Como são as aulas e o que é mais interessante ou desinteressante? Como as aulas de ciências poderiam ser modificadas para se tornaram mais interessantes?

As perguntas dirigidas aos professores e professoras das escolas rurais também tinham como tema o currículo de ciências e foram assim sugeridas: Que tipos de problemas ligados ao ensino de ciências ocorrem com mais frequência? Como esses problemas são resolvidos e a quem e a quê se recorre nesses momentos? Que outros conhecimentos, dos quais já ouviram falar, mas a que ainda não tiveram acesso, seriam importantes para eles?

As perguntas dirigidas aos próprios educadores em formação foram: Que tipos de problemas eles encontram em seu dia a dia? Que conhecimentos de ciências eles consideram importante aprender? O que a sociedade espera da educação no campo e o que esse educador espera da sociedade?

Com o auxílio dessa sondagem inicial, identificamos temáticas que contemplam conceitos e ideias-chave das ciências da vida e da natureza e que se apresentam como sendo de grande relevância social, sem nos esquecermos do lúdico, do belo, do curioso, quer sejam eles "socialmente relevantes" ou não.

É importante deixar claro que nossa opção por dialogar com a cultura dos educadores em formação e com os anseios de suas comunidades não faz de nossa proposta curricular uma aventura espontaneísta. A organização do curso que oferecemos não se restringe a atender a demandas exclusivas dos educadores do campo. Outras diretrizes também orientam nossas ações.

Na concepção do currículo, observamos definições presentes nos regimentos dos cursos de licenciatura, tais como a necessidade de realização de monografia de final de curso e de cumprimento de estágios nas primeiras séries do Ensino Fundamental, nas séries finais desse segmento e no Ensino Médio. Além disso, priorizamos o ensino de determinados conteúdos conceituais, procedimentais e atitudinais, que têm sido identificados como sendo básicos para a apropriação de saberes das ciências (PCN, 1998 e 1999; APEC, 2004).

As disciplinas do currículo que concebemos comportam três eixos articuladores da formação. Um deles resulta da organização a partir de temáticas que contemplem os principais conceitos das ciências e que se apresentam como sendo de grande relevância social. São temas relacionados a questões de saúde, alimentação, disponibilidade e uso da água, diversidade e correção de solos, acessibilidade aos meios de comunicação e informação, entre outros. O outro eixo está comprometido com o relacionamento entre Ciência, Tecnologia, Sociedade e Ambiente. O terceiro é o que articula conhecimento científico com conhecimento pedagógico de conteúdos. Chamamos essas marcas de eixos, pois são recorrências transversais identificáveis em todo o curso.

A apropriação dos saberes das ciências na experiência escolar

Na organização do currículo, adotamos um determinado conjunto de ideias-chave que organizam o pensamento científico na área da química, da física, da biologia e da geofísica (APEC, 2003). Ideias-chave são conceitos que apresentam abrangência e precisão conceitual suficientes para integrar temas diferentes de uma dada disciplina científica ou diferentes áreas das ciências da natureza. Entre as ideias-chave que temos utilizado na organização de currículos de ciências podemos citar a de transformação, de evolução, de conservação, de diversidade e de energia.

Essas grandes ideias são retomadas em diferentes momentos do curso, no estudo de temas diversos. Para isso, variamos os contextos em que tais ideias são retomadas e, paulatinamente, aprofundadas em termos de relações e abrangência. Essa estratégia foi inspirada no trabalho de Doll Jr. (2002) e tem sido denominada como recursividade.

A recursividade implica voltar a uma ideia ou conceito que elegemos como fundamental para o pensamento em uma dada área. Contudo, essa volta ou revisitação não significa repetição, com o objetivo de memorizar. Retomar ideias-chave, em outros momentos da vida escolar e em contextos diferentes, cria novos sentidos para as ideias-chave e os conceitos ou teorias que elas reúnem, permitindo ressignificar os velhos sentidos e criar novos,, por extensão e aprofundamento.

A recursividade é um instrumento de promoção da aprendizagem e do desenvolvimento progressivo do estudante em seus processos de socialização. A abordagem de certos conteúdos, feita de modo recursivo, permite o tratamento de conceitos e habilidades em diferentes níveis de complexidade e de contextos, ao longo do processo de escolarização. Com isso, pretende-se oportunizar a aprendizagem para aqueles que ainda não aprenderam e, para os que já aprenderam, o alargamento de suas construções conceituais e explicativas em novos contextos de aprendizagem.

Uma segunda consideração importante sobre o currículo das ciências da vida e da natureza, na educação básica, diz respeito às relações entre os conhecimentos científicos e cotidiano. Partimos do pressuposto de que os conceitos e teorias científicas constituem sistemas abstratos e autônomos de conhecimento que, em certa medida, independem do conhecimento de senso comum ou conhecimento cotidiano. Segundo Arnay, temos que reconhecer que o conhecimento científico não precisa se apoiar no cotidiano, assim como esse tampouco precisa se apoiar no científico. Por essa razão, para esse autor, "a partir de determinados limites, relacionar conhecimento cotidiano e conhecimento científico torna-se uma tarefa quase impossível" (ARNAY, 1997, p. 43).

Apesar de reconhecer a independência relativa, as diferenças, as tensões e os conflitos entre senso comum e conhecimento científico, nós enfrentamos o desafio de contrapor e relacionar esses dois sistemas de conhecimento e, para isso, seguimos diretrizes expostas em um documento de orientação curricular, do qual somos coautores (MARTINS et al., 2006). Em linhas gerais, recorremos às ciências naturais para buscar instrumentos que nos auxiliem a compreender o mundo em que vivemos, de modo a orientar nossas ações, em nível individual e social. Por isso, acreditamos que:

> O projeto curricular de ciências deve, pois, ser capaz de estabelecer pontes entre fenômenos e processos naturais ou tecnológicos, de um lado, e conceitos, modelos e teorias científicas, de outro. Por exemplo, para entender a formação dos solos e sua recuperação em áreas degradadas é importante compreender os modelos de decomposição de matéria orgânica e de ação de micro-organismos. Outros tópicos do currículo envolvem questões de ordem filosófica – qual é nosso lugar no universo?; Do que é formada a matéria?; O que é vida? – que parecem estar mais distantes das vivências dos estudantes. A presença delas no currículo justifica-se pela necessidade de promover uma compreensão do que é a Ciência e como o conhecimento científico interfere em nossas relações com o mundo natural, com o mundo construído e com as outras pessoas. (MARTINS et al., 2006, p. 3)

As Ciências da Natureza produzem conhecimentos que aumentam a capacidade humana de modificar o ambiente. Com o auxílio desses conhecimentos, a sociedade atual tem pressionado, a níveis extremos, os recursos disponíveis.

Mas o conhecimento científico é ambivalente e também pode contribuir para a inserção sustentável do ser humano no planeta, na medida em que possibilita a compreensão, ao menos parcial, do funcionamento dos processos naturais, do ponto de vista físico, químico, biológico e geodinâmico. As ciências e as tecnologias são potencialmente importantes para a melhoria efetiva da qualidade de vida e têm reflexos na saúde, no ambiente e na utilização sustentada dos recursos naturais, na transformação e uso de energia, na alimentação e nas biotecnologias.

Carvalho e Gil-Pérez (1998) estão certos ao destacar a importância da apropriação dos saberes formais que compõem as ciências e as tecnologias no processo de formação de professores da área de ciências. Tomando tal importância como ponto de partida, é importante ressaltar, todavia, que uma questão essencial permanece em aberto: como definir quais são os conhecimentos prioritários para compor essa formação e qual é o patamar de aprendizagem, de domínio ou de apropriação que se pretende alcançar, ao longo do período em que ocorre a assim chamada "formação inicial" dos professores e educadores do campo?

Tal questão não é trivial visto que o conhecimento escolar, atualmente disponível para a área de ciências, em geral, não atende às diretrizes de uma educação contextualizada, dialógica e centrada nos problemas e desafios da contemporaneidade (MARTINS DE CARO et al., 2006). Assim, na esteira dos desafios a serem enfrentados por aqueles que se propõem a atuar na formação de professores para ensino de ciências, coloca-se a necessidade de repensar a própria educação em ciências na educação básica, seus conteúdos e estratégias.

Arnay (1997) nos alerta para o fato de que aquilo que se costuma ensinar como "conhecimento científico", nos currículos de ciências da educação básica, tem pouca relação com aquilo que o conhecimento científico efetivamente é ou com a função social que ele realmente desempenha. Chinn e Malhotra (2002) fornecem outros elementos para compreendermos a extensão das diferenças entre o conhecimento científico e o conhecimento escolar, ao comparar o estatuto epistemológico e cognitivo do tipo de atividades realizadas pelos cientistas, quando comparadas às tarefas propostas aos estudantes nas escolas de educação básica.

Os contextos escolares, os da vida cotidiana e os das ciências são diferentes entre si. Em relação aos contextos das ciências, é importante destacar que os problemas e as motivações dos cientistas não são iguais aos dos estudantes no contexto escolar. Pozo e Gómez-Crespo (1998) afirmam, acertadamente, que a ciência resolve problemas teóricos. Nela, se procuram consensos e, como explica Delval (2001), o conhecimento científico busca a validade universal. Os cientistas se distanciam dos contextos concretos nos quais surgem as situações-problema para elevá-los a soluções abstratas.

No cotidiano, os contextos são complexos e, por isso, não há garantia de que o domínio do conhecimento científico ajude no enfrentamento e na solução dos problemas. Por outro lado, o conhecimento que se aprende tradicionalmente na escola corresponde à escolha de aspectos restritos e simplificações do conhecimento científico, mediante um processo que Chevallard (1991) denominou como *transposição didática*. Os conhecimentos escolares tradicionalmente produzidos por essa transposição, além de sua utilidade limitada no enfrentamento de problemas cotidianos, também costumam contribuir para que os estudantes criem uma visão distorcida das ciências, de seu estatuto e funcionamento como parte do empreendimento cultural humano.

Uma alternativa para minimizar as diferenças entre as complexas formas de atividade científica e as tarefas relativamente simplificadas que compõem as atividades destinadas ao ensino aprendizagem da ciência escolar, de modo a evitar a formação de imagens ingênuas e distorcidas das ciências, é investir na sofisticação do conhecimento epistemológico dos estudantes (Santos, 1999; Paula, 2004).

Nossa proposta curricular de apropriação dos saberes das ciências por meio da experiência escolar está comprometida com a sofisticação das imagens dos educadores do campo sobre a natureza ou o estatuto das ciências. Acreditamos que essa sofisticação é condição necessária para que eles venham a compreender, tanto a diferença entre fazer ciências e ensinar ciências, quanto parte das complexas relações entre Ciência-Tecnologia-Sociedade-Ambiente (CTSA).

Alguns conteúdos pautados como objeto de ensino em nossa proposta curricular para os educadores do campo não estão transpostos didaticamente para os manuais didáticos a que temos acesso. Assim, estamos envolvidos com a concepção e a produção de material didático de apoio, o que demanda: 1) conhecermos o contexto de vida dos educadores em formação; 2) termos domínios básicos dos aportes científicos e tecnológicos construídos pela humanidade dos quais podemos nos servir; 3) conseguir transformar esses conhecimentos em "aulas" e "textos didáticos" comprometidos com a realidade do campo.

Considerações sobre os saberes docentes

Atentos para não ignorar as complexidades inerentes às diferentes disciplinas que integram as ciências da vida e da natureza, tais como a Física, a Química, a Biologia e a Geologia, nós nos propusemos a explorar temas em que essas diversas ciências possam ser acionadas em uma perspectiva interdisciplinar. Como argumentam Delizoicov, Angotti e Pernambuco (2002), tradicionalmente, a formação de professores se restringe a uma única disciplina científica e é natural que esses profissionais tenham dificuldades em transitar entre disciplinas diferentes daquela em que ocorreu sua formação inicial.

Nós mesmos, na condição de formadores, fomos vítimas da especialização, mas aprendemos o suficiente das diversas disciplinas que compõem as ciências naturais para reconhecer seus objetos e métodos e para apoiarmos uns aos outros, na tentativa de construir uma visão mais integrada e menos reducionista de diversos fenômenos cuja compreensão demanda uma perspectiva interdisciplinar.

Essas considerações iniciais deixam claro que os saberes docentes incorporam os saberes das ciências. Contudo, para além dos saberes das ciências, existe atualmente um núcleo significativo de saberes docentes baseados em pesquisas sobre os processos de ensino-aprendizagem de ciências. Tais pesquisas hoje completam quase quatro décadas de existência e têm sugerido novas formas de ensinar e de gerenciar os ambientes escolares, de modo a promover uma aprendizagem mais efetiva por parte dos estudantes.

Entre os diversos saberes docentes, iremos abordar, neste texto, com certo destaque, a capacidade de promover um ensino-aprendizagem numa perspectiva contextualizada e investigativa.

Nosso projeto é que os futuros educadores do campo aprendam a ensinar ciências da vida e da natureza, baseando-se em contextos de vivência e de significados para os estudantes das comunidades em que vivem e educam, tal como nós formadores temos tentado fazer nesse curso de licenciatura.

Mas, contextualizar é mais que simplesmente exemplificar. Pressupõe tomar algo que faz parte do cotidiano do aprendiz como o ponto de partida do ensino. "Ver uma coisa, tomar consciência dela pela primeira vez, significa estabelecer uma relação dialógica com a coisa" (BAKHTIN, 1997, p. 343). Os contextos mais próximos da vida permitem que o aprendiz faça associações mais ricas e significativas, do ponto de vista da aprendizagem, na medida em que ele associa, compara e põe em relação o que já sabe e conhece do mundo com o que lhe é novo. Promove a compreensão de novos sentidos que estão sendo postos em circulação, ao ver uma ideia ou conceito funcionando, a partir de algo que lhe é familiar. Conferimos sentidos às palavras relacionando-as com outras palavras, significados e coisas que já conhecemos ou com que temos familiaridade (LIMA; AGUIAR; PAULA, 2005).

Contextualizar não é abandonar ou superficializar o conhecimento. Ao contrário, o desafio está em fazer emergir o significado que pode ter a aprendizagem de certo conceito, de dispor esse em relação com outros conceitos ou com aspectos familiares da vida das pessoas. Desencorajamos o ensino de um conceito como uma ideia desvinculada dos fatos do mundo, arbitrariamente inserida em uma mera lista de tópicos. Este é, também, um dos recursos que temos para aproximar e fazer interagir o discurso científico com o discurso cotidiano (ZABALA, 2002).

A ideia de que a formação inicial dos educadores do campo deve, de alguma forma, contemplar uma perspectiva de educação em ciências, baseada no desenvolvimento de atividades de investigação, coloca-nos diante de alguns graves problemas. Estamos cientes das precárias condições de acesso à informação em que se encontram os alunos da Licenciatura do Campo, nas áreas de assentamentos. Falta-lhes, por exemplo, acesso a bibliotecas e à internet. A resolução desse tipo de problema depende, obviamente, de políticas públicas consequentes na área de educação.

Na esfera de responsabilidade no interior da qual podemos atuar, dedicamos diferentes momentos do curso à introdução dos estudantes nos domínios das novas tecnologias de informação e comunicação, bem como na criação de mídias eletrônicas que possam fornecer suporte para consulta e estudo autônomo, principalmente durante o tempo em que eles passam nas suas comunidades, dando continuidade aos seus processos formativos. Suprir a falta de material de estudo e de consulta requer investimento não só financeiro, mas, sobretudo humano, de pessoas com disponibilidade de tempo, inventividade e identidade de trabalho. Ter um grupo de colaboradores do Centro de Ensino de Ciências e Matemática, da Faculdade de Educação da UFMG já consolidado é o que tem contribuído para que possamos nos lançar nessa tarefa.

As atividades de investigação em ciências, por outro lado, não se restringem à busca de conhecimentos ou informações, mas também pressupõem o acesso a materiais necessários à realização de experimentos de laboratório. Para minimizar esse problema, recorremos a materiais didáticos que privilegiam atividades experimentais e de investigação e que oferecem alternativas para realização desse tipo de atividades com materiais de baixo custo (APEC, 2004).

Em nossa concepção dos saberes docentes, reunimos conhecimentos teórico-conceituais com conteúdos de natureza procedimental, isto é, da ordem do saber fazer. Para tanto, fomos levados a refletir sobre as diversas esferas da ação docente e os fazeres a que essas esferas nos remetem. Consideramos importante que o educador saiba fazer seus planos de aula, definir metas de ensino, organizar e apresentar demonstrações experimentais, redigir textos didáticos e roteiros de atividades exploratórias e experimentais dentro de uma perspectiva investigativa, elaborar instrumentos de avaliação, entre outros.

Além desses conhecimentos associados aos saberes docentes, existem outros que podem ser potencializados pela aprendizagem escolar das ciências da vida e da natureza. Existe um conhecimento fenomenológico e pragmático, que permite àqueles que se apropriam de conhecimentos e métodos das ciências alterarem seu modo de agir no mundo. Assim, por exemplo, quem estuda a Física Térmica deveria saber que não se devem colocar objetos para secar atrás de uma geladeira e que não adianta manter o fogo alto depois que a água entra em ebulição. Quem estuda o Eletromagnetismo, por outro lado, deveria saber identificar um mau contato ou projetar e executar uma instalação elétrica residencial, e assim por diante. Quem estuda a qualidade da água, do ponto de vista da Química, também deveria saber distinguir água pura e água potável, sendo capaz de entender, por exemplo, que a água mineral é boa para o consumo, mas pode destruir uma bateria eletrolítica comum, em máquinas de combustão interna, como automóveis e tratores.

No esteio das aprendizagens potencializadas pela experiência escolar, existe, ainda, um conjunto de habilidades acadêmicas que se aprende com o auxílio da educação em ciências e que permite a um sujeito, por exemplo, buscar informações para pensar sobre um problema, avaliar argumentos ou julgar teorias e explicações, a partir de determinadas evidências. Por fim, a experiência escolar também propicia o desenvolvimento de um conjunto de habilidades sociais, que permite a uma pessoa participar de atividades coletivas, escutar o que os outros têm a dizer, avaliar e coordenar diferentes pontos de vista, coordenar grupos.

Considerações finais

Como síntese do que dissemos até o momento sobre o currículo de ciências na educação básica e sobre os saberes docentes, apresentamos, a seguir, um conjunto de metas para a formação dos educadores do campo:

- Conhecer referências bibliográficas básicas confiáveis sobre conteúdos e sobre abordagens teórico-metodológicas desses conteúdos em classe.
- Instrumentalizar o docente para planejar, desenvolver e avaliar atividades pertinentes a um currículo CTSA.
- Apropriar-se de uma visão crítica, argumentada e histórica do desenvolvimento científico e tecnológico e da relação desse com a sociedade e o ambiente.
- Promover a aprendizagem de alguns conceitos e ideias-chave da química, da física, da geologia e da biologia.
- Apresentar uma abordagem temática e integrada de conteúdos oriundos de diferentes campos disciplinares.
- Discutir diferentes abordagens curriculares avaliadas e questionadas em pesquisas em educação em ciências.

Guiados por essas metas, enfrentamos o desafio de avaliar as implicações e problemas de nossa proposta curricular. Afinal, que critérios ou parâmetros nós devemos utilizar para identificar os acertos e os desvios? Qual a repercussão desse currículo na sistematização dos saberes produzidos pelos educadores do campo, em relação à realidade de seus educandos e de suas expectativas? Que contribuições essa experiência traz para a área de formação de professores, para a educação em ciências e para os estudos de currículo?

Os novos aprendizados que temos gerado sobre formação de professores de ciências estão sendo confrontados e incorporados ao que julgamos ser função social do ensino de ciências e direito de cidadania. Desse modo, o currículo que está em construção não se restringe ao conjunto de aprendizagens identificadas e indicadas pelos alunos como sendo necessárias, mas da escuta dos formadores sobre as identificações e demandas dos alunos, visando incorporar as contribuições deles numa proposta previamente desenhada pela equipe de formadores. Desse modo, trata-se de um currículo em construção, que não resvala numa visão espontaneísta de ensino, sem definições claras e antecipadas de princípios e compromissos, fundamentados na pesquisa em educação, nas Leis de Diretrizes e Bases da Educação e das normas acadêmicas da Universidade Federal de Minas Gerais.

Pesquisadores na área de educação, oriundos de diferentes contextos, e as novas diretrizes para a formação de professores no Brasil indicam a necessidade de implementação de perspectivas inovadoras na formação inicial. Acreditamos que o curso de Licenciatura para o Campo da UFMG apresenta alguns fundamentos sobre as bases de uma proposta que seja formativa, inovadora e rica de significados para a educação em ciências, em geral, e no campo. A orientação curricular, bem como os desafios enfrentados, brevemente apresentados neste texto pretendem ser uma contribuição para as discussões sobre a formação de professores de ciências e sobre os processos que podem potencializar a sua formação.

Referências

APEC. Por um novo currículo de ciências para as necessidades de nosso tempo. *Presença Pedagógica*. v. 9, n. 51, p. 43-55, Belo Horizonte, 2003.

APEC. *Construindo consciências*. São Paulo: Scipione, 2004. 5 v.

ARNAY, J. Reflexões para um debate sobre a construção do conhecimento na escola: rumo a uma cultura científica escolar. In: ARNAY, J.; RODRIGO, M. J. (Orgs.). *A construção do conhecimento escolar*. v. 1. São Paulo: Ática, 1997.

BAKHTIN, M. *Estética da criação verbal*. São Paulo: Martins Fontes, 1997.

CARVALHO, A. M. P.; GIL-PEREZ. *Formação de professores de ciências*. São Paulo: Cortez, 1998.

CHEVALLARD, Y. *La transposición didáctica: del saber sabio al saber enseñado*. Buenos Aires: Aique, 1991.

CHINN, C. A.; MALHOTRA, B. A. Epistemologically authentic inquiry in *Schools*: A theoretical framework for evaluating inquiry tasks. *Science Education*, 2002.

DELIZOICOV, D.; ANGOTTI, J. A.; PERNAMBUCO, M. A. *Ensino de ciências: fundamentos e métodos*. São Paulo: Cortez, 2002.

DELVAL, Juan. *Aprender na vida e aprender na escola*. Porto Alegre: Artmed, 2001.

DOLL JR., William E. *Currículo: uma perspectiva pós-moderna*. Porto Alegre: Artmed, 2002.

LIMA, Maria Emília C. C.; AGUIAR, Orlando; PAULA, Helder F. Formação de conceitos. In: *Ensino de ciências por investigação*. Módulo 3. Belo Horizonte: Cecimig, 2005. (Apostila de Curso de Especialização).

MARTINS, C. M. C. *et al*. *Ciências Ensino Fundamental: Proposta Curricular para Educação Básica*. Secretaria Estadual de Educação de Minas Gerais. Diretoria de currículos. 2006.

PAULA, H. F. *A ciência escolar como instrumento para a compreensão da atividade científica*. Tese (Doutorado em Educação). Universidade Federal de Minas Gerais. Belo Horizonte, 2004.

PCN, BRASIL, Ministério de Educação – MEC, Secretaria de Educação Média e Tecnológica. Parâmetros Curriculares Nacionais: Ensino Fundamental. Brasília: MEC/SEMTEC, 1998.

PCN, BRASIL, Ministério de Educação – MEC, Secretaria de Educação Média e Tecnológica. *Parâmetros Curriculares Nacionais*: Ensino Médio. Brasília: MEC/SEMTEC, 1999.

POZO, Juan Ignácio; GÓMEZ-CRESPO, Miguel Angel. A solução de problemas nas Ciências da Natureza. In: POZO, Juan Ignácio. *A solução de problemas*. Porto Alegre: Artmed, 1998.

SANTOS, Maria Eduarda V. M. *Desafios pedagógicos para o século XXI*. Lisboa: Livros Horizonte, 1999.

ZABALA, Antoni. *Enfoque globalizador e pensamento complexo: uma proposta para o currículo escolar*. Porto Alegre: Artmed, 2002.

CAPÍTULO 8
Ler e escrever memórias: práticas de letramento no campo

Amarílis Coelho Coragem
Maria Zélia Versiani Machado
Marildes Marinho
Míriam Lúcia dos Santos Jorge

Notas sobre o currículo da área de linguagens: pressupostos e objetivos

A construção de um currículo da área Linguagens – Artes e Língua Estrangeira (LAL) – para a Licenciatura em Educação do Campo tem sido uma tarefa marcada pela busca do equilíbrio entre as expectativas de formação acadêmica e os anseios que unem os alunos do curso, professores da educação básica. Como sugerido no título deste texto, um ponto de encontro dessas expectativas se concretiza em um dos objetos de formação do professor, as práticas de letramento ou as condições de aprendizado e de acesso aos múltiplos usos e funções sociais da escrita. Reconhecendo, como o fazem alguns estudiosos, que o conceito de letramento é ainda *impreciso, diverso* (SOARES, 2001, p. 2), *de contornos variáveis* (FIJALKOW, FIJALKOW; PASA, 2004, p. 52), acreditamos que a concepção adotada nesse currículo resultará das nossas escolhas teórico-metodológicas. De identidade heterogênea, os significados desses termos resultam de um processo de trabalho realizado pelos seus usuários. Como sugerem Fijalkow, Fijalkow e Pasa:

> O termo "letramento", recém chegado no pequeno mundo da leitura e da escrita, aparece como um conceito capaz de circunscrever de maneira econômica um campo de pesquisas e de práticas de contornos variáveis, em função das escolhas teóricas daqueles que o trabalham e do trabalho que o termo faz, aliás, na direção inversa, sobre as escolhas teóricas. (p. 52, tradução nossa)

Essas escolhas, no caso desse projeto pedagógico, levam em conta as concepções referentes à língua e linguagem, texto e discurso. Isso quer dizer que estamos enfrentando um dos principais desafios das propostas curriculares contemporâneas para o ensino de línguas, qual seja o de concretizar uma concepção de linguagem em sintonia com as mudanças epistemológicas ocorridas no campo dos estudos linguísticos. Orientadas por essas mudanças, as propostas de ensino, gestadas a partir da década de oitenta do século XX, consideram a linguagem como um fenômeno heterogêneo, marcado por uma relação indissolúvel entre processo e produto, ou seja, "como um conjunto de usos, cujas condições de produção não podem ser descoladas da análise de seu produto, que é o enunciado (CASTILHO, 1990). A linguagem resulta de processos de interação entre sujeitos em determinadas condições de produção. Isso significa também situar a língua e a linguagem nos seus diferentes componentes: linguístico, psicológico, histórico, antropológico, sociológico, político e pedagógico. Esse modo de conceber a língua vem, como nos alerta Castilho, *somar-se* aos componentes "tradicionais" dos estudos linguísticos – à "Fonologia, à Gramática (entendida como Morfologia e Sintaxe) e à Semântica", e se encontram reunidos em estudos de caráter interdisciplinar, especialmente, no campo da Pragmática. Em decorrência dessa mudança epistemológica, novas disciplinas se constituem para abordar os fenômenos linguísticos: a Sociolinguística, a Psicolinguística, a Análise da Conversação, a Semântica Argumentativa, a Análise do Discurso, a Linguística do Texto. No campo educacional, esse movimento de mudança para uma concepção interacionista, enunciativa da linguagem veio se estruturando paulatinamente, por meio de um grande debate e de estudos, cujas ressonâncias se oficializaram nos currículos municipais e estaduais e nos Parâmetros Curriculares Nacionais produzidos pelo MEC.[1]

Outro fator determinante das nossas opções teórico-metodológicas é a necessidade de repensar as práticas de letramento oferecidas aos professores nos seus contextos de formação, na universidade, as quais nomeamos aqui como *práticas de letramento acadêmico*.[2] Quais usos, funções e significados são atribuídos à escrita? O que, para que e como se lê e se escreve, nos contextos de formação?

Um dos pressupostos subjacentes às práticas acadêmicas correntes, em qualquer curso universitário, é o de que se aprende a ler e a escrever no ensino fundamental e médio. Portanto, considera-se um absurdo encontrar estudantes pouco familiarizados com a leitura e a produção de gêneros que circulam na sala de aula das universidades. No entanto, é necessário e possível relativizar

---

[1] É bastante numerosa a produção sobre essa mudança de paradigma no campo dos estudos sobre a linguagem e seus desdobramentos para a construção do objeto de ensino de português. Ver levantamento feito por MARINHO (2001). Citamos alguns representativos: GERALDI (1984), ZILBERMAN (1982), ORLANDI (1985), FERREIRO; TEBEROSKY (1985), SOARES (1986), POSSENTI (1996), KLEIMAN (1989), KOCH; FÁVERO (1989), CASTILHO (1990), FRANCHI (1992).

[2] A expressão *letramento acadêmico* tem sido recorrentemente utilizada em currículos e pesquisas de universidades inglesas e americanas. Citamos, como exemplo, o curso de Bryan Street, oferecido na universidade de Londres e da Pensilvânia – onde atua como professor convidado – cujo nome é Academic Literacies in the University. A escrita acadêmica é também a sua atual linha de pesquisa.

essa crença, especialmente, à luz da teoria da enunciação, que traz consigo uma concepção de gêneros discursivos, tal como formulado por Bakhtin (1992). Os gêneros discursivos são produzidos por e para as diversas esferas das atividades humanas. Seus usos, funções e aprendizado pressupõem, portanto, situações concretas de interação. Isso quer dizer também que os gêneros acadêmicos (artigos, teses, monografias, dissertações, resenhas acadêmicas, etc.) são produzidos e aprendidos, sobretudo, nas instituições que deles necessitam para o exercício das suas práticas. Em síntese, propiciar aos alunos universitários o aprendizado dos gêneros é uma responsabilidade dos currículos universitários. Enquanto na Europa e Estados Unidos esse conteúdo está presente nos currículos e há um número relevante de publicações resultantes de pesquisa,[3] no Brasil, estamos começando a dele nos ocupar.

Ao contrário, quando se trata das investigações sobre as disposições leitoras ou dos modos como o professor se relaciona com a cultura escrita, já temos um conjunto considerável de trabalhos. Alguns focalizam a sua prática profissional, outros abordam a sua trajetória pessoal.[4] Um dos aspectos revelados por esses estudos é o lugar ocupado, na vida do professor, pela leitura de gêneros destinados aos seus alunos, sejam os literários ou outros gêneros trabalhados na sala de aula. Embora sejam raras as pesquisas que abordam as práticas de escrita (produção) do professor, é possível supor que essa escrita esteja, também, preferencialmente, submetida às necessidades de organização das suas atividades profissionais (planejamentos, anotações, súmulas). Pelo que se conhece sobre as relações de poder envolvidas nos processos de inserção na cultura escrita, pode-se supor que mais complexo do que as dificuldades enfrentadas pelo professor (e não apenas por ele), na sua trajetória de formação leitora, é o processo de construção de um lugar de autoria, de produzir e fazer circular textos escritos por ele.

Por essas razões, o curso Licenciatura em Educação do Campo se propõe a construir uma relação entre os professores e a universidade, criando um ambiente de formação cujo maior interesse é o sujeito professor, e propiciando a eles um contato com gêneros discursivos infanto-juvenis, mas também (e sobretudo) os de interesse de um sujeito adulto. Em outras palavras, essa decisão focaliza, concomitantemente, o professor como um sujeito que participa da vida cultural e que precisa conhecer universos simbólicos mais amplos do que aqueles recortados pelos manuais didáticos ou outros dispositivos pedagógicos que organizam a sua atividade docente. Busca-se também nesse curso enfatizar a necessidade e estraté-

---

[3] LEA (1994, 2004), STREET (1997, 1999).
[4] Entre outros trabalhos, ver ALBUQUERQUE (2001), ALMEIDA (2005), BATISTA (1998), EVANGELISTA (2000), MARINHO (1998, 2001), ROLLA (1997), GALVÃO (2001), SCHITINI (2003), SOARES, (2001).

gias de um lugar de autoria, de utilização da escrita nas interações e práticas culturais desses sujeitos. A ênfase na formação do professor-leitor-autor significa que, para se envolverem com o conteúdo pedagógico destinado aos alunos da educação básica, esses docentes necessitam de, em primeiro lugar, se apropriarem ou se inserirem com desenvoltura nos diversos domínios e práticas culturais, particularmente aquelas relacionadas à cultura escrita, nas suas múltiplas funções e tecnologias.

Em resumo, a proposta dessa área toma como princípio organizador a necessidade de abordar três dimensões complementares de formação do professor: 1) A dimensão relacionada às suas próprias habilidades, disposições e competências no campo da leitura e da escrita, das artes e das línguas estrangeiras; 2) A dimensão dos conhecimentos e habilidades desejáveis às crianças, jovens e adultos os quais serão formados por esse professor; 3) A dimensão da produção do conhecimento ou do desenvolvimento de habilidades para a pesquisa. Esses princípios, por sua vez, se concretizam por meio de procedimentos e atividades de problematização, análise e síntese, orientadas por práticas de leitura, debates e exposições orais, acesso e aprendizado de dispositivos de pesquisa e de análise de fenômenos, envolvendo a linguagem e o ensino.

Durante todo o percurso, em especial, nos primeiros módulos, estabeleceu-se como objetivo principal o desenvolvimento de habilidades, de estratégias e de disposições para os usos da leitura e da escrita, consideradas mais importantes para o sucesso desses alunos no acompanhamento do curso: 1) Habilidades e competências nos usos da linguagem oral e escrita, levando em conta os diversos gêneros discursivos e as funções sociais da língua e da linguagem; 2) Habilidades e competências nos usos de outros sistemas semióticos e de diversas tecnologias: televisão, cinema, teatro, música, pintura, fotografia, dança, escultura; 3) Conhecimento e posicionamento crítico sobre os usos, funções e modos de produção e de disseminação dos meios de comunicação, das novas tecnologias, das artes e da ciência; 4) Concepções de língua, de linguagem, discurso e texto, orientadas por um referencial sócio-histórico e conectadas com as diversas dimensões da linguagem: sociológica, psicológica, histórica, antropológica, política, pedagógica, linguística, entre outras.

Neste artigo abordaremos alguns aspectos relacionados ao conteúdo de artes, língua portuguesa e línguas estrangeiras, a partir de uma proposta interdisciplinar de atividades desenvolvidas nos primeiros módulos do curso, voltados para a formação básica. Essa formação privilegiou a vivência *de* e a reflexão *sobre* práticas de leitura, de escrita, assim como o diagnóstico de crenças e expectativas sobre o aprendizado de línguas estrangeiras. No intuito de trazer à tona concepções fundamentais que subsidiassem as reflexões sobre a linguagem, o texto, a textualidade, o discurso, o gênero e a variação linguística foram algumas das temáticas focalizadas com o objetivo de compreender o ato de ler e escrever como práticas sociais. Vivenciar a leitura e a produção de textos, analisar essa vivência e observar os usos sociais da escrita nos assentamentos foram as atividades organizadoras desses módulos. Além de outros gêneros acadêmicos (esquema, resumo, resenha, artigo), a narrativa memorialística foi o gênero privilegiado para a leitura e a escrita.

Por que ler e escrever memórias em um curso de formação de professores

> *Entre tantas coisas que vivi me lembro dos momentos que considero mágicos, como os que passei no sítio de meus avós, pai Antonio e Dinha Beu, onde praticamente aprendi a andar, correr, nadar, brincar e a ter medo.*
> [Fragmento do memorial de Adriana,[5] aluna do curso de Licenciatura em Educação do Campo].

O trabalho com as memórias tem se revelado como uma estratégia capaz de envolver os alunos na escrita e reescrita de textos – atividades entremeadas por momentos de leitura partilhada – que culmina com a produção de um livro de memórias. A motivação para fazer um livro, coletivo, pelas próprias mãos dos autores, é fruto de uma insatisfação com os destinos da escrita, na escola, em especial, a escrita que se produz (ou não se produz!) na sala de aula. Afinal, escreve-se, na escola, para quem e para quê? São inúmeras as situações em que textos interessantes, nascidos da angústia e do prazer da escrita são engavetados ou vão para a lixeira, no final do ano. O suporte de escrita na sala de aula é quase sempre uma folha avulsa onde o aluno escreve à caneta o seu texto, e quem o lê é apenas o professor. Fazer um livro é, pois, uma maneira de dar um destino, uma função sociocomunicativa ao texto. Assim, também, como se podem fazer jornais, murais, panfletos, com objetivos específicos de interesse dos sujeitos que interagem no cotidiano escolar. Se pretendemos trabalhar com uma concepção interacionista de língua e com gêneros discursivos, os textos precisam de um suporte e de uma circulação que lhes deem vida própria e função nas relações interpessoais.

Construir memórias é também um trabalho de formação do professor, que se constitui *na* e *pela* escrita. Acreditamos que a ação do professor, além dos conhecimentos adquiridos nos cursos de formação, traz também as marcas da sua história pessoal, de como aprendeu a ler e a escrever.

---

[5] Na citação de fragmentos das memórias dos alunos do Pedagogia da Terra, serão usados pseudônimos escolhidos pelas autoras deste texto.

Além de promover uma espécie de volta individual ao passado, o trabalho com a memória, com a história de vida, possibilita situar a história pessoal no contexto social. Após reconstituir essa história pessoal, é possível, por meio de um trabalho de pesquisa e de leituras, reconstituir também o contexto sócio-histórico da época em que se aprendeu a ler e a escrever, o ideário pedagógico (MARINHO, 2004, p. 32), a história da escola, a rede de ensino, as condições de exercício do magistério, a escola no cenário social, etc.

A produção de um livro de memórias tem também uma intenção de levar à reflexão sobre as práticas de letramento, convidando o professor a lançar um olhar sobre os usos sociais da escrita e da leitura nas comunidades, num contraponto que pressupõe um processo contínuo de relação entre a escrita e a oralidade. Hoje, uma série de produções culturais enriquece essa discussão, entre elas filmes como *Os narradores de Javé*, de Eliane Caffé, que, no projeto de produção das memórias, contribuiu para a problematização das relações entre oralidade e escrita, cultura escrita e cultura oral, "letrados" "não letrados", que sabemos complexas. Dar visibilidade a essa complexidade tem sido a meta de pesquisas para as quais grupos que predominantemente fazem usos da oralidade encontram-se inseridos em práticas da cultura escrita:

> Alguns estudos têm mostrado que as relações e mediações ocorridas entre indivíduos e grupos sociais e o mundo da cultura escrita são muito mais complexas. Essas pesquisas revelam que grupos tradicionalmente associados à oralidade e que, por muito tempo, encontravam-se dissolvidos em substantivos que, por sua própria carga discursiva, tendiam a homogeneizá-los [...] utilizavam táticas e, de maneiras particulares [...] se inseriam em práticas de letramento. (GALVÃO, 2005, p. 370)

O diálogo estabelecido entre gêneros e práticas discursivas orais e escritas passou, assim, a fazer parte do processo de elaboração de textos memorialísticos que, a cada encontro, eram objeto de leitura partilhada e de reescrita. Priorizou-se, dessa forma, a formação de leitores/falantes e escritores/ouvintes envolvidos em práticas escolares significativas que levassem à reflexão sobre os diferentes letramentos[6] ou sobre os usos sociais da língua, numa perspectiva variacionista, por considerarmos que:

> [...] a estigmatização das variedades lingüísticas revela [...] uma atitude profundamente antilinguagem, já que a variação é nuclearmente, estruturalmente, a condição que dispõe a língua para a mudança, a substância da sua própria vitalidade. (OSAKABE, 2001, p. 8-9)

---

[6] Sobre as diferentes modalidades de letramento, ver SOARES (2002), KRESS (2003) VAN LEEUWEN; KRESS (2001).

Na verdade, o livro de memórias do grupo de alunos começou a ser escrito antes mesmo do início do curso de Licenciatura em Educação Básica do Campo, carinhosamente chamado Pedagogia da Terra. Quando os autores e as autoras dos textos reunidos em três livros[7] se inscreveram para o processo seletivo do curso, apresentaram memoriais nos quais procuraram dar forma a lembranças e recordações da trajetória que os levou até ali. Os memoriais mostraram que as imagens do passado se recobrem por uma superposição de outras experiências vividas, entre elas, a vontade de integrar as turmas do curso pretendido, manifestada em todos os textos. Assim, colocar no papel as memórias foi o primeiro desafio que mostrou a necessidade de apropriação da escrita como fator determinante.

Lendo, escrevendo e refletindo sobre a linguagem

A partir do *Tempo Escola II*, iniciamos a leitura de textos memorialísticos – de vários escritores selecionados – e, paralelamente, desencadeamos um processo de escrita e reescrita dos textos de memórias pelos autores e pelas autoras dos textos deste livro. Primeiramente, lançamos o nosso olhar para o tempo da meninice, para a infância, para as brincadeiras, para o ambiente familiar, ainda sem a preocupação central de refletir sobre a inserção dos sujeitos no mundo da leitura e da escrita. Tal objetivo seria alcançado em etapa posterior, dando origem ao projeto das coletâneas.

Simultaneamente, cuidava-se se também, nesse momento, das estratégias e habilidades leitoras desses alunos.

Os textos escolhidos para a leitura constituíram uma pequena antologia. Essas leituras compuseram um mosaico de recordações, reminiscências, lembranças, memórias vividas e inventadas, sob a forma de narrativas e poesias, escritas por diversos autores: Graciliano Ramos, de *Infância*, Helena Morley, de *Minha vida de menina*, Fernando Sabino, de *O menino no espelho*, Drummond, de *A senha do mundo*, Manoel de Barros, de *Memórias inventadas*, entre outros. A leitura dos textos desses autores trouxe aos leitores recordações de experiências pessoais da infância, num processo em que se perceberam muitos elos comuns entre vidas. Por causa desse efeito agregador de experiências, elegemos a memória de infância como gênero para a leitura e posterior produção de texto, dando continuidade ao projeto de escrita do memorial. Dessa vez, com o foco mais voltado para as

---

[7] Os textos dos três livros foram produzidos pelas turmas das professoras Aracy Alves Martins, Vanir Consuelo Guimarães e Maria Zélia Versiani Machado, nos tempos de formação básica do curso Pedagogia da Terra. Depois de finalizados os textos, a produção dos livros foi realizada sob a orientação da professora Amarílis Coragem.

lembranças ligadas ao aprendizado da escrita e da leitura na escola e no ambiente familiar. Nos próximo tópico deste texto, destacaremos alguns aspectos presentes em muitas dessas reminiscências.

Escrevendo memórias e constituindo um lugar de autoria

A produção dos textos que compõem os três livros feitos pelas turmas do curso Pedagogia da Terra, passou por um processo de escrita e reescrita, no qual as especificidades da modalidade escrita da língua puderam ser discutidas em sua relação com os usos da modalidade oral. Usos orais da língua, sobretudo em gêneros públicos próprios a situações de militância nos movimentos sociais, mostram-se bastante familiares a grande parte dos alunos. Entretanto, a entrada na universidade abre portas para um universo de práticas discursivas e usos da escrita, certamente, pouco familiares a esses sujeitos e a quem ainda não percorreu essa trajetória.

Partindo do pressuposto de que os usos da língua engendram desempenhos linguístico-discursivos em situações comunicativas da realidade social, paralelamente ao projeto de produção de texto de memórias, os alunos realizaram uma atividade de pesquisa, com o objetivo de levantar práticas de letramento ou as funções sociais da escrita nos assentamentos.[8] Buscava-se, assim, dar visibilidade e discutir as formas de circulação de textos nos contextos das comunidades dos alunos, assim como compreender as possíveis relações entre práticas orais e escritas presentes nessas comunidades. Percebeu-se, a partir dessas pesquisas, um relativo distanciamento em relação a alguns gêneros escritos, a exemplo dos literários, com os quais dialogaríamos no processo de produção do livro. A proposta do livro pressupõe a socialização de textos por meio da escrita, operando um tipo de deslocamento discursivo pouco habitual para a maioria dos alunos, numa experiência socializadora de subjetividades. Lembrar e escrever sobre o passado é uma experiência pessoal e intransferível, que traz agradáveis e desagradáveis recordações. Transformá-las em palavras supõe recortes, omissões, escolhas subjetivas que se querem partilhar sob a forma de um livro escrito por vários autores e que terá muitos leitores. Essa talvez tenha sido a maior dificuldade enfrentada por muitos na escrita das memórias, principalmente porque a experiência de um lugar de autoria não é uma prática comum a uma grande maioria de cidadãos brasileiros. Se já se reconhece a distribuição desigual do direito à leitura, maior ainda é essa desigualdade quando se trata da escrita, do

---

[8] Visando a uma iniciação à pesquisa, esse levantamento foi orientado por leituras sobre a temática e sobre instrumentos metodológicos de coleta de dados.

lugar de autor. Esse lugar exige um aprendizado linguístico, mas também uma conquista política.

Feitos e refeitos os textos, é hora de dar a eles um suporte material que permita a sua circulação e transformação em um objeto estético durável e constitutivo das práticas de leitura desses sujeitos.

Feito a várias mãos: encadernando memórias

Lidar com papel é atividade prazerosa: papel estampado, colorido, liso, texturizado, fino ou espesso, seja para desenhar, escrever, colar, dobrar, recortar ou simplesmente guardar por suas qualidades estéticas. Fazer livros com as mãos de modo simples, bem feitos e principalmente fazer livros com qualidades artísticas é um desafio. A experiência de construir um livro artesanalmente, para guardar memórias escolares, antecede ao projeto desenvolvido no Pedagogia da Terra, pois já vem sendo realizada em outros cursos da FaE e de outras instituições com as quais estabelecemos parceria.[9]

Depois de uma das felizes aventuras de fazer livros com as mãos, conhecemos o livro *Feito a mão* de Lygia Bojunga. Foi como encontrar mais uma cúmplice desse fazer que cada vez mais nos encanta. Lygia (1996, p. 7) encontrou as palavras certas quando disse as razões por que queria fazer o livro com as próprias mãos:

> [...] eu queria voltar atrás na minha vida pra reencontrar o pano bordado, a terra cavada, o barro moldado, e queria juntar eles todos numa pequenina homenagem ao feito a mão.

É que esse fazer artesanal promove uma rica experiência ao mesmo tempo construtiva e reflexiva. Numa dimensão poética, é possível tocar nos textos, ao colocar folha por folha cuidadosamente umas sobre as outras, envolvê-las em papel colorido e protegê-las com papel forte; observar atentos a sequência das páginas, a posição da margem, verificar a espessura do dorso, prever as dobras e o movimento do papel; escolher uma capa que seja mais um espaço de expressão dos autores, para que se revele o tema comum que abrace os sentidos dos outros textos.

O aspecto pedagógico dessa construção exige qualidade e criatividade para escolher procedimentos que não necessitam de habilidades muito específicas, habilidades que estão ao alcance de todos, inclusive das crianças; sem lançar mão

---

[9] Iniciado em 2000, esse projeto ganhou forças com a descoberta do trabalho de Lygia Bojunga (1996), o qual foi fonte de inspiração para o seu nome *Feito a mão, o livro de nossas memórias*. Aliando ensino e pesquisa, vários livros foram produzidos e uma pesquisa encontra-se em andamento, com a publicação de artigos (MARINHO, 2004; MARTINS, 2005) e apresentação de trabalhos em congressos.

de ferramentas de corte ou ponta, evitando "os perigos" nas mãos dos alunos, utilizando apenas recursos simples encontrados entre os materiais escolares; incentivando o reaproveitamento dos recursos disponíveis e conhecendo as possibilidades dos recursos naturais, seja no uso do papel artesanal, seja no uso do papel reciclado.

Fazer livros com os alunos do curso Pedagogia da Terra acrescentou ao educativo e artístico, um sentido filosófico e político. Ao expressar as qualidades da terra, nas suas cores, na sua simplicidade e na sua força; ao valorizar a dimensão histórica de sua forma memorialística, viabilizou-se a expressão autêntica e autônoma de aspectos da identidade revolucionária de seus autores.

Recorrendo à linguagem da terra, esse processo é como uma metáfora do plantio. É preciso selecionar imagens que, como sementes, componham o texto, acrescentando significados à palavra escrita e ampliado seus sentidos. Como se fosse o tempo de germinar, é preciso saber esperar para folhear o livro, deixá-lo descansar entre outros livros enquanto a cola seca e as folhas se ajustam. Também é preciso cuidar, pensar não só na beleza, mas também no possível desgaste causado pelo manuseio do livro e recortar o reforço da lombada e das ponteiras.

Nesse processo de construção do livro, aos poucos, as mãos descobrem seu jeito próprio de lidar com a cola e o papel, reinventando a técnica, criando, produzindo, articulando a teoria e a prática. Ao som da música, os risos e comentários dos escritores-artesãos se tornam cada vez mais alegres e expressivos. O tempo de fazer é um tempo de compartilhar um pouco da história de cada um, na promessa de poder guardar também as memórias desse tempo de construção no livro pronto e acabado. O livro artesanal pode ser um objeto a ser cultivado como uma das possibilidades de criação de espaços e suportes para construção de um lugar de autoria e de circulação da escrita, nessa comunidade. Encadernado, acabado, em torno do livro faz-se a partilha dos sabores das memórias, o retorno à oralidade, uma leitura mediada pela escrita, o ponto do qual se partiu no início da sua confecção. Folhear, ler, comentar e socializar os sentidos do que nele se inscreve, no ritual de "lançamento" de uma obra que terá leitores e leituras particulares. Deixamos aqui fragmentos das nossas leituras, de alguns dos tantos significados que esses textos podem produzir.

Lendo os memoriais e identificando subjetividades

Ler as memórias dos alunos do "Pedagogia da Terra" mais que mostrar o aprendizado dos autores dos textos nas suas trajetórias individuais, ensina sobre uma vigorosa relação com a escrita, quando se busca trazer de volta o passado. Uma relação que, mesmo conduzida pela pessoal e intransferível experiência da subjetividade, mantém um forte lastro com a coletividade. Esse lastro se evidencia pela convicção de que o grupo é garantia da mudança, da transformação que a escrita de memórias vem reforçar. Os textos exibem, cada um a seu modo, que ela, a escrita, sustenta, justifica e renova a condição dos sujeitos que se reconhecem na e pela linguagem. Muitos desejos tornam-se passíveis de realização quando se reconhecem os sentidos daquilo que se escreve, para o outro, no papel em branco.

> No final do ano fizemos as últimas provas. Fiquei curiosa para saber o resultado, pois meu sonho era passar para a quarta série. Lembro que, no último dia de aula, estávamos curiosos para saber o resultado e tia Laura, com seu jeitinho doce e muito calmo, foi dando os resultados por ordem alfabética. Como o meu nome inicia-se com a última letra do alfabeto, fiquei sendo a última. Quando eu ouvi aquela voz pronunciando minha nota que dizia que eu havia sido aprovada, fiquei tão feliz que não pude conter e chorei de emoção. Mas a alegria durou pouco, pois na época, em nossa região, não existiam professores capacitados para trabalhar com os alunos de quarta série em diante. Se quisesse dar continuidade aos estudos, precisaria ir para a cidade de Governador Valadares ou outras como São Geraldo da Piedade e Sardoá que também ficavam longe. E isso não foi possível, pois meus pais não concordavam com a ideia de eu estudar fora, porque naquela época eu só tinha 12 anos de idade. Isso causava muitas preocupações para eles, portanto, só depois dos 40 anos retomei meus sonhados estudos. (Zilá)

As memórias se tornam para muitos um modo de reafirmar a condição coletiva, fortemente vinculada ao MST. A entrada no movimento e a apropriação da escrita no processo de formação escolar fazem parte da infância e da juventude, conforme mostram os dois fragmentos a seguir:

> Em meados do inverno no ano de 2001, inicio uma nova etapa de minha vida. Estava eu com 16 anos, saindo da adolescência, mas já tinha juízo – segundo Dona Maria, minha querida mãe. Lá fui eu, para meu primeiro curso de formação política, conviver com pessoas de idades e estados diferentes. Foi mais que uma aprendizagem social, foi humana também. Aprender a cultivar os valores do companheirismo, da ternura, do compromisso, da mística em forma de utopia, entre outros. A partir desse curso, conhecido como "prolongado", cresce em mim o compromisso com a organização a que pertenço, o MST – Movimento dos Trabalhadores Rurais Sem Terra. Meses após a conclusão deste, fui indicada para cursar o magistério, no estado da Bahia, era a primeira turma do MST com a UNER, por meio do PRONERA e o estado socializou algumas vagas com o Espírito Santo. (Maria)

> Em meio às brincadeiras, meus irmãos ensinavam-me a ler e escrever. Entrei para a escola com oito anos de idade e já sabia fazer meu nome e o nome da escola e de todos da minha casa e os números de zero a dez. Estudei um ano e meio nessa escola que era na zona rural, pois quando estava na segunda série, no final do mês de agosto de 1993, saímos de São João Evangelista, onde morávamos para a ocupação da fazenda em Governador Valadares. Para mim era uma novidade muito grande, estava adorando, mas isto foi somente até chegar

ao local. Quando o caminhão de carregar boi parou e todos começaram a descer e carregar as poucas coisas da mudança no meio do mato, comecei a pensar no que viria depois, sem conseguir explicações. Imagino o que o meu pai e minha mãe pensaram enquanto cortavam bambus e construíam uma casa de lona, junto com aquela quantidade de famílias, pessoas de todos os lugares em busca de um mesmo objetivo. (Fernanda)

Não se separam, em quase todos os textos, o discurso sobre o aprendizado da escrita e as condições sociais, políticas e culturais dos seus autores:

Na minha infância, pensava em ser piloto de avião, brincava de pilotar nos pés de goiaba e saltava imaginando ser um pára-quedista. Quando meus primos iam lá em casa passear, brincávamos de bola. Meu pai era retireiro, saía bem cedo para buscar e juntar as vacas no curral para ordenhá-las. Aos 4 anos de idade já andava a cavalo e aos 5 anos acompanhava meu pai em seu trabalho, levava merenda para ele, para o meu irmão mais velho e para os companheiros que estavam plantando ou roçando. Ajudei a plantar arroz no brejo, feijão e milho, buscava barro branco para minha mãe passar no fogão a lenha e estrume de boi para passar no chão da casa. Adorava ficar na banqueta no fogão para me aquecer do frio. Todos os dias à noite a família se reunia para rezar e para ouvir rádio que funcionava à pilha e também para conversar à luz da lamparina a querosene. (Josué)

Em vários textos, as disposições para o aprendizado da leitura e da escrita encontram-se muito mais enraizadas no contexto familiar do que na experiência escolar propriamente dita:

Meu primeiro caderno posso dizer que foram as brilhantes areias brancas às margens do rio Jequitinhonha. Nelas assentado, fazia com areia molhada inúmeros castelos, muito parecidos com a igreja da minha cidade, obra do estilo arquitetônico da Holanda, país onde os padres da paróquia local residiam. (Daniel)

Em outros casos, valoriza-se a experiência familiar de iniciação e mostram-se o desconforto e o desajuste em relação à instituição escolar que, de certa forma, interrompe um ciclo supostamente harmonioso, o que produz efeitos visíveis no texto do aluno "avoado":

Nasci em pleno reveillon de 1986. Sou filho, e com muito orgulho, da família Horácio. Se falar de infância para mim já é difícil, falar sobre minha infância escolar a coisa complica ainda mais. Mas vamos lá! Nossa casa, mesmo antes de irmos para o MST, tinha um grande fogão a lenha. Ele tinha um lastro para a frente e outro para trás e, enquanto minha mãe cozinhava, minha irmã, brincando, me alfabetizou, com gibis da Turma da Mônica: uma parede branca servindo de quadro e carvão servindo de giz. Fui para a escola já alfabetizado e acabei descobrindo que ela não era bem do jeito que imaginava: não tinha fogão a lenha, muito menos brincadeiras de irmã. Nunca tomei bomba, mas na primeira série, por tamanha frustração, faltei um mês direto. Era o mais diferente da sala e era muito "avoado". (Paulo)

Ou da aluna atenta aos poucos textos que circulavam no ambiente doméstico, cujos valores ultrapassavam os estritamente simbólicos comumente atribuídos à linguagem:

> Um dos meus primeiros contatos com as letras, as palavras e desenhos foi com as embalagens dos alimentos que minha mãe colocava em casa. Isto me chamava muita atenção porque nesse período não tinha quase nada para comer, então quando minha mãe comprava uma sacola de arroz ou pó de café era novidade, ficava muito feliz, pegava, cheirava. Minha mãe diz que eu até abraçava a sacola de arroz. E quando minha mãe virava o alimento na lata, eu guardava as embalagens, ficava observando as letras, o desenho da panela, da xícara de café. Mesmo sem saber ler, já observava, pois era novidade. Na roça onde morava não tínhamos nenhum contato com televisão e rádio. (Elza)

O contato com a ficção aparece, em grande parte dos relatos, em situações orais, nas quais há a mediação de um contador de histórias, geralmente um parente mais velho.

> Também tinha história de assombração nas estradas e o meu avô contava muitas de pescadores que pegavam peixes enormes, todos acabavam sorrindo com ar de quem não acreditava. Quanto a outras de assombrações eu não gostava de ouvir à noite para não ter pesadelos ou perder o sono de tanto medo quando olhava para o escuro. (Nara)

Mas há casos também de práticas de leitura literária pela via escolar, exclusivo modo de acesso a esse tipo de leitura. Curiosamente, a aluna escreve suas memórias em terceira pessoa. Esse modo de enunciação escolhido para narrar as memórias dá ao texto um tom ficcional, emprestado dos textos tão cobiçados:

> Apesar do pouco estudo, sua mãe ajudava nas tarefas de casa e aos poucos [...] vai entrando no mundo da leitura e escrita. O acesso a livros só era possível através da escola, mas seu pai trazia todos os escritos que encontrava na rua ou ganhava. Nas férias gostava de ir para a casa de sua avó, pois lá encontrava uma de suas maiores alegrias. Eram revistinhas em quadrinhos da Turma da Mônica que sua tia ganhava de sua patroa. Entrava no quarto e ficava horas entretida nas aventuras da leitura. O mundo da leitura passa a ser seu lugar predileto, lia tudo o que encontrava: livros emprestados, achados, propagandas, contas, documentos, jornais e revistas, enfim tudo de escrito que chegava a sua mão ou a sua vista. Tudo o que era escrito chamava sua atenção, dedicava horas e horas nessa atividade, sua mãe até dizia: "de tanto ler essa menina vai ficar louca um dia". Pena que não teve muito contato com os clássicos da literatura, sua timidez muitas vezes a impediu de ir à biblioteca, Acreditava que toda leitura "sempre vale a pena", considera o livro um companheiro constante e maravilhosa a oportunidade que ele proporciona de conhecer outros lugares, outras culturas, enfim outras vidas. (Vera)

Em síntese, lendo os memoriais, percebemos o quanto as histórias passadas se misturam à vida presente, como cacos que compõem um mosaico – a um só tempo individual, porque cada história de vida é única; e coletivo, porque cada pessoa quer comunicar a sua história por meio da linguagem escrita para estabelecer relações com o outro e por se inserir em contexto sócio-histórico mais amplo. Assim, por mais que essas histórias sejam diferentes entre si, os seus protagonistas se unem no ato de escrever, indiciando um cenário histórico, político e cultural específico de um grupo social com características particulares. O ato de escrever, por múltiplas razões, não é simples ou pouco complexo. Esse grupo, em tese, traz consigo as marcas e consequências de uma sociedade que, de um lado, demanda o acesso às práticas de leitura e de escrita, de outro, dificulta esse acesso. São sujeitos que lutam pela terra, pela escola e pelo saber. Não é gratuito que, para eles, a entrada na universidade, por meio de um programa especial, significa uma conquista ou, em seus próprios termos, uma "ocupação do latifúndio do saber". O memorial foi, então, o pontapé inicial para o que veio depois, no percurso de construção de outros textos de memórias, lidos e relidos, escritos e reescritos, no decorrer da primeira etapa do curso, processo ao qual procuramos dar forma neste texto.

Para a organização do curso, esse material nos permite também fazer um diagnóstico de crenças e necessidades dos alunos no ensino-aprendizagem das Línguas Estrangeiras, como veremos a seguir.

Lendo memórias e diagnosticando crenças e necessidades dos alunos no ensino-aprendizagem de Línguas Estrangeiras

Nas aulas de inglês as narrativas foram utilizadas como um instrumento para a reflexão dos alunos sobre suas experiências prévias formais (escolares) e informais com diferentes línguas estrangeiras e os impactos que essas experiências poderiam trazer para a aprendizagem de inglês dentro das especificidades do curso de licenciatura. As narrativas, no campo da linguística aplicada à aprendizagem de línguas estrangeiras (LE), têm sido utilizadas com diversos propósitos (FREEMAN, 1996), visto que essas são instrumentos que favorecem o processo reflexivo de quem as escreve, de forma a promover, no aprendiz de LE, consciência sobre o processo quanto à própria aprendizagem, um dos fatores fundamentais para a aprendizagem bem-sucedida de LE. As narrativas foram também o instrumento inicial utilizado para identificar crenças e necessidades de aprendizagem específicas daquele grupo de alunos.

Neste texto, optamos por enfatizar como a identificação de crenças e necessidades orientaram nosso posicionamento em relação aos princípios norteadores da proposta de inserção do ensino de formação de professores de inglês. Apesar de as narrativas apresentarem um conjunto de dados que possibilitaram análises diversas, destacamos aqui dois fatores que nos ajudaram a definir a abordagem de ensino de LE que seria adotada em nossa proposta e a abordagem afetiva necessária para engajar os alunos no processo de aprendizagem, em um contexto em que motivação e autonomia se fazem essenciais. Assim, destacamos neste texto as experiências prévias dos alunos e suas crenças sobre o espaço ocupado pela língua inglesa na contemporaneidade.

Em relação às experiências prévias, a análise das narrativas revelou a recorrência de informações sobre uma história de aprendizagem mal-sucedida no contexto escolar, como podemos observar nos excertos a seguir:[10]

Excerto 1

Estudamos língua estrangeira no 1º e 2º graus e não aprendemos nada porque o ensino público enfrenta uma fase decadência. [...] Nunca vi ninguém concluir o 3º ano sabendo falar mais que duas frases e algumas palavras soltas em inglês [...] gostaria de aprender a falar alguma língua, mas aprender mais do que falar duas frases.

Flávia

Excerto 2

Minha aprendizagem da língua (inglesa) foi fraca, pois faltava interesse dos professores e, consequentemente, dos alunos.

Plínio

Em relação às crenças sobre a língua inglesa, foram também recorrentes afirmações sobre o inglês como um símbolo de imperialismo e capitalismo. Os excertos a seguir representam essa visão:

Excerto 3

Eu gostava de inglês até descobrir toda a história de dominação e do imperialismo norte-americano sobre a América Latina.

Rodrigo

Excerto 4

Vejo o fato de se ensinar apenas inglês nas escolas como uma forma de dominação.

Sabrina

A partir da análise das narrativas, a pergunta "qual a relação entre as experiências prévias de aprendizes de inglês e suas concepções sobre essa LE no

---

[10] Os dados aqui apresentados foram analisados com a colaboração da bolsista de extensão, Mara Raquel Barbosa.

planejamento do currículo de inglês" para os alunos determinou a definição dos seguintes princípios norteadores para o ensino de inglês:

Simultaneidade na formação de professores de inglês e aprendizagem de língua

As aulas de inglês no Tempo Escola enfatizariam uma aprendizagem reflexiva da língua, sempre explicitando os objetivos das atividades propostas e a escolha dos temas das lições.

As lições planejadas para o Tempo Comunidade (TC) sempre incluiriam, além de atividades voltadas para a aprendizagem da língua propriamente dita, espaços para reflexões sobre o processo de aprendizagem de línguas, a realidade da educação do campo e uma avaliação sobre o material didático utilizado, produzido pela coordenação de ensino de Língua Estrangeira. Essas reflexões objetivavam conscientizar os alunos sobre os processos cognitivos e afetivos que interferem na aprendizagem de línguas, bem como criar oportunidades para que eles refletissem sobre uma abordagem de ensino de LE que fosse apropriada para a educação do campo e que fosse diferente das experiências frustrantes vivenciadas por eles no ensino fundamental e médio. O conhecimento sobre linguística aplicada na formação de professores e na conscientização dos alunos sobre os próprios processos de aprendizagem seriam explorados direta e indiretamente em todas as nossas ações no ensino de inglês, sempre buscando o desenvolvimento de uma consciência mais crítica dos alunos, tanto enquanto aprendizes quanto como professores de LE.

Ensino integrado das habilidades de ler, ouvir, falar e escrever

A insatisfação quanto ao ensino de inglês nas escolas geralmente está associada ao uso de métodos que não possibilitam a aprendizagem da língua para a comunicação, desejo de muitos aprendizes e demanda dos usos que se fazem da LE na contemporaneidade (o método gramática-tradução, por exemplo). Como os alunos do Pedagogia da Terra manifestaram o desejo de aprender a falar inglês (os movimentos de luta pela terra criam diversas oportunidades de uso da língua em que a oralidade se faz necessária) e ler inglês (para acesso a informações principalmente na internet), as quatro habilidades (ler, ouvir, falar e escrever) precisariam ser trabalhadas, o que representou (e ainda representa) um dos maiores desafios do ensino de LE em um modelo de curso em que o aluno passa a maior parte do tempo em sua comunidade, algumas vezes em acampamentos sem energia elétrica e sem um outro aprendiz ou falante de inglês com quem possa interagir na LE. Ainda assim, aceitamos o desafio de encontrar caminhos para o ensino integrado das quatro habilidades no contexto do curso, respeitando, principalmente, os desejos e necessidades identificadas nas narrativas produzidas pelos alunos.

Adoção da pedagogia pós-métodos

Entre as abordagens e métodos para o ensino de LE desenvolvidos nas últimas décadas (RICHARDS; RODGERS, 2001), a pedagogia pós-métodos, proposta por Kumaravadivelu (2003), pareceu-nos o aporte metodológico mais adequado para o Pedagogia da Terra. Nessa pedagogia, Kumaravadivelu destaca a importância do ensino integrado das quatro habilidades, respeitando-se as particularidades dos contextos de ensino, a importância de uma perspectiva crítica e educativa, baseada em Paulo Freire, e a importância do professor de inglês como um profissional reflexivo, que identifica problemas na prática e encontra, para eles, soluções coerentes com as demandas locais.

Promoção da autonomia dos alunos por meio do trabalho com estratégias de aprendizagem

Sabe-se que aprendizes bem sucedidos de LE utilizam um repertório variado de estratégias de autoaprendizagem, que os ajuda a transcender as limitações sempre presentes na aprendizagem em sala de aula, aprendizagem marcada pela heterogeneidade de estilos de aprendizagem e motivações para aprender uma LE. Assim, o investimento no ensino de estratégias tornou-se um meio para que os alunos pudessem ser autônomos e capazes de identificar seus objetivos e limitações na aprendizagem, buscando caminhos únicos para a etapa não presencial do curso, no tempo comunidade. O desenvolvimento da autonomia foi considerado um princípio coerente com aqueles que norteiam a educação nos movimentos sociais.

Exploração dos "ingleses do mundo" (World Englishes)

A visão de inglês como língua estadunidense, ou melhor, da classe média branca estadunidense (PENNYCOOK, 2001) não nos parece adequada para o ensino no contexto brasileiro, especialmente em um curso como o Pedagogia da Terra. O atual tratamento da língua inglesa no plural "ingleses" e o conceito de World Englishes (ingleses do mundo) foram apresentados para os alunos e incorporados à prática. Assim sendo, optamos por explorar o inglês falado pelos países dos círculos interior (*inner circle*) e exterior (*outter circle*). No caso dos Estados Unidos como referência cultural, exploramos a diversidade de usos do inglês por comunidades diversas, como o inglês falado pelos afro-americanos (*ebonics*) e pelos chicanos (*spanglish*). No caso de países do círculo exterior, trabalhamos com países em que o inglês é falado como segunda língua e tem sido usado como instrumento de luta pós-colonial.

Na etapa de formação básica do curso, foram esses os princípios norteadores do planejamento do ensino de inglês, definidos a partir da análise das narrativas dos alunos. A reflexão no tempo escola, no entanto, tem nos apresentado os mais variados desafios para a implementação desses princípios na prática. Encontrar um caminho próprio para a formação de professores de inglês para o campo, coerente e específico para a realidade brasileira, que não reproduza modelos de ensino de LE importados e ditos universais é, a princípio, um grande desafio. As avaliações das práticas decorrentes dos princípios que estabelecemos têm nos mostrado que esse parece ser o caminho certo.

Concluímos, portanto, que, se os alunos encontram-se em formação, também estão em processo de aprendizagem os professores que trabalham com Língua Estrangeira no curso, que aceitaram o desafio de construir uma proposta nova para ensino de inglês, respeitando, principalmente, o perfil dos alunos e o contexto de ensino para o qual se volta a aprendizagem de LE, que apresentam aspectos muito novos para professores universitários do contexto urbano.

Referências

ALBUQUERQUE, Eliana Correia de. *Apropriações de propostas oficiais de ensino de leitura por professores (o caso do Recife)*. Belo Horizonte, FaE/UFMG, 2001. Tese (Doutorado)

ALMEIDA, Ana Lúcia Campos. *Leituras constitutivas da(s) identidade(s) e da ação dos professores*. Tese (Doutorado). IEL, Unicamp, 2005.

BAKHTIN, M. (1979). *Estética da criação verbal*. São Paulo: Martins Fontes, 1992. (Trad. Maria Ermantina Galvão).

BATISTA, A. A. G. A leitura incerta: a relação de professores(as) de Português com a leitura. *Educação em Revista*, Belo Horizonte, n. 27, p. 85-103, 1998.

BOJUNGA, Lygia. *Feito a mão*, Rio de Janeiro: Agir, 1996.

CASTILHO, Ataliba T. Português falado e ensino de gramática. *Letras de Hoje*, Porto Alegre, v. 25, n.1, p. 103-136, março/1990.

EVANGELISTA, A. A. M.. *Escolarização da literatura entre ensinamento e mediação cultural: formação e atuação de quatro professoras*. Tese (Doutorado em Educação) – Universidade Federal de Minas Gerais, Belo Horizonte, 2000.

FERREIRO, E.; TEBEROSKY, A. *Psicogênese da língua escrita*. Porto Alegre: Artes Médicas, 1985.

FIJALKOW, J. FIJALKOW, Y.; PASA, L. Littératie et culture écrite. In: BARRÉ-De MINIAC, C.; BRISSAUD, C.; RISPAIL, M. (Dir.). *La littéracie: conceptions théoriques d'enseignement de la lecture-écriture*. Paris: L'Harmattan, 2004. p. 53-70.

FRANCHI, C. Linguagem, atividade constitutiva. *Cadernos de Estudos Linguísticos* (22). Campinas: Unicamp, 1992.

FREEMAN, D. *To Take Them at Their Word: Language Data in the Study of Teachers' Knowledge*. Harvard Educational Review, v 6 n 4 p.732-61, 1996.

GALVÃO, Ana Maria de Oliveira. Leituras de cordel em meados do século XX: oralidade, memória e a mediação do "outro". In: ABREU, M.; SCHAPOCHNIK, N. (Orgs.). *Cultura letrada no Brasil. Objetos e práticas.* Campinas, SP: Mercado de Letras, Associação de Leitura do Brasil (ALB); São Paulo, SP: Fapesp: 2005.

GALVÃO, Ana Maria de Oliveira. Leituras de professores e professoras: o que diz a historiografia da educação brasileira. In: MARINHO, Marildes (Org.) *Ler e navegar: espaços e percursos da leitura.* Campinas: ALB/CEALE/Mercado de Letras, 2001. p. 77-118.

GERALDI, J. W. (Org.). *O texto na sala de aula: leitura e produção.* Cascavel: Assoeste, 1984.

KLEIMAN, A. B. *Texto e leitor.* Campinas: Pontes/Unicamp, 1989.

KOCH, I. V.; FÁVERO, L. L. *A coesão textual. Mecanismos de constituição textual. A organização do texto. Fenômenos da linguagem.* São Paulo: Contexto, 1989.

KRESS, G. R. *Literacy in the new media age.* London: Routledge/Falmer, 2003.

KUMARAVADIVELU, B. *Beyond methods: macrostrategies for language teaching.* New Haven: Yale University Press, 2003.

LEA, M. Academic Literacies: a pedagogy for course design. *Studies in Higher Education* Vol. 29, no. 6, Dec. 2004, p. 739-756.

LEA, M. I thought I could write until I came here. In: GIBBS, G. (Ed.). *Improving Student Learning: Theory and Practice.* OSCD Oxford, 1994.

LEA, M.; STREET, B. Student Writing and Faculty Feedback in Higher Education: an Academic Literacies Approach. In: *Studies in Higher Education,* v. 23, n. 2, 1997. ms

LEA, M.; STREET, B. Writing as academic literacies: understanding textual practices in Higher Education. In: CANDLIN, C.; HYLAND, K. (Eds.) *Writing Texts, Processes and Practices,* Longman, 1999.

MARINHO, M. (Org.) *Ler e navegar: espaços e percursos da leitura.* Campinas: ALB/CEALE/Mercado de Letras, 2001. p. 77-118.

MARINHO, M. Tatu bota tumati: escrita, memória e formação do professor. In: PAULINO, G.; COSSON, Rildo (Org.). *Leitura literária, a mediação escolar.* Belo Horizonte: FALE/UFMG, 2004.

MARINHO, M. *A oficialização de novas concepções para o ensino de Português no Brasil.* Tese de doutorado. IEL, Universidade Estadual de Campinas, Campinas, 2001.

MARINHO, M.; SILVA, C. S. R. (Org.) *Leituras do Professor.* Campinas, SP: Mercado de Letras, ALB. 1998. (Coleção Leituras no Brasil)

MARTINS, Aracy Alves. Memórias de professores: eventos e práticas de literacia/letramento. *Revista Portuguesa de Educação,* 18(2), 2005, CIEd – Universidade do Minho. p. 185-213.

ORLANDI, E. P. *A linguagem e seu funcionamento.* São Paulo: Martins Fontes, 1985.

OSAKABE, Haquira. Linguagem e educação. In: MARTINS, M. H. (Org.) *Questões de linguagem.* São Paulo: Contexto, 2001.

PCN, BRASIL, Ministério de Educação – MEC, Secretaria de Educação Média e Tecnológica. *Parâmetros Curriculares Nacionais:* Ensino Fundamental. Brasília: MEC/SEMTEC, 1998.

PCN, BRASIL, Ministério de Educação – MEC, Secretaria de Educação Média e Tecnológica. *Parâmetros Curriculares Nacionais*: Ensino Médio. Brasília: MEC/SEMTEC, 1999.

PENNYCOOK, A. *Critical applied linguistics: a critical approach*. Mahwah, NJ: Lawrence Erlbaum, 2001.

POSSENTI, S. *Por que (não) ensinar gramática na escola*. Campinas: ALB/Mercado de Letras, 1996.

RICHARDS, J. C.; T. S. RODGERS. *Approaches and methods in language teaching*. 2. ed. Cambridge: Cambridge University Press, 2001.

ROLLA, A. R. A leitura e o espaço do prazer: um estudo sobre práticas docentes. *Leitura: Teoria e Prática*, Porto Alegre, v. 30, p. 45-54, 1997.

SCHITINE, S. *A leitura de professores em um contexto de formação*. (Dissertação de Mestrado) – Faculdade de Educação, UFMG, Belo Horizonte, 2003.

SOARES, M. *Linguagem e escola: uma perspectiva social*. 2. ed. São Paulo: Ática, 1986.

SOARES, M. Para quem pesquisamos? Para quem escrevemos? In: GARCIA, R. L. (Org.) *Para quem pesquisamos, para quem escrevemos: o impasse dos intelectuais*. São Paulo: Cortez.2001.

SOARES, M. Novas práticas de leitura e escrita: letramento na cibercultura. *Educação e Sociedade*, Campinas, v. 23, n. 81, p. 143-160, dez. 2002, 143. Disponível em: <http://www.cedes.unicamp.br>.

STREET, B. *Literacy in Theory and Practice*, CUP: Cambridge, 1984.

STREET, B. What's 'new' in New Literacy Studies? Critical approaches to literacy in theory and practice. *Current Issues in Comparative Education*, v. 5(2), Teachers College, Columbia University, 2003.

STREET, B. *Literacy in Theory and Practice*, CUP: Cambridge, 1984.

VAN LEEUWEN, T.; KRESS, G. *Multimodal discourse: the modes and media of contemporary communication*. London: Anold, 2001.

ZILBERMAN, Regina. (Org.). *Leitura em crise na escola*. Porto Alegre: Mercado Aberto, 1982.

CAPÍTULO 9
Práticas de numeramento e formação de professores: indagações, desafios e contribuições da Educação Matemática e da Educação do Campo

Maria da Conceição Ferreira Reis Fonseca
Cleusa de Abreu Cardoso
Paula Resende Adelino
Ana Rafaela Ferreira
Priscila Coelho Lima
Juliana Batista Faria
Maria Celeste Reis Fernandes de Souza

	Matemática: Pra que serve a sua ação? Somar conhecimento e avançar na educação. **Grupo Revolucionário da Educação**	
Calcular realidade! Somar entendimento! Subtrair autoridade! Dividir conhecimento! **Grupo Makarenko**	Matemática: Precisamos conhecer. Na vida e na política muito aplica esse saber. **Grupo Olga Benário**	Ousei sonhar, ousei propor que a Matemática em nossa vida já tem o seu valor! **Grupo Salete Strozake**
Aprender de tudo, sem colocar medida. Coisa importante é a matemática na vida. **Grupo Roseli Nunes**	Somar conhecimento! Multiplicar as alegrias! Fazer da Matemática a arte do dia a dia. **Grupo Patativa**	Matemática: Evolução! Se faz presente desde a nossa Gestação. Na conta da idade, na medida deste chão. **Grupo Paulo Freire**

Os versos que tomamos como epígrafes a este texto foram produzidos pelos educadores do campo em formação universitária da primeira turma do curso de Licenciatura do Campo, desenvolvida na Faculdade de Educação da Universidade Federal de Minas Gerais.

Chamadas a trazer aqui um pouco da reflexão em que nos temos envolvido na experiência de participar, como professoras da área de Matemática, desse processo de formação, retomamos essas palavras de ordem, elaboradas e proferidas com animação por licenciandos e licenciandas como uma das primeiras atividades da área.[1]

Criadas em resposta à nossa instrução de que "cada grupo inventasse uma palavra de ordem *sobre Matemática*", os versos expressam muito das expectativas e das demandas, da apreciação e do julgamento, das preocupações e dos compromissos que permeiam a relação de educadoras e educadores com o que reconhecem como matemática.

A nós, que pela primeira vez nos defrontávamos com as indagações da Educação do Campo e, em especial, da Educação Matemática na Educação do Campo, as palavras de ordem nos abriam esse universo de emoções, valores, experiências e intenções que aprenderíamos a reconhecer como constituintes das práticas de numeramento de nossas alunas e nossos alunos.

Com efeito, o desafio de propor, negociar e desenvolver um curso de formação de educadores do campo, habilitados para atuarem como professores de matemática da Educação Básica em sua comunidade, se nos apresentou na mesma época em que nos organizávamos em um grupo de estudos e pesquisas voltado para questões conceituais e pedagógicas do Numeramento. Em 2005, criáramos o GEN[2] – Grupo de Estudos sobre Numeramento, reunindo pesquisadores e educadores que desenvolviam projetos caracterizados pela análise de condições e práticas de letramento que mobilizam conceitos, procedimentos ou princípios relacionados ao conhecimento matemático, tomado como produção cultural. Essa perspectiva de análise demandava uma ampla discussão em torno dos conceitos de letramento, alfabetismo e numeramento, bem como sobre possibilidades e limites de sua adoção em investigações no campo da Educação Matemática.

---

[1] Essas palavras de ordem foram elaboradas na primeira oficina de Matemática do curso, desenvolvida com todo o grupo de educandos no primeiro Tempo-Escola. A dinâmica proposta era simplesmente criar e proferir uma palavra de ordem sobre a Matemática.

[2] Vinculado à linha de pesquisa: Espaços Educativos, Produção e Apropriação do Conhecimento, na sublinha Educação Matemática, do Programa de Pós-Graduação em Educação: Conhecimento e Inclusão Social da UFMG, esse grupo foi formado em 2005, motivado pela necessidade de uma articulação entre os diversos projetos de pesquisa desenvolvidos no Programa que tematizam as relações entre práticas matemáticas e letramento. A inserção de professores e alunos em projetos de pesquisa, ensino e extensão voltados para a Educação Matemática de Jovens e Adultos e a Educação Matemática Intercultural, levou à atuação do grupo em diversos projetos do Núcleo de Educação de Jovens e Adultos (NEJA). Por outro lado, a interlocução e a cooperação com pesquisadores e em projetos do Centro de Alfabetização Leitura e Escrita (Ceale) da UFMG instigaram a disposição para um aprofundamento conceitual sobre Letramento, que favorecesse o estabelecimento de chaves de interpretação e critérios de análise, com os quais se pudesse operar e fazer interagir os processos de produção e os resultados das pesquisas do grupo.

Ao assumir a coordenação da área de Matemática no Curso Pedagogia da Terra da UFMG, o GEN trouxe para a construção de sua proposta as preocupações com a dimensão sociocultural da Matemática, ou melhor, orientou a construção dessa proposta, posicionando-se em relação ao aspecto formativo da explicitação dessa dimensão como constituinte da Matemática e da Educação Matemática e como decisiva para a tomada de decisões pedagógicas e matemáticas.

Essa perspectiva, no entanto, não era exatamente uma novidade para aquele grupo de educadoras e educadores do campo em formação. Pelo contrário, nossa disposição de construir uma proposta nessa perspectiva era inspirada na identidade entre nosso posicionamento em relação ao papel da matemática no curso e para as comunidades em que os professores atuariam, e o posicionamento em relação a esses papéis assumido por essas educadoras e esses educadores como integrantes do Movimento dos Trabalhadores Rurais Sem Terra – MST – em relação à Educação:

> A Escola, ao assumir a caminhada do povo do campo, ajuda a interpretar os processos educativos que acontecem fora dela e contribui para a inserção de educadoras/educadores e educandas/educandos na transformação da sociedade.
> [...]
> A Educação do Campo deve prestar especial atenção às raízes da mulher e do homem do campo, que se expressam em culturas distintas, e perceber os processos de interação e transformação.
>
> A Escola é um espaço privilegiado para manter viva a memória dos povos, valorizando saberes, e promovendo a expressão cultural onde ela está inserida.
> [...]
> A Educação do campo resgata o direito dos povos do Campo à Educação Básica, pública, ampla e de qualidade.
> [...]
> A Educação do Campo deve partir das linguagens que o povo domina, e combinar a leitura do mundo com a leitura da palavra.
> [...]
> A Educação do Campo deve formar e titular seus próprios educadores, articulando-os em torno de uma proposta de desenvolvimento do campo e de um projeto político-pedagógico específico para suas Escolas.
>
> A Escola que forma as educadoras/ os educadores deve assumir a identidade do campo e ajudar a construir a referência de uma nova pedagogia.
> [...]
> A Educação do Campo, a partir de práticas e estudos científicos, deve aprofundar uma pedagogia que respeite a cultura e a identidade dos povos do campo: tempos, ciclos da natureza, mística da terra, valorização do trabalho, festas populares, ...
> [...]

A Educação do Campo exige fidelidade aos povos do campo. A educadora/o educador não pode se deslocar da realidade e nem perder a utopia. A Escola deve ser espaço de ressonância das demandas e dos sonhos, contribuindo na formação de sujeitos coerentes e comprometidos com o novo Projeto.

[...]

A Escola precisa estar presente na vida da comunidade e assumir as grandes questões e causas dos povos do campo. (CNBB-MST-UNICEF-UnB, 1998)

Nosso propósito de construção coletiva do que seria o currículo de Matemática dessa primeira turma de Pedagogia da Terra da UFMG defrontava-nos, pois, com o enorme desafio que representava, para um grupo de educadoras matemáticas, com formação e referência de atuação na experiência urbana e na agregação a partir da escola, envolver-se numa proposta de Educação do Campo e cujo projeto educativo emana do movimento social, e não da instituição escolar. Por outro lado, por nossa identificação com os princípios desse projeto, a urdidura desse currículo se nos abria como uma oportunidade genuína de vivenciarmos as tensões, mas também as possibilidades, que vislumbrávamos e discutíamos em nossos estudos sobre Numeramento.

São essas tensões e essas possibilidades que nos inspiraram a trazer para discussão aspectos que elegemos como objeto da reflexão a que aqui nos propomos, tanto por sua relevância quanto por sua recorrência, já nas palavras de ordem que abrem este artigo, bem como em diversas outras situações que se constituíram nas (e que constituíram as) atividades de matemática dos primeiros Tempos-Escola.

A valorização da perspectiva funcional da matemática e a compreensão da(s) matemática(s) como produção cultural

Em praticamente todas as estrofes que compõem as "palavras de ordem" criadas pelos Núcleos de Base,[3] percebe-se a valorização da perspectiva funcional da Matemática e o reconhecimento de sua presença, sua utilidade e seus critérios, impregnando a vida social: nesses versos, a matemática é saber que *se aplica na vida (e na política)* e nela(s) tem *o seu valor*; é tecnologia que se presta à organização, ao *cálculo* das demandas *da realidade* e é, por isso, *coisa importante na*

---

[3] Reunir-se em "Núcleos de base", grupos formados por cerca de 8 ou 9 componentes fixos, é um dos modos de organização da turma de 60 alunos que compõe o corpo discente da Turma Vanessa dos Santos que foi a primeira experiência da UFMG na Licenciatura em Educação no Campo: Pedagogia da Terra. "O Núcleo é uma instância de base no Movimento e todos os seus membros deverão estar nucleados. Ele é um espaço de debate, reflexão, avaliação, propostas e encaminhamentos. É também um espaço de decisão política a respeito do processo organizativo" (MST/FaE-UFMG, 2008, p. 10).

vida, arte do dia a dia; é construção histórica que, *presente desde a nossa gestação*, faz-se testemunha da luta de tantos anos, *na conta da idade*, e partilha o sonho da Reforma Agrária, que se há de realizar transformando a *medida deste chão*. Essa preocupação com a "relação da matemática com a realidade" não é, por certo, uma exclusividade do projeto educativo do MST. Encontra-se fartamente na literatura,[4] sob muitas denominações e posturas – pedagógicas e ideológicas – a defesa de propostas de uma educação matemática que contemple ou parta de situações do cotidiano, das experiências de alunos e alunas, da *realidade*. Essa tendência encontrará suporte, inclusive, nos textos prescritivos "oficiais", como os Parâmetros Curriculares Nacionais (BRASIL, 1997) ou as orientações para avaliação dos livros didáticos que selecionam os títulos que os professores poderão escolher para que sejam gratuitamente distribuídos a todos os alunos das escolas públicas da Educação Básica do país.[5]

Entretanto, se existe hoje na comunidade da Educação Matemática pelo menos uma boa vontade para se considerar a exploração das "relações da matemática com a vida" como uma alternativa pedagógica válida, porque relevante e/ou eficiente, a recorrência e o destaque concedido a essa relação, nas palavras de ordem e em muitas outras situações em que discutimos propósitos e possibilidades do ensino de matemática na Educação do Campo com esse grupo de licenciandos e licenciandas, fazia da centralidade na "realidade vivida" uma perspectiva inescapável para a abordagem que, responsáveis pela área de formação em Matemática do Pedagogia da Terra, dispúnhamo-nos a construir ali.

Porém, essa fácil identificação com a perspectiva político-pedagógica do Movimento, da Literatura, das formadoras e das licenciandas e dos licenciandos, não se traduziria em igual facilidade quando entrávamos no campo das práticas de formação docente que pretendíamos desenvolver.

Haveria, como já prevíamos, as dificuldades impostas pela nossa precária referência com a vida do campo, que conhecíamos muito mais pela crônica (literatura, música, filmes, novelas, *causos* contados pelos avós, pelos bisavós e, talvez principalmente, pelas reminiscências, saudosas ou aliviadas, de nossos alunos e nossas alunas da Educação de Jovens e Adultos, campo de atuação profissional em que todas estávamos envolvidas) do que por uma experiência vivenciada no sol a sol da lida na roça e da luta pela terra.

---

[4] Cf. D'AMBROSIO, 1985,1993,2001; MONTEIRO,1991; CARVALHO,1995; KNIJNIK,1993, 1996; RIBEIRO,1997; WANDERER,2001: ARAÚJO,2001; ACIOLY,1985; DUARTE,1986; ABREU,1988; SOUZA,1988; CARRAHER,1988; AVILA,1995; LIMA,1995; SOTO,1995

[5] Programa Nacional do Livro Didático – PNLD. Cf. BRASIL, 2003.

Mas logo descobriríamos, também, de fato com certa surpresa, a diversidade das relações daquelas educadoras e daqueles educadores com a vida do campo e com a vida da escola. Ingenuamente, quando se nos apresentou, pela primeira vez, a oportunidade de trabalharmos com um grupo de licenciandos e licenciandas formado a partir de uma identidade (seu vínculo com um movimento social do campo), acalentamos a ilusão de que as referências ao cotidiano seriam razoavelmente homogêneas para o grupo, que boa parte das experiências de uns seriam familiares a todos.

A *realidade*, no entanto, é múltipla. É múltipla em nossas turmas "urbanas" de EJA; é múltipla para os licenciandos e as licenciandas dos cursos de Matemática e Pedagogia da rede pública e da rede particular onde atuamos; é múltipla para os licenciandos e as licenciandas do Pedagogia da Terra.

Composto de militantes do movimento, o grupo, de maioria feminina, trazia para a sala de aula uma surpreendente (para nós) pluralidade de experiências com a vida urbana e com a vida do campo, que nos provia um diversificado repertório de *eventos* de numeramento,[6] por elas e eles vivenciados ou testemunhados, a partir dos quais se teceria uma intrincada malha de valores, saberes e referências com que se constituiriam *práticas* de numeramento.

Os exercícios que fizemos, buscando resgatar modos de contar em diversas situações da vida cotidiana no campo; os esforços que empreendemos buscando repertoriar modos de medir comprimentos, capacidades, massas, *áreas* e tempo, nas diversas regiões onde vivem ou já viveram aquelas trabalhadoras e aqueles trabalhadores do campo (e das cidades) e suas famílias, agentes de também diversificados fenômenos migratórios; a investigação que desenvolvemos, buscando compreender modos de dispor e classificar objetos por sua forma, material, utilidade ou outros atributos: seriam oferecidas, pois, possibilidades variadas para ensaiar a urdidura de teias de significação para a abordagem de conceitos relacionados aos sistemas de numeração, de medidas ou de classificação de formas geométricas, por exemplo. Não revelariam, porém, a *utilidade* da Matemática que a escola veicula para a solução de situações da vida prática. Antes, sugeririam preocupações semelhantes de grupos sociais diferentes, que, com intenções, valores e instrumentos também distintos, produziriam respostas

---

[6] Recorremos aos estudos sobre letramento para mobilizar os conceitos de eventos e práticas de numeramento. Eventos de numeramento seriam as "ocasiões nas quais uma atividade de numeramento integra a natureza das interações e dos processos interpretativos dos participantes". As práticas de numeramento, analogamente às práticas de letramento, são "mais do que o comportamento que ocorre quando as pessoas 'fazem' matemática ou numeramento". Elas são "não apenas os eventos nos quais há uma atividade numérica envolvida, mas as concepções culturais mais amplas que dão significado ao evento, incluindo os modelos que os participantes trazem para ele" (BAKER; STREET; TOMLIN, 2003, p. 12, tradução nossa).

também diferentes – na forma e no conteúdo – para suas necessidades mais imediatas e para outras tantas.

Não restava dúvida que a lida cotidiana nos assentamentos e nos acampamentos, ou mesmo nas cidades, onde muitos daqueles licenciandos e daquelas licenciandas trabalhavam em atividades do Movimento, oportunizava a vivência de diversos eventos de numeramento, não restava dúvida que a vivência desses eventos, sua incorporação à experiência individual e coletiva, pela apropriação não só dos procedimentos envolvidos, mas também dos valores, dos critérios e da intencionalidade neles inscritos, forjavam-se nas, e forjavam as práticas de numeramento constituídas e mobilizadas por aquelas educadoras e aqueles educadores do campo, também conseguíamos compreender (FARIA, 2007; CABRAL, 2007; LIMA, 2007).

Só mais lentamente, porém, fomos nos dando conta de que a tensão entre as práticas de numeramento trazidas à cena pelas licenciandas e pelos licenciandos e aquelas que a escola veicula e/ou busca constituir configurava-se, muitas vezes, bem além das diferenças entre os eventos de numeramento que elas forjavam, ou nos quais se forjavam, mas inscrevia-se no âmago de suas intenções e de seus desdobramentos, porque constituídas a partir de propósitos e perspectivas de vida distintos.

Assim, quando nos dispúnhamos a "partir das linguagens que o povo domina", não poderíamos nos deixar seduzir pela ilusão de que *a partir* daí trilharíamos um roteiro que nos levaria à compreensão do conhecimento escolar como uma *evolução* ou, pelo menos, uma *transformação* do conhecimento popular. Trazer à cena as experiências dos alunos era assumir a disposição de permitir que a tensão se estabelecesse, explicitá-la ou tentar evitar que se mascarasse, e discutir sua dimensão sociocultural e as relações de poder nela engendradas.

Por sua vez, licenciandos e licenciandas, como se suspeitassem que os conhecimentos escolares e os cotidianos não são apenas solidários, mas, muitas vezes, são independentes e até antagônicos (FARIA, 2007, CABRAL, 2007), reiteradamente solicitavam e aplaudiam declaradamente a oportunidade de resolver listas de exercícios algorítmicos e outras atividades tipicamente escolares, como que a reivindicar o direito de acesso e apropriação de modos socialmente valorizados de operar matematicamente, distintos daqueles que mobilizavam em atividades não escolares.

As conexões entre os modos escolares de matematicar e as práticas cotidianas, entretanto, se não obedeceriam a roteiros preestabelecidos ou argumentos evolucionistas, por vezes se revelariam em relações que não prevíramos. Como quando discutíamos (numa abordagem cuja formalização nós, formadoras, chegamos a questionar) as propriedades das operações aritméticas nos conjuntos dos números naturais. Em resposta ao argumento de que só se estabeleciam como *propriedades* de uma operação comportamentos que algumas delas exibissem, e *outras não*, um dos licenciandos retrucou: "*É como a terra: se todo mundo tivesse, não precisava existir* **propriedade**".

A luta pela democratização do acesso e pela apropriação do(s) conhecimento(s)

Além da valorização da perspectiva funcional da Matemática, permeavam a disposição de licenciandos e licenciandas em relação a esse curso uma vivaz curiosidade e um decidido interesse em *aprender de tudo*; certo pragmatismo que reconhece que, estrategicamente, *precisamos conhecer*; um sincero e determinado compromisso de *dividir conhecimento*.

Nesse sentido, não foi exatamente surpreendente que, logo nos primeiros minutos do primeiro encontro da área de Formação Específica com os estudantes e as estudantes do Pedagogia da Terra que optaram por essa Licenciatura em Matemática, fôssemos confrontadas com a seguinte pergunta, formulada por um dos licenciandos, mas que expressava uma indagação de todo o grupo: –"*O curso que vamos ter será igual ao curso que essas meninas (as formadoras) tiveram?*".

Na pergunta formulada por esse educador do campo, na indagação desse grupo de licenciandas e licenciandos, inscreve-se o questionamento aos modos como a Universidade responderá às novas demandas de formação de professoras e professores para atuação numa Escola Básica que se pretende *para todos*; mas também se inscreve o questionamento sobre a universalidade do direito ao conhecimento culturalmente produzido e socialmente valorizado, sobre o comprometimento da Universidade com a democratização do acesso ao instrumental que se poria à disposição desses seus novos estudantes.

O *sim* ou o *não* seriam, pois, passíveis de réplicas duras, pois confrontariam a Universidade pública com a profundidade de seu investimento para propor e desenvolver alternativas para lidar com a diversidade de seu público potencial, mas também a interpelariam sobre a sinceridade de seus esforços de inclusão, estabelecidos em seus documentos oficiais, assumidos por aqueles que lhe dão corpo e personalidade.

A cumplicidade pactuada entre professoras e estudantes, indispensável para a construção coletiva daquele projeto de formação de educadoras e educadores do campo, entretanto, nos obrigava a responder negativamente àquela pergunta: Não, alunas e alunos da Licenciatura em Matemática do curso de Pedagogia da Terra da UFMG **não** teriam o mesmo curso que têm os licenciandos e as licenciandas do curso de Matemática – Licenciatura (diurno ou noturno) da UFMG.

Poderíamos alegar, em primeiro lugar, que eram diferentes os propósitos. Com o curso, a Universidade se dispunha, pela primeira vez, a desenvolver uma proposta voltada especificamente para a formação de professoras e professores para a Educação do Campo, rompendo com uma suposição tácita de que seus egressos enfrentariam exclusivamente realidades urbanas; mas, principalmente, dispunha-se a Universidade a negociar com um Movimento Social do Campo um projeto de formação profissional, despindo a afirmação de sua autonomia acadêmica da ilusão da autossuficiência para entender e responder às demandas da sociedade.

Caberia argumentar, também, que seriam diferentes a metodologia e a dinâmica do trabalho pedagógico, já que a Universidade dá ainda os seus primeiros passos no desenvolvimento de cursos de graduação semipresenciais, embora já tenha realizado, com êxito, algumas experiências.

A articulação entre os projetos desenvolvidos num tempo de trabalho concentrado duas vezes por ano, intercalados com atividades propostas para serem realizadas nas comunidades, de certa forma isoladas da orientação de formadores e formadoras, pela distância geográfica e temporal, pela precariedade das vias de comunicação e pelo envolvimento de licenciandos e licenciandas com atividades e compromissos, outros com a vida nos assentamentos e com as próprias atividades do Movimento, definiram a construção de um currículo que não apenas *se adaptasse* a ele, mas pudesse se valer das oportunidades formativas que oferecia a esses licenciandos e licenciandas (e que ainda são vedadas a estudantes dos cursos "regulares" de licenciatura da Universidade), como a inserção numa comunidade e num projeto educativo fecundado no compromisso com a transformação da sociedade.

Seria diferente, inclusive, pela titulação que concederia, habilitando, como nenhum curso de licenciatura da UFMG fazia até então, essas educadoras e esses educadores do campo para atuarem em todos os segmentos da Escola Básica, demandando, pois, que se contemplassem não apenas "os conteúdos" previstos para essas diversas fases, mas também as peculiaridades dos tempos de formação da infância, da adolescência, da juventude, da vida adulta e da terceira idade. Seriam, ainda, diferentes porque os cursos de licenciatura desta Universidade avançam ainda timidamente na revisão de seus propósitos, na compreensão e na acolhida da expectativa da sociedade sobre os profissionais que forma, e na discussão do que lhes deve oferecer para desempenharem suas atividades e seu papel educativo nessa sociedade ou na construção de novos arranjos sociais.

Mas seria diferente, principalmente, porque são outros os sujeitos. Estudantes do curso de Licenciatura do Campo – Pedagogia da Terra, licenciandas e licenciandos trouxeram para as salas de aula da Universidade uma interpelação cotidiana sobre a o compromisso dessa instituição com a diversidade das condições e das demandas, dos desejos e das expectativas, dos riscos e das resistências daquelas e daqueles a quem se dirige o projeto educativo das comunidades e deste país, dos papéis e das possibilidades legadas à Educação no projeto de sociedade de diferentes grupos.

Atendendo a exigências de formação e de compromisso diferentes daquelas que pautam nossos concursos vestibulares, esses licenciandos e licenciandas ingressaram em nossos cursos, tendo-se já apropriado de discussões e leituras no campo da Educação, maturadas no exercício da reflexão coletiva e da vinculação a um projeto educativo de propósitos explícitos e continuamente revisitados. Trazem ainda na bagagem práticas de numeramento forjadas nos eventos da vida *no* campo, e que forjaram os eventos da vida *do* campo, marcadas pela luta pela sobrevivência e pela luta pela terra, com que tantas vezes se identificam. Carregam ainda os resultados de sua formação escolar, trilhada quase sempre em condições adversas, referenciadas num tratamento formalizado, pouco profundo e também restrito quanto ao *conteúdo contemplado*, a confrontar a universidade com a precariedade da experiência escolar que este país ainda oferece à maioria de sua população (em contraste com a excelência pretendida daqueles que são selecionados para nela ingressarem pela identidade entre seus modos de lidar com o conhecimento e aqueles com os quais a Universidade já sabe trabalhar – que é o que selecionamos nos exames vestibulares).

São diferentes também os sujeitos que se encarregam da formação, professoras licenciadas em Matemática, formadas, portanto, para atuação na Escola Básica (ao contrário de boa parte dos docentes dos departamentos de matemática, que tiveram sua formação direcionada para a pesquisa em matemática), e que dirigiram seus projetos de pesquisa para o campo da Educação, interpeladas pelas contradições, pelas expectativas e pela urgência e diversidade das demandas com que foram confrontadas em sua experiência docente, especialmente em sua atuação na Educação de Jovens e Adultos. Essas educadoras também se envolveram com o Pedagogia da Terra movidas pela utopia da construção de uma sociedade mais justa, aprendendo a reconhecer na luta pela reforma agrária um roteiro para essa construção, no qual a Educação, e a Educação Matemática, têm um destacado papel a desempenhar, mas um tortuoso caminho a trilhar.

A Educação Matemática, o(s) projeto(s) educativo(s) da(s) sociedade(s) brasileira(s) e a formação de educadoras e educadores matemáticos da Educação do Campo

Matemática, pra que serve a sua ação? A palavra de ordem do grupo Revolucionários da Educação parece ser a única que não se remete explicitamente à mobilização da matemática no enfrentamento de tarefas do cotidiano, mas a inscreve num projeto de apropriação do conhecimento e de conquista e ampliação do direito à Educação.

Essa discussão foi contemplada já nos encontros dos primeiros módulos, quando ainda se reuniam nas atividades de matemática todo o grupo de 60 estudantes do Pedagogia da Terra.

Buscávamos compreender como as experiências de ensino e de aprendizagem da Matemática escolar que tínhamos vivenciado ou que se incorporaram às nossas memórias pelas narrativas de companheiras e companheiros, pelas representações da escola e do ensino de matemática na mídia, ou pelos documentos e rituais (livros e outros materiais didáticos, propostas curriculares e planos de aula, registros acadêmicos e estatísticas escolares, medalhas e instrumentos de repreensão, uniformes e mobiliário, edifícios e fotografias, gestos e canções, dizeres e procedimentos) que registram, materializam e celebram representações, memórias e vivências.

Assim, compreendemos práticas que privilegiavam a repetição e o treinamento, a obediência a regras e o capricho, a memorização e a resignação ao cumprimento de procedimentos cuja justificativa e o significado nos escapavam, como inseridas num projeto de formação de indivíduos disciplinados, identificados com os interesses de manutenção de um estado de coisas e de uma situação de pessoas, que interessavam às classes dominantes até, pelo menos, a metade do século XX.

Vimos estabelecerem-se os preceitos da Matemática Moderna nas propostas pedagógicas brasileiras em meados do século passado, na perspectiva de formação de "indivíduos inteligentes"; para além da introdução de uma série de conceitos e símbolos novos da Teoria de Conjuntos, o Movimento da Matemática Moderna instituiu nos propósitos da escola a preocupação com a "compreensão", em substituição ao recurso à memorização e ao culto à disciplina – identificando "inteligência" como uma capacidade exclusivamente cognitiva de apreender uma estrutura e/ou seu funcionamento. A hegemonia das abordagens algébricas e o acirramento das exigências da formalização teriam, então, nas décadas de 60 e 70, um considerável incentivo das práticas pedagógicas que foram ganhando espaço nas escolas dos grandes centros e, pouco a pouco, também nas escolas das regiões periféricas e até nas escolas do campo, como nos revelaram as reminiscências que licenciandos e licenciandas do Pedagogia da Terra traziam para discussão. Embora, já nos anos 1980, as pressões advindas da entrada de um novo público na Escola e as avaliações pouco favoráveis das abordagens que se vinham conferindo ao ensino da Matemática tenham começado a interpor incisivos questionamentos, as opções didáticas típicas do auge da adoção da Matemática Moderna na Escola Básica brasileira, bem como as abordagens e comportamentos mais tradicionais que antecederam esse período, ainda permeiam muitas das práticas pedagógicas que vivenciamos ou testemunhamos até os dias de hoje, marcadas ora por um discurso que proclama o papel da matemática "no desenvolvimento do raciocínio", ora pela defesa de sua contribuição para a "formação do caráter (disciplinado)" das novas gerações.

Finalmente, discutimos os efeitos do movimento de universalização do acesso à Escola Fundamental, iniciado nas últimas décadas do século passado, sobre a concepção e o desenvolvimento de novas práticas pedagógicas. O reconhecimento de que vivenciamos um momento da escola pública brasileira jamais vivido por outras gerações ajudou-nos a acolher a ansiedade que nos invade diante da amplitude e da profundidade das transformações que se operaram e que ainda é preciso operar na escola, como reflexo e para que se implemente a mudança de um paradigma de exclusão para um projeto de Educação para Todos.

O compromisso com um novo projeto educativo, no entanto, não produz, de imediato, a concepção e a adoção de novas práticas pedagógicas. Na discussão de propostas para a Educação Matemática que gostaríamos de fazer realizar-se nas escolas do campo, flagramo-nos, formadoras e estudantes, alternando posições de ousadia e criatividade para ensejar ou avaliar projetos e materiais didáticos e, já num outro instante, assumindo posturas cautelosas e mesmo conservadoras, defendendo o "modo como sempre se fez" como se fosse o único possível, ou o mais eficiente – adotando, nesse julgamento, critérios de um projeto educativo calcado numa lógica competitiva e excludente.

E foi no exercício de nos questionarmos e confrontar nossas posições e propostas e de, coletivamente, delinearmos e nos comprometermos com uma educação matemática que promova o reconhecimento e a apropriação de práticas de numeramento diversas, compreendendo-as como produção cultural e marcadas por tensões e relações de poder, que um educador, estudante desta licenciatura especial para a Educação do Campo, militante do Movimento dos Trabalhadores Rurais Sem Terra, resumiu assim o desafio que se nos apresenta:

– *A cerca mais difícil de derrubar é a nossa mesmo!*

Referências

ABREU, G.M.C.P. *O uso da Matemática na agricultura: o caso dos produtores de cana de açúcar*. Dissertação (Mestrado em Psicologia). Recife: Universidade Federal de Pernambuco, 1988.

ACIOLY, N. M. *A lógica matemática no jogo do bicho: compreensão ou utilização de regras?* Recife: Universidade Federal de Pernambuco, 1985. (Dissertação, Mestrado em Psicologia).

ARAÚJO, Denise Alves. *O Ensino Médio na Educação de jovens e Adultos: o material didático de matemática e o atendimento às necessidades básicas de aprendizagem*. Dissertação (Mestrado em Educação). Faculdade de Educação, Universidade Federal de Minas Gerais, Belo Horizonte, 2001.147p.

AVILA, Alicia. Um curriculum de matemática para a educação básica de jovens e adultos - dúvidas, reflexão e contribuição. In: Jornada de Reflexão e Capacitação sobre Matemática na Educação Básica de Jovens e Adultos, 1, 1995, Rio de Janeiro. *Anais*... Brasília: MEC/UNESCO/OREALC, 1997.

BAKER, Dave; STREET, Brian; TOMLIN, Alison. Mathematics as social: understanding relationships between home and school numeracy practices. *For the learning of mathematics*. v. 23, n. 3, p. 11-15, nov. 2003.

BRASIL. Secretaria de Educação Fundamental – MEC. Brasília. *Parâmetros Curriculares Nacionais – Matemática*, v. 3. Brasília, 1997.

BRASIL, Programa Nacional do Livro Didático. *Guia de Livros Didáticos 1ª a 4ª série*. Brasília, 2003.

CABRAL, Viviane. *Relações entre conhecimentos matemáticos escolares e conhecimentos do cotidiano forjadas na constituição de práticas de numeramento na sala de aula da EJA*. 2007.p.168. Dissertação (Mestrado em Educação). Faculdade de Educação, Universidade Federal de Minas Gerais, Belo Horizonte. Orientadora: Maria da Conceição Ferreira Reis Fonseca

CARRAHER, David *et al*. *Na vida dez, na escola zero*. São Paulo: Cortez, 1988.

CARVALHO, Dionne Luchesi de. *A interação entre o conhecimento matemático da prática e o escolar*. Campinas: Universidade Estadual de Campinas, 1995. (Tese de, Doutorado em Educação).

CNBB-MST-UNICEF-UNESCO-UnB. Conferência Nacional Por uma Educação Básica do Campo: Compromissos e Desafios. Luziânia/GO, 27 a 31 de julho de 1998. Disponível em <http://www.forumeja.org.br/ec/files/1%C2%AA%20Confer%C3%AAncia_%201.pdf>. Acesso: 10 mar 2008.

D'AMBRÓSIO, Ubiratan. Etnomatemática: um programa. *A Educação Matemática Em Revista*, Blumenau, v.1, n.1, p.5-11, 1993.

D'AMBROSIO, Ubiratan. *Socio-cultural bases for mathematics education*. Campinas, SP: UNICAMP, 1985.

D'AMBRÓSIO, Ubiratan. *Etnomatemática: elo entre as tradições e a modernidade*. Belo Horizonte: Autêntica, 2001.

DUARTE, Newton. *O ensino de Matemática na educação de adultos*. São Paulo: Cortez: Autores Associados, 1986.

FARIA, Juliana Batista. *Relações entre práticas de numeramento mobilizadas e em constituição nas interações entre os sujeitos da Educação de Jovens e Adultos*. 2007. 335p. Dissertação (Mestrado em Educação) - Faculdade de Educação, UFMG, Belo Horizonte. Maria Laura Magalhães Gomes (Orientadora); Maria da Conceição Ferreira Reis Fonseca (Co-orientadora).

KNIJNIK, Gelsa. *Exclusão e resistência*: Educação Matemática e legitimidade cultural. Porto Alegre, RS: Artes Médicas,1996.

KNIJNIK, Gelsa. O saber popular e o saber acadêmico na luta pela terra: uma abordagem etnomatemática. *A Educação Matemática em revista: Etnomatemática*, n. 1, 2º. sem., 1993.

LIMA, Priscila Coelho. *Constituição de Práticas de Numeramento em Eventos de Tratamento da Informação na Educação de Jovens e Adultos*. 2007. 103p. Dissertação (Mestrado em Educação) - Faculdade de Educação, Universidade Federal de Minas Gerais, Belo Horizonte. Orientadora: Profa. Dra. Maria da Conceição Ferreira Reis Fonseca.

LIMA, N.C. *Aritmética na feira: o saber popular e o saber da escola*. Recife: Universidade Federal de Pernambuco, 1995. (Dissertação, Mestrado em Psicologia).

MONTEIRO, Alexandrina. *O ensino de matemática para adultos através do método da modelagem matemática*. Dissertação (Mestrado em Educação Matemática). Rio Claro, SP: Universidade Estadual Paulista, 1991.

MST - Movimento dos Trabalhadores Rurais Sem Terra; FaE-UFMG – Faculdade de Educação da Universidade Federal de Minas Gerais. Licenciatura em Educação do Campo: Pedagogia da Terra – Projeto Metodológico PROMET – Tempo Escola VI. Belo Horizonte, 2008.

RIBEIRO, Vera M. Masagão (coord.) *Educação de Jovens e Adultos: proposta curricular para o 1º. segmento do ensino fundamental*. São Paulo: Ação Educativa; Brasília: MEC, 1997.

SOTO, Isabel. Aportes do enfoque fenomenológico das didáticas no ensino da matemática de jovens e adultos. In: Jornada de Reflexão e Capacitação sobre Matemática na Educação Básica de Jovens e Adultos, 1, 1995, Rio de Janeiro. *Anais...* Brasília: MEC/ UNESCO/OREALC, 1997

SOUZA, Ângela Maria Calazans. *Educação matemática na educação de adultos e adolescentes segundo a proposta pedagógica de Paulo Freire*. Vitória: Universidade Federal do Espírito Santo, 1988. Dissertação (Mestrado em Educação).

WANDERER, Fernanda. *Educação de Jovens e adultos e produtos da Mídia: possibilidades de um processo pedagógico etnomatemático*. In: Reunião Anual da Anped, 24, 2001, Caxambu (MG). CD-ROM da 24ª Reunião Anual da Associação Nacional de Pós-Graduação e Pesquisa em Educação,. p.1-15. Rio de Janeiro, ANPED, 2001 (publicação eletrônica).

CAPÍTULO 10
Mediação pedagógica no campo: produção de materiais didáticos no curso de Licenciatura do Campo

Juliane Corrêa
Leonardo Zenha Cordeiro

Em Esmeraldina, cidade aquática, uma rede de canais e uma rede de ruas sobrepõem-se e entrecruzam-se. Para ir de um lugar a outro pode-se sempre escolher entre o percurso terrestre e o de barco: e, como em Esmeraldina a linha mais curta entre dois pontos não é uma reta mas um ziguezague que se ramifica em tortuosas variantes, os caminhos que se abrem para o transeunte não são dois mas são muitos, e aumentam ainda mais para quem alterna trajetos de barco e transbordos em terra firme.
CALVINO, 1991, p. 83

Este artigo tem como objetivo socializar o processo de produção de materiais didáticos no curso de Licenciatura do Campo, tendo em vista o desenvolvimento de mediações pedagógicas para a formação de educadores do Campo.

Ao produzir materiais didáticos para o curso de Licenciatura do Campo, enfrentamos alguns desafios que serão abordados neste texto, tais como: a produção de material didático para o ensino Superior, a produção de materiais que articulem o Tempo de Formação na Escola e o Tempo de Formação na Comunidade e a produção de materiais adequada à realidade do Campo.

Com o objetivo de explicitar esses desafios, apresentaremos o percurso realizado por nosso grupo de trabalho. Nessa perspectiva, o texto se estrutura nos seguintes tópicos: **Mediação Pedagógica – a quem serve?**, em que apresentamos nosso referencial conceitual; **Sistema Instrucional – como fazer?**, em que abordamos nossa metodologia de produção dos materiais didáticos e, por fim, **Desafios e Possibilidades,** que considera as perspectivas decorrentes do trabalho desenvolvido. Ao longo dos tópicos abordados, apresentamos a fundamentação teórica e a vivência do processo, disponibilizando, assim, nosso mapa conceitual e contextual, referente à produção de materiais didáticos para o curso de Licenciatura do Campo.

Mediação Pedagógica – a quem serve?

O processo de ensino-aprendizagem necessariamente pressupõe o uso de mediações pedagógicas que favoreçam a troca de informação, o processo comunicativo, tendo em vista o desenvolvimento de uma prática educativa. Consideramos que não se acessa o conhecimento por alguma forma direta de recepção de informações ou de representações mentais; é necessário construir as mediações, apropriar-se delas para ser possível fazer conexões.

Frente a esse processo, podemos perceber a necessidade de se utilizarem mediações que viabilizem o acesso e a troca de informações. Ao longo do tempo, nossa civilização tem desenvolvido diferentes tecnologias de informação e comunicação, em que os diferentes suportes para registro e armazenamento da informação possuem uma corporeidade, uma materialidade, que pode ser no corpo do sujeito, na sua oralidade, na escrita de uma página de papel, de uma página na *web*, na produção de uma pintura, de uma fotografia, de um vídeo ou no suporte digital (MARQUES, 1999). De forma objetiva, isso pode ser observado na tecnologia da escrita, em que:

> A materialidade do saber e sua necessária midiatização (que) inscrevem-se efetivamente na história da escrita e encontram sua origem na história das relações entre suportes de memória e espaço de construção de saberes. (PERAYA, 2002, p. 57)

E, para que essa materialidade, esse possível objeto de aprendizagem se torne uma mediação, é necessário que seja incorporado numa situação de aprendizagem, seja apropriado pelos diferentes sujeitos envolvido nesse processo. Enfim, o uso de um recurso tecnológico não garante que esse se torne uma mediação no processo educativo, de modo que vivenciamos processos de ensino-aprendizagem em que melhores recursos tecnológicos não ocasionam melhores aprendizagens. As inovações tecnológicas não garantem as inovações pedagógicas, pois as inovações pedagógicas dependem de um diagnóstico do contexto, da definição de prioridades, da escolha de estratégias, do planejamento do uso do tempo e do espaço, da definição dos objetivos e resultados esperados, dependem da intencionalidade, de um propósito. E esse, por sua vez, está inserido numa rede de sentidos, de interações de pessoas reais, situadas em contextos reais de vida.

De certa forma, esse processo se potencializa com o uso dos suportes digitais, pois esses permitem a integração de diferentes linguagens, tais como: áudio, imagens estáticas e imagens em movimento, textos, bancos de dados, que favorecem a estrutura hipertextualizada de organização da informação e ainda propiciam a interatividade.

Os ambientes virtuais de aprendizagem oferecem várias ferramentas que permitem ao seu usuário pesquisar, organizar e encaminhar diferentes tipos de informações. Entre essas ferramentas, temos:

- Ferramentas de organização: são aquelas destinadas a fornecer informações referentes ao planejamento do tempo e espaço educativo, tais como: agenda, notícias, mural.
- Ferramentas de interação: são aquelas destinadas a promover a comunicação, a interação e a participação do grupo, podendo ser em tempo real, tipo o *chat* ou em tempo diferido, como é o caso do fórum.
- Ferramentas de armazenamento: são aquelas destinadas a disponibilizar as informações acumuladas, seja no formato de uma biblioteca virtual, de um banco de dados ou até mesmo de um portfólio pessoal.

É importante ter claro que um ambiente virtual consiste apenas numa maior potencialização de ações que já desenvolvemos no ambiente virtual da sala de aula presencial, em que ferramentas a serem utilizadas são selecionadas por nós, de acordo com nossas necessidades, de modo a favorecer os processos educativos a serem desenvolvidos.

Na sociedade atual, vivenciamos o desafio da educação *on-line* decorrente do uso da internet nos processos educativos. De acordo com as estatísticas da Fundação Getúlio Vargas (2003),[1] apenas 13 % dos domicílios brasileiros têm computador; somente 9% dos domicílios acessam a internet; cerca de 75% dos brasileiros nunca manusearam um computador e 89 % dos brasileiros nunca acessaram a Internet. O número das redes são milhões, mas como conectar com os que ainda não têm acesso? Esse desafio nos leva a rever as relações existentes entre educação, comunicação, informação e o uso da internet, ou seja, das redes digitais.

O momento atual requer um reconhecimento dessa nova estrutura e do novo paradigma da tecnologia da informação, que possui como principais atributos a abrangência, a complexidade e a disposição em forma de rede. Esse paradigma evolui rumo à abertura como uma rede de acessos múltiplos, em que, de acordo com Castells (1999, p. 497), "a presença na rede ou a ausência dela e a dinâmica de cada rede em relação às outras são fontes cruciais de dominação e transformação de nossa sociedade...". De forma semelhante, Porto (2003, p. 106) nos lembra que:

---

[1] Mapa da Exclusão Digital /Coordenação Marcelo Cortes – Neri. – Rio de Janeiro: FGV/IBRE, CPS, 2003. Disponível em: http://www2.fgv.br/ibre/cps/mapa_exclusao/apresentacao/Texto_Principal_Parte1.pdf. Acesso em ago. 2008.

[...] as relações sociopedagógicas que destacam o processo de transformação dos sujeitos escolares num mundo permeado por mídias tecnológicas e comunicacionais, só terão sentido se propiciarem aos sujeitos escolares uma reflexão mais ampla da realidade, conduzindo-os à autonomia e ao bem-estar.

Portanto, pensar o uso das redes digitais implica assumir um compromisso com um processo educativo e comunicativo que possui como intencionalidade a efetivação de práticas colaborativas e solidárias.

Sistema Instrucional – como fazer?

Alguns parâmetros nos nortearam no processo de desenvolvimento do sistema instrucional e das mídias a serem utilizadas no curso de Licenciatura do Campo. Um dos primeiros parâmetros foi o contato dos conteudistas e produtores de materiais com os alunos, tendo em vista que na sua maioria eram coordenadores e professores das respectivas áreas.[2] Outro ponto importante era que, nesse processo de produção, os professores da disciplina Tecnologia participavam do desenvolvimento das mídias, juntamente com a coordenação do Curso, buscando estabelecer um diálogo entre os objetivos, modelos e conteúdos de cada produto. Depois do contato inicial, é que conseguimos estabelecer propostas de desenvolvimento das mídias e escolher quais delas seriam utilizadas, e como seria esse processo.

Ao longo do processo, foi sendo definido um sistema instrucional baseado na articulação dos materiais impressos, audiovisuais e digitais. Esse desenvolvimento dos materiais foi realizado pela Cátedra da UNESCO de Educação a distância da Faculdade de Educação da UFMG, que vem produzindo esses materiais desde sua criação, em 1996.

- **Produção de material impresso**

Tendo em vista a facilidade de acesso ao material impresso e a agilidade de manuseio, esse material é o principal eixo articulador de ensino e aprendizagem entre o Tempo Escola e o Tempo Comunidade. Por isso mesmo, apresenta uma complexidade no seu processo de produção, de modo que, ao desenvolver a mídia impressa, é preciso enfatizar a capacidade reflexiva do aluno, procurando integrar o conhecimento prático e teórico relacionado ao seu contexto de atuação. Algo que seja necessário para que ele dialogue com o aluno em todas as suas dimensões sociais, cognitivas, psicológicas. Tendo essa referência como base, a metodologia pode ser expressa na seguinte sequência de ações:
- Realização da Oficina para especialistas, com a função de explicitar as potencialidades do material e a necessidade de adequação dos materiais que continham

---

[2] O currículo do curso Pedagogia da Terra é divido em áreas: Ciências da Vida e da Natureza; Linguagem e Artes, Ciências Sociais; Matemática, A escola e seus sujeitos.

textos mais científicos, para um material que dialogasse com o aluno e que o incentivasse para processos significativos de aprendizagem. Nessa Oficina, eram estabelecidos prazos e alguns combinados para entrega dos materiais;
- Devolução da Primeira versão, contendo os eixos centrais do conteúdo, sendo construído um mapa conceitual com clareza de objetivos e uma adequação da linguagem;
- Apresentação de uma Segunda versão, contendo atividades articuladas à estrutura conceitual do material;
- Validação interna por parte de todos os envolvidos com a área específica do conteúdo e uma validação externa com considerações de outros profissionais;
- Apresentação de uma Terceira versão, com a inclusão de ícones, com chamadas para os temas mais relevantes e já articulando com as outras mídias;
- Revisão ortográfica e diagramação, com todas as mudanças já finalizadas.

A produção do material impresso contempla todas essas etapas, de modo a garantir um processo de aprendizagem significativo e interativo.

Franco (2007, p. 34) ressalta que:

> Por ser o material impresso aquele que mais se faz presente no processo educativo, seja no modelo presencial ou a distancia (motivo desta produção) a sensação que se tem é de que se trata de um material simples e de fácil elaboração. Engana-se quem pensa desta maneira.

Em seguida, completa, afirmando que o texto deve ser elaborado de forma a suprir possíveis lacunas da falta de uma interação face a face. Nessa perspectiva, podemos dizer que essas lacunas devem ser supridas não apenas pela mídia impressa, mas buscando outras mídias, entre elas a audiovisual.

- **Produção de Material Audiovisual**

Nas aulas do curso de Licenciatura do Campo, várias áreas utilizaram os recursos audiovisuais no processo de ensino-aprendizagem. Na disciplina Tecnologia Educacional, utilizamos um processo de construção de significados a partir de materiais audiovisuais, criando um "espaço que buscamos para reflexão sobre a comunicação que deve estar deslocado da referência única das tecnologias hegemônicas e seus usos tradicionais para um lugar onde possamos partir das relações sociais mais próximas e cotidianas" (FILÉ, 2007, p. 14). A produção de materiais, tendo como referência esse paradigma, estava imbricada com o cotidiano dos alunos do curso. Portanto, visitamos vários alunos em seus contextos, com a intenção de situar a produção dos materiais o mais perto possível de sua vida cotidiana e da dinâmica do curso Licenciatura do Campo.

Na disciplina, utilizamos vários tipos de filmes de longa, média e curta duração, na tentativa de desenvolver a percepção quanto a cada forma de linguagem audiovisual. Depois disso, começamos a discutir o processo de elaboração, montagem e recepção de um vídeo. Machado (1993) afirma que a produção de vídeos é um espaço propício de comunicação, devido à incontrolável proliferação de práticas autônomas. Com o incentivo das práticas autônomas, um dos pontos trabalhados foi a horizontalidade no processo de construção e sempre o retorno da mensagem para a comunidade. Maia (2000, p. 150) sintetiza da seguinte forma:

> Uma vez participando desta construção o sujeito põe em discussão o que antes se apresentava como "verdade", informação, cultura, diversão e documento virtuais.

Depois disso, começamos a produção, por meio da seguinte organização do trabalho:
- Definição de pauta com os objetivos bem definidos e de um primeiro roteiro de filmagens;
- Definição da linguagem que, nesse caso, foi mais documental;
- Coleta de campo de depoimentos e imagens;
- Digitalização e minutagem de todo o material coletado;
- Adequação do roteiro inicial com o roteiro real;
- Seleção e corte das cenas;
- Montagem inicial com análise dos alunos e de suas áreas de formação;
- Incorporação de imagens, áudios e transições;
- Incorporação de vinhetas e créditos.

Depois dessa produção, um dos pontos que todos nós nos perguntávamos era como disponibilizar para todos os alunos os materiais produzidos. Dessa forma, definimos que o material digital, constituído pelo vídeo e a Biblioteca Digital, seria disponibilizado em CD-ROM e DVD. No final desse processo, produzimos um DVD voltado para a discussão da educação do campo, incorporando também outros vídeos (FIG. 2).

Figura 2 – Capa do DVD produzido para o acervo de vídeos.

Além desses materiais, foi desenvolvido um ambiente virtual para viabilizar a organização das informações e a interação do grupo, mas esse se mostra, sendo ainda, muito pouco demandado pelo próprio curso.

Desafios e possibilidades

Os diferentes contextos de vida e de trabalho, muitas vezes, dificultam-nos a disponibilidade para nos encontrar, num mesmo local e num horário determinado. Esse fator, historicamente, tem impedido muitas pessoas de terem acesso aos processos educativos regulares e, até mesmo, aos processos que viabilizam a continuidade de sua formação inicial. Dessa forma, o desenvolvimento de materiais instrucionais que podem ser acessados em tempos e espaços diferentes possibilita uma maior flexibilidade quanto às possibilidades de acesso à informação e de interação. E os materiais que exigem a sua utilização num mesmo horário e local dificultam o acesso, principalmente, no caso dos alunos provenientes do campo.

É claro que, antes mesmo de escolher com que ferramentas trabalhar, é necessário ter acesso à internet. Vários estudos e a vivência nos mostram o quanto ainda estamos distantes desse acesso, o quanto a exclusão digital ainda está longe de ser superada. A questão do acesso ao mundo digital converge para as mesmas dificuldades referentes às condições tecnológicas de nossas escolas; à precariedade das condições de vida de nossa população e, consequentemente, às limitações quanto ao acesso às tecnologias de informação e comunicação. Segundo Silveira (2001, p. 28):

> [...] uma política de Inclusão digital – alfabetização tecnológica deve superar o mero ensino de informática, insuficiente para as necessidades de ampliação e consolidação da cidadania nas comunidades numa era da informação.

Inicialmente, precisamos recordar que todo processo educativo é comunicativo e todo processo comunicativo também é educativo. E esses processos se potencializam, tanto nos seus aspectos positivos quanto nos negativos, quando ocorrem, tendo como base as redes digitais.

Na perspectiva da rede, Maia (2000, p. 150) ressalta

> [...] que a experiência com a comunicação participativa, produzida com a comunidade, possibilita transcender o velho, naquilo que tem de conservador, autoritário, unidirecional. Enfim transcender os velhos moralismos, modelos econômicos desviados da vida da comunidade, que têm inibido, marginalizado e excluído a maioria dos habitantes da terra.

Nesse sentido, este é o grande desafio que buscamos, como diria Paulo Freire: a utopia move e enquanto ela estiver presente esse movimento se tornará cada vez mais forte.

Portanto, consideramos que o mais difícil consiste em recuperar o significado de estar em rede, saber o que queremos: buscar informações de interesse pessoal, explorar ao máximo o que ela pode beneficiar ou usar a rede para fortalecer os novos processos sociais que buscamos construir? Temos o risco do encantamento das tecnologias, de suas facilidades e de suas possibilidades de entretenimento e também temos o risco de ficarmos colados na vivência social imediata e não nos apropriarmos das novas ferramentas disponíveis. Cabe a nós, educandos e educadores, recuperar a lembrança do real sentido do porquê estar em rede, que rede queremos manter e, assim, apropriarmo-nos dos recursos tecnológicos para fortalecermos nossas redes sociais.

Referências

CALVINO, Italo. *As cidades invisíveis*. São Paulo: Companhia das Letras, 1990.

CORRÊA, Juliane (Org.). *Educação a distância*: orientações metodológicas. Porto Alegre: Artmed, 2007.

CORTES, Marcelo Néri (Coord.). *Mapa da exclusão digital* – Rio de Janeiro: FGV/IBRE, CPS, 2003. Disponível em: <http://www2.fgv.br/ibre/cps/mapa_exclusao/apresentacao/Texto_Principal_Parte1.pdf>. Acesso em: ago. 2008.

FILÉ, Valter. *Para pensarmos a comunicação*. Texto do GT16, Anped. 25ª Reunião A Anual.2002. Disponível em: <http://www.anped.org.br/reunioes/25/josevalterpereirat16.rtf>. Acesso em: junho de 2007

MACHADO, Arlindo. O vídeo e sua linguagem. *Revista USP*, São Paulo, n. 16, p. 6-17, 1993.

MAIA, Nailton de Agostinho. *O vídeo popular como instrumento de educação comunitária*. Comum. Rio de janeiro, v5, nº15, p146 a 160, ago./dez. 2000. Disponível em: http://www.facha.edu.br/publicacoes/comum/comum15/pdf/video.pdf. Acesso em: junho de 2007.

MARQUES, Mario Osório. *A escola no computador*: linguagens rearticuladas, educação outra. RS: Editora Unijuí, 1999.

PERAYA, Daniel. *O ciberespaço: um dispositivo de comunicação e de forma midiatizada*. In: ALAVA, Seraphin (Org.) Ciberespaço e Formações Abertas: Rumo a novas práticas Educacionais? Porto Alegre: Artmed, 2002.

PORTO, Tânia. *Redes em construção*. Araraquara: JM, 2003.

SILVEIRA, Sérgio Amadeu da. *Exclusão digital: a miséria na era da informação*. São Paulo: Fundação Perseu Abramo, 2001.

TERCEIRA PARTE

Colher e semear

CAPÍTULO 11
Licenciatura em Educação do Campo: sob o nosso olhar de lutadores e lutadoras do campo

Turma Vanessa dos Santos[1]

*Não vou sair do campo pra poder ir pra escola.
Educação do Campo é direito e não esmola.*
GILVAN SANTOS

A 1ª Turma de Licenciatura em Educação do Campo – Pedagogia da Terra – é formada por homens e mulheres militantes de Movimentos da Via Campesina de Minas Gerais (Movimento dos Trabalhadores Rurais Sem Terra – MST, Movimento de Mulheres Camponesas – MMC, Centro de Agricultura Alternativa do Norte de Minas – CAA, Comissão Pastoral da Terra – CPT, Movimento dos Pequenos Agricultores – MPA e Cáritas).

No dia 07 de novembro de 2005, em Belo Horizonte, inicia-se a história desta turma, composta de 60 militantes, sendo 44 mulheres e 16 homens vindos do Sul de Minas, do Triângulo Mineiro, da Zona da Mata, do Vale do Rio Doce, do Vale do Mucuri, do Vale do Jequitinhonha, do Norte de Minas, de Brasília, do Rio de Janeiro, da Bahia, do Espírito Santo, do Distrito Federal, de Goiás e de São Paulo, formando uma rica diversidade de etnias, culturas, saberes, fazeres e belezas regionais.

Mesmo com tamanha diversidade, além da militância nos Movimentos Sociais de Luta pela Terra e pela construção da cidadania camponesa e urbana, também a turma tem em comum o compromisso de tornar realidade o sonho musicalizado por Gilvan Santos: "Não vou sair do campo pra poder ir pra escola...". Em Minas Gerais e no Brasil, que nenhuma criança, nenhum adolescente, jovem ou adulto tenha que estudar na cidade, por falta de educadoras e educadores no Campo.

---

[1] Homenagem da turma a Vanessa dos Santos, de 7 anos, assassinada no massacre de Corumbiara, Estado de Rondônia, em 9 de agosto de 1995.

Durante 10 dias, discutimos a nossa organicidade (Coordenação Pedagógica, Assembleia, Coordenação da Turma, Núcleos de Base, Equipes de Trabalho e Tempos Educativos); preparamo-nos para a prova do Vestibular e redigimos o Memorial, que foi parte integrante desse Vestibular, realizado em 18 de novembro.

Entramos oficialmente como graduandos e graduandas da Faculdade de Educação da UFMG, no dia 21 de novembro de 2005. Nossa Aula Inaugural foi proferida pelo Professor Miguel Arroyo, sendo precedida pela Mística e pelo Ato Solene de Abertura do Curso.

Nesse dia a turma estava eufórica. O Núcleo de Base Salete Strozak tinha como grito de ordem: "Salete Strozak, estamos com você, para ocupar de frente o latifúndio do saber, na UFMG". E esse foi o grito dado pela turma nesse primeiro dia de ocupação da universidade.

Ao longo dessa caminhada, algumas pessoas resolveram trilhar outro caminho. Atualmente somos 10 educandos e 38 educandas que formam a Turma de Licenciatura em Educação do Campo "Vanessa dos Santos" e "Declaramos que a escola, à margem da vida, à margem da política, é falsidade e hipocrisia" (Lênin).

Estamos construindo um processo de aprendizagem, buscando superar os desafios, com o intuito de transformar as nossas perspectivas em realidade.

Aprendizagens

O exercício da coletividade, apesar de ser uma prática nos movimentos, organizações e instituições ligadas às causas populares, na turma tem um significado especial, no que tange aos aprendizados: estamos percebendo a importância de cada um e cada uma. Com isso nos tornamos mais sensíveis aos pontos de vista, às opiniões e às críticas. Percebemos que é possível alcançar a unidade da turma, respeitando as diferenças.

Foram muitas lições da etapa preparatória até aqui. Para a grande maioria, era a primeira vez que nos encontrávamos. Vimos que conhecemos algo em comum: a opressão, a exclusão, a repressão, sonhos tolhidos, utopias e projetos coletivos a construir. Nesse ínterim, cada história individual completa a nossa formação, à medida que partilhamos da mesma indignação e da possibilidade do novo. Isso nos anima diante das dificuldades.

Ser uma turma de universitários, algo cada vez mais difícil de encontrarmos nas instituições de ensino, tem revelado para nós a sua importância pedagógica, na maneira de olhar o outro nas suas dificuldades acadêmicas, despertando um espírito de solidariedade e cooperação, um aprendizado que os livros não proporcionam.

Aprendemos que a universidade sozinha não forma o educador do campo, que os movimentos e organizações sociais do campo são o combustível necessário da caminhada rumo à certeza de que o que aqui está não cabe o ser humano.

Dos mais experimentados aos mais jovens na lutas, todos, cada um a seu modo, têm contribuído para o aprendizado do coletivo. Cada um, no processo, forma-se e conforma-se, aprende a viver e a conviver como diferente sem perder a individualidade, fato importante porque a coletividade não se torna apenas um número, soma das individualidades, mas um conjunto capaz de unificar-se em torno de um propósito comum.

A construção coletiva da organicidade da turma, do início do curso até agora, permite a cada educando e educanda praticar o diálogo, exercitar a paciência e desenvolver a crítica e a autocrítica. Foram muitas tomadas de decisões coletivas, debates, tensão, ruídos internos, todos ao final fazem parte da construção de uma nova consciência; entretanto é preciso desconstruir para construir. Nesse aspecto, a coletividade, por meio dos processos de organicidade, tem nos legado experiências e aprendizados que despertam para a incrível possibilidade do "nós", ao invés do "eu".

Até os que ficaram pelo caminho estão nos ensinando, quando, nos momentos coletivos, místicos e reflexivos, são lembrados, visto que esses momentos tomam dimensões que os momentos individuais de lembranças não alcançam.

O espaço universitário tem se mostrado um terreno fértil; contudo podemos dizer que é um território dominado por um modo de fazer instituído por relações de poder que transcendem tal espaço, tem fragilidades e pode vir a ser disputado, à medida que atuamos em nossos locais, juntamente com nossos movimentos e organizações.

Quanto à contribuição dos educadores para nosso aprendizado, podemos notar dois momentos distintos, mas complementares. De um lado, educadores que querem fazer diferente, apostam na proposta, querem o novo, esforçam-se e se empenham bastante, mas não estão orgânicos em nenhum movimento; do outro lado, os que também querem o novo, acreditam na proposta e estão orgânicos nos movimentos e organizações, são militantes. Enquanto os primeiros contribuem para nosso aprendizado e para o fazer universitário, os segundos, além de também contribuir para o aprendizado universitário, contribuem também para o aprendizado da militância.

No tempo escola, os tempos educativos, organização por núcleos de bases, setores, coordenação da turma, coordenação político-pedagógica constituem-se numa prática participativa e democrática que, a cada dia, aprimora-se e desperta para o exercício do diálogo e da construção coletiva. Tais práticas propiciam a autodisciplina e a formação de valores, como espírito de solidariedade e cooperação. O tempo comunidade, continuidade do tempo escola, permite-nos desenvolver, aplicar, avaliar, dar significado e (re)significar o nosso processo formativo na comunidade. O trabalho, o estudo e a militância apontam o rumo e não nos deixam esquecer que o movimento é a nossa principal matriz formadora.

Fazer o curso de Licenciatura em Educação do Campo, com formação por área de conhecimento, mesmo sendo um enorme desafio, não deixa de ser uma oportunidade: podemos nos formar e contribuir com a formação. Almejamos olhar o mundo com uma visão mais alargada, menos compartimentada, fato que nos provoca a indagar a realidade numa perspectiva transformadora, a agir para a mudança.

Desafios

São muitos os desafios individuais e coletivos que enfrentamos no Tempo Escola e no Tempo Comunidade.

O primeiro desafio foi a construção do Memorial por cada educando e educanda. Escrever, resgatando nossa própria história, mexeu com os nossos sentimentos pessoais e do grupo como um todo. Escrever o Memorial nos fez lembrar de momentos de sofrimentos. Como as pessoas estavam em grupos, a solidariedade para com o companheiro e/ou a companheira que recordava o seu momento de dor levou a turma a ir trabalhando e exercitando a tolerância e a compaixão.

A construção coletiva do Projeto Político-Pedagógico do curso é bastante desafiadora e ao mesmo tempo formativa.

A Educação do Campo, antes de ser desafiadora, proporciona reflexões acerca dos processos históricos vivenciados pelos camponeses e pelas camponesas nas diversas dimensões: sociais, políticas, culturais, econômicas, relação com a natureza, entre outras, levando o homem, a mulher, as crianças e a juventude do campo a se valorizarem como pessoas, bem como a valorizarem o meio em que vivem.

Como educadores e educadoras do campo, somos desafiados e desafiadas constantemente a atuarmos em diferentes espaços educativos da luta pela terra e não apenas em salas de aula. Com isso, conciliamos a rotina de estudantes com militância e afazeres pessoais e profissionais.

Infelizmente, algumas pessoas não conseguem administrar as turbulências e os conflitos que ocorrem no caminho. A cada desistência, aumenta, em cada um(a) de nós, a necessidade de superar o desânimo e reforçar a nossa capacidade de resistir e persistir na caminhada.

Perspectivas/Expectativas

Não estamos perdidos. Pelo contrário, venceremos se não tivermos desaprendido a aprender.
ROSA LUXEMBURGO

O curso de Licenciatura em Educação do Campo é um projeto inovador; por isso fazer parte dele resulta em muita responsabilidade.

O formar educadores e educadoras por áreas de conhecimento, realmente é revolucionário, marcado de muita alegria e mística, aumentando ainda mais as nossas expectativas.

Há perspectiva de construirmos coletivamente novas formas de acesso e socialização do conhecimento universitário e socialização dele, de maneira a ir ocupando os espaços que nos foram negados historicamente, por não termos acesso às condições materiais e objetivas, e superando, uma vez que nós, do campo, temos muita dificuldade de acesso.

Só o fato de estarmos cursando uma faculdade na UFMG alimenta uma perspectiva grande de sairmos da faculdade capacitados para trabalhar em sala de aula nas nossas escolas, lutar pela implantação de políticas de Educação do Campo que vão muito além de ter escola no campo, mas de construção de um projeto popular para o nosso país, que defenda e valorize todas a formas de vida e condene todas as formas de morte, entendendo que o agronegócio, a monocultura, as multinacionais são práticas que geram a morte e não a vida.

Uma outra perspectiva do nosso curso, em que a nossa Turma Vanessa dos Santos acredita, é de que o jeito de lutar de cada movimento social da Via Campesina que compõe nossa turma está contribuindo e irá contribuir muito mais, ainda, para o nosso processo de formação enquanto sujeitos do campo, mesmo com toda a nossa diversidade de povos do campo.

O fato de a nossa turma ser a primeira de Licenciatura em Educação do Campo, no Brasil, gera uma expectativa muito grande, tanto em nós, como educandos e educandas, tanto quanto nos movimentos da Via Campesina, que nos confiaram a tarefa de contribuir para a construção de uma nova proposta de formação de educadores e educadoras.

Espera-se que possamos, inclusive, contribuir para a proposição de políticas públicas que venham a atender a demanda e a realidade de campo, no sentido de contribuir com uma vida digna do povo camponês.

Assim como nosso curso está sendo construído por área de formação específica, a nossa expectativa é a de que, ao pegarmos nosso diploma, de fato estejamos capacitados e capacitadas para trabalhar o que estamos propondo, tendo como princípio investir na formação integral da pessoa humana, valorizando e ampliando os nossos conhecimentos.

Uma outra expectativa nossa é a de que o nosso curso irá nos proporcionar contribuir ainda mais com a organização camponesa nos nossos movimentos e espaços de atuação.

Formação por Área do Conhecimento

Com o advento do êxodo rural (expulsão das famílias camponesas do campo), a partir da década de 70, em função da mecanização do campo, as máquinas passaram a substituir o trabalhador rural e, de forma cada vez mais acelerada, a escola do campo foi sendo esvaziada.

É importante salientar que as escolas do campo, em um primeiro momento, eram mantidas pelos fazendeiros; depois, a educação básica passou a ser uma obrigação do Estado que, de forma lenta, foi assumindo essa obrigação no campo.

Em razão da falta de Políticas Públicas que beneficiassem os camponeses e as camponesas, à cultura de desvalorização do homem e da mulher do campo e à hipervalorização da cidade, como modelo de lugar para viver bem, as famílias camponesas começaram a migrar para as cidades, em busca de condições melhores de vida, ou então, mandavam os filhos e filhas para a cidade, a fim de que pudessem estudar, pois, na zona rural, quando havia escola; era somente de 1ª a 4ª série.

A partir da década de 1990, o Estado começa a alegar que era muito dispendioso manter as escolas no campo, porque tinha que deslocar um número elevado de professores e professoras para lecionar para um pequeno número de estudantes. Diante dessa constatação, os governos municipais e estaduais implementaram a política de nucleação das escolas do campo, que consiste em dois vieses: ou a criação de salas multisseriadas, ou o fechamento das escolas da zona rural e transporte dos estudantes para uma escola da cidade.

A formação por área de conhecimento, proposta e viabilizada no curso de Licenciatura em Educação do Campo, tem como objetivos práticos transformar essa realidade, pois possibilita que um educador ou educadora seja habilitado(a) em mais de uma disciplina. Isso implica a redução do número de educadores por escola e ainda que o grupo de educadores e educadoras presentes na escola estarão aptos para educar desde a Educação Infantil até o Ensino Médio.

Na formação por área de conhecimento do curso de Licenciatura em Educação do Campo – Pedagogia da Terra, partimos do princípio de que o campo é um espaço com dinâmica social, cultural, ambiental e econômica própria; por isso não é aceitável que as escolas releguem a segundo plano ou a plano nenhum o campo e seus sujeitos, com sua produção e reprodução material e simbólica.

Não que o campo, como espaço sociocultural, seja melhor ou pior que a cidade, mas se trata de reconhecer as especificidades e contribuições que o campo e os sujeitos do campo propiciam à sociedade.

Por essa ótica, a formação por área de conhecimento permite uma visão mais ampla do educando frente à realidade do campo: perceber as contradições, problematizar as questões aparentemente imutáveis, buscando os nexos dos acontecimentos.

Exercitar a compreensão menos fragmentada do conhecimento tem sido um enorme desafio. Superar o condicionamento histórico de aprender-ensinar-aprender por pedaços, ou seja, por disciplinas, é um desafio. A "especialização" por disciplina dificulta a percepção das relações e interações, no processo de construção do conhecimento.

Na área de conhecimento, o todo não anula as partes; as partes não são estudadas, analisadas, consideradas separadas do todo. São consideradas as especificidades e multiplicidades do objeto. A formação por área aponta para a necessidade de um eixo capaz de agregar e ao mesmo tempo deflagrar o conflito/necessidade de interação e diálogo das disciplinas na área de conhecimento. Nesse caso, acertadamente, passamos do eixo Escola e seus Sujeitos para o eixo Educação do Campo.

A atuação dos educandos tem, na realidade do campo, o ponto de partida e o *lócus* do processo ensino-aprendizagem em suas várias dimensões: social, cultural, ambiental e econômico. A realidade material e imaterial com suas contradições constitui-se como objeto de análise e estudo na produção do conhecimento.

Acreditamos que, potencialmente, a prática que vem sendo construída na universidade de os professores se desafiarem a formar educadores do campo por área de conhecimento e, ao mesmo tempo, os educadores do campo atuarem nas escolas do campo nessa perspectiva, sem dúvida, "mexe" com as estruturas do fazer pedagógico.

A nossa motivação não é apenas conseguir um diploma universitário, adquirir *status*, nem nos formar para o mercado da educação, mas contribuir para o desenvolvimento do país, sob outras bases de formação, na construção de outros princípios e valores que não os guiados e ditados pelo capitalismo.

Interdisciplinaridade

Somos a 1ª Turma do Brasil de Licenciatura em Educação do Campo, que contempla todas as áreas do conhecimento, incluindo Pedagogia e vários Eixos Temáticos, o que desperta em nós um deslumbramento, muita responsabilidade e disciplina.

Portanto, essa turma, estruturalmente, formará educadores e educadoras capazes de dialogar cientificamente em todas as disciplinas. Imaginemos um educador e uma educadora com formação numa área de conhecimento, tendo, em seu currículo, todas as disciplinas e temas, como, por exemplo, a Tecnologia.

Quando ressaltamos a natureza do curso, estamos cientes da responsabilidade que é a focalização ou a visualização da formação de um profissional com essa amplitude acadêmica, política e social.

Turma Vanessa dos Santos – julho de 2008

Amarildo de Souza Horácio
Anabela Ferreira dos Santos
Andrêa de Jesus Ribeiro
Andréia Pereira dos Santos
(*in memorian*)
Antoniel Assis de Oliveira
Aparecido Gonçalves de Souza
Armando Vieira Miranda
Auliane Camila do Carmo Padilha
Daiane de Queiroz Cyriaco
Decanor Nunes dos Santos
Edilene dos Santos Costa
Edna Moura dos Santos
Eliana Cristina de Oliveira
Eliane Bento da Cruz
Elisângela das Dores Carvalho
Elisângela Nunes Pereira
Elizabeth Gomes da Silva
Geraldo Pires Oliveira
Gislene Aparecida Souza Teodoro
Jeane Cristina Pereira Rodrigues
Joana Maria Soares de Jesus
Leurilene Silva Brandão
Márcia Mara Ramos
Maria Aline de Jesus Roxa

Maria Aparecida Miranda Ribeiro
Maria Eleusa da Mota Santana
Marinete Andrade Pereira
Martinha Jorge Moreira Leocadio
Mary Cardoso da Silva
Maurina Correa de Azeredo Martins
Maysa do Carmo de Paula
Moisés Dias de Oliveira
Nélia Corcino de Oliveira
Nivalda Aparecida Gonçalves da Silva
Oswaldo Samuel Costa Santos
Rosangela Santos
Rutinéia Silva Oliveira
Simone Maria da Silva
Simone Pinto de Araújo
Simone Tomaz de Paula
Sueli da Costa Oliveira Pereira
Suely Maria dos Santos
Vânia Márcia da Silva
Vânia Márcia Pinto de Araújo
Vilma Rocha
Waldeci Campos de Souza
Weliton Geraldo de Almeida
Zenilda Sonia Pereira Miranda
Zilda Jorge da Silva

CAPÍTULO 12
Reflexões sobre o papel da monitoria no curso de Licenciatura em Educação do Campo – Turma 2005

Luciane Souza Diniz
Liliane Barcelos Silva Melo
Mara Raquel Barbosa
Fernando Conde
Jucélia Marize Pio

Este capítulo é formado por cinco narrativas de experiências dos bolsistas do curso Licenciatura em Educação do Campo e seu objetivo é relatar os desafios enfrentados nas diferentes áreas de atuação e durante os diferentes períodos do projeto de que fizemos parte.

É claro que não temos respostas para todos os problemas que geralmente aparecem nesse curso e, mesmo que as tivéssemos, não aconselharíamos que outros cursos as seguissem à risca, já que trabalhamos com grupos de pessoas que são diferentes entre si, de forma que, mesmo tendo os mesmos problemas, as formas de resolvê-los podem variar. Esperamos que este texto seja recebido como um modo de socializar as experiências, pois esse é o início de um longo diálogo colaborativo entre nós que trabalhamos em projetos de formação de educadores do Campo e para o Campo.

Tudo começou a partir de um trabalho feito em sala de aula no curso de Pedagogia da Universidade, sobre Políticas Educacionais e Movimentos Sociais. O interesse veio ao descobrir as diferentes formas que os movimentos têm de encarar a educação como forma de cidadania.

Luciane de Souza Diniz

Meu primeiro contato com o curso foi como bolsista de iniciação científica em 2005. No início, tudo era muito novo e complicado, as dificuldades eram muitas. Na verdade, tudo era novo para todo mundo. Estávamos aprendendo a construir um curso voltado para a educação do campo. Mas o que fazer? Como fazer? Por onde começar? Tínhamos nas mãos a proposta e muitas sugestões, mas "colocar a mão na massa" não era tão fácil como parecia! Eu estava mais nos bastidores da organização; no entanto não deixei de vivenciar a inquietação da coordenação em relação ao curso em geral. Não tínhamos horário de ir embora da Universidade. Chegávamos às 07h30min da manhã, corríamos durante todo o dia para deixarmos tudo pronto, pois os educandos estavam perto de chegar, e tudo tinha que estar preparado para recebê-los. Era o aluguel do ônibus para o transporte dos alunos da moradia onde eles estavam até a Universidade; o material que os professores deveriam preparar para ser entregue aos alunos; a compra de material; a coordenação do curso que não tinha um lugar definido, nem material próprio; a reserva de salas para os alunos; o difícil contato com as outras unidades para agendar uma visita com um professor, para que os alunos conhecessem o Campus; enfim, trabalho que não acabava mais.

Com a chegada dos educandos, tudo foi tomando seu devido lugar. O primeiro contato foi o que esperávamos: o de conhecimento entre ambas a partes. Era um momento em que iríamos adquirir a confiança deles. A primeira semana foi corrida, como o é para qualquer estudante: cadastro no sistema da Universidade, conhecimento do espaço onde eles estudariam por cinco anos, os horários das aulas, enfim, o início de uma rotina com todas as questões de adaptação.

Foi para nós uma surpresa e também causa admiração ver a organização dos alunos. Eles trabalham sempre para o coletivo. Todos participam. As tarefas do dia eram e são divididas entre todos. Eles se dividiam de acordo com a necessidade do dia, auxiliando nas demandas que o grupo apresentava.

Aos poucos, fui me envolvendo com as questões pedagógicas, de infraestrutura, financeiras, ou seja, com a gestão do projeto. A cada etapa, somos desafiados a resolver questões políticas, pedagógicas, financeiras, para que possamos contribuir, da melhor forma possível, para a formação desses educadores do campo.

A cada etapa, tínhamos muitas ideias para a construção do currículo do curso. Como sou aluna do curso de Pedagogia da UFMG, via, *in loco*, tudo que estudava em sala de aula. As questões ligadas a currículo, a gestão, a participação dos alunos, a formação do Colegiado, tudo isso veio para enriquecer minha formação. Aprendemos a vencer diversos fatores, simples, mas que no final contribuem muito para o desenvolvimento do processo. A cada etapa, aprendemos como lidar com as situações, mas sempre na expectativa do que poderia vir, pois não tínhamos ideia do que seria, já que o curso está sendo construído ao longo da caminhada, com a contribuição de todos os envolvidos. E esse é o melhor dos desafios!

Nos três primeiros períodos do curso, foi feita a formação básica, durante a qual todos os alunos estavam juntos e tinham as mesmas aulas. A partir do quarto período, eles se dividiram em quatro áreas do conhecimento: Matemática; Ciências Sociais e Humanidades; Línguas, Artes e Literatura e Ciências da Vida e da Natureza. Nesse momento, vimos a necessidade de ampliar a equipe, contratando bolsistas para cuidar das áreas de formação e também do apoio pedagógico. A maioria dos estudantes envolvidos no projeto tiveram bolsas pagas pela universidade através da Pró Reitoria de Extensão e Pró Reitoria de Graduação. Desta forma, outra participação relevante para todos, foi o compromisso em apresentar a experiência na Semana do Conhecimento, promovida pela Universidade. Enfim, participar do processo de gestão do curso tem sido de grande importância na minha formação como pedagoga, principalmente no que diz respeito ao desafio de lidar com sujeitos de contextos sociais e culturais diferentes daqueles com os quais tenho contato.

Liliane Barcelos S. Melo

Desde o início da minha participação no projeto, em julho de 2007, venho presenciando vários acontecimentos que dizem respeito ao modo de construção do curso de Licenciatura em Educação do Campo, mais especificamente, da área das linguagens – Línguas, Artes e Literatura – em direção a seu aperfeiçoamento.

Por ser um curso pioneiro, atravessa situações difíceis, diferentes daquelas enfrentadas por cursos regulares, mas também apresenta muitos pontos positivos que, aperfeiçoados, podem servir de referência ou modelo para novos cursos de Licenciatura em Educação do Campo, já em curso ou ainda em projeto.

Pouco familiarizada, por desconhecer os integrantes da área das linguagens (coordenação, professores, e alunos), assisti à minha primeira aula com um certo espanto, mas também com admiração. Os alunos estavam confeccionando uma capa artesanal para o livro de memórias que haviam escrito na etapa anterior do curso. Participavam das aulas nesse dia as professoras Amarílis Coragem, que ministra as aulas de Artes, Aracy Martins e Zélia Versiani, responsável esta última pela coordenação da área de linguagens, como também pelo ensino de Língua Portuguesa.

O comportamento e a atitude dos alunos perante as aulas foi o que mais me chamou a atenção, pois, diferentemente de muitos alunos matriculados nos cursos regulares desta instituição de ensino, eles se mostravam (e ainda se comportam assim) muito interessados em participar. Questionavam, argumentavam e se esforçavam em realizar todas as atividades sugeridas por suas professoras. Esse processo de escrita de suas memórias, até chegar ao produto final, que foi a confecção do livro, mostrou-se muito proveitoso para o aprendizado dos alunos envolvidos no processo de escrita e reescrita do texto. Reforçava a motivação na atividade de escrita de memórias o orgulho em contar um pouco de suas histórias, o que era visível em seus rostos.

Acompanhando o dia a dia das aulas, conheci melhor a turma da área de LAL e presenciei a preocupação que os alunos demonstravam em relação à formação e à responsabilidade de concluir o curso, aptos a atender a todas as etapas do ensino básico, no que tange aos conteúdos lecionados na escola.

Aos poucos, conquistei a confiança e a amizade dos alunos, que passaram a recorrer a mim quando tinham dúvidas sobre as atividades. Acompanhar a turma durante os dias que se seguiram foi tranquilo e muito proveitoso. Conversávamos a respeito do curso, sobre as aulas e professores. Realmente fiquei (e ainda fico) impressionada com a determinação e a organização dos alunos. Interrompiam a aula só quando surgiam dúvidas ou quando queriam relatar alguma experiência pela qual tinham passado e, para fazê-lo, tinham que seguir uma "ordem de inscrição", mediante a qual primeiramente se levantava a mão, para então falar, quando lhes era concedida a palavra.

A cada dia que convivia com os alunos do curso, mais aprendia sobre eles e com eles.

A convivência com a coordenação de área foi fundamental para que eu entendesse as demandas e especificidades do projeto, que visa a uma formação voltada para os povos do campo. A participação em reuniões me possibilitou perceber o desafio principal que o curso apresenta, ou seja, professores capazes de atuar em todos os segmentos da educação básica, e essa preocupação ficava visível, quando surgiam interrogações sobre qual o melhor conteúdo para ser ensinado a cada etapa e sobre como garantir um bom aprendizado e a fixação desses conteúdos. Essas foram algumas das indagações mais recorrentes, que persistiram até a elaboração do currículo final que, é claro, não julgamos ser o melhor ou o mais completo, mas é aquele que atende às demandas do curso neste momento.

A opção da coordenação de ensino de língua portuguesa foi estabelecer uma base consolidada quanto aos conteúdos relacionados à Alfabetização e Letramento, bem como aperfeiçoar a escrita acadêmica, que são pontos visíveis que perpassam toda a grade curricular da área de Línguas, Artes e Literatura (LAL). O currículo contempla também conteúdos da linguística e da literatura.

Como monitora da área, exerço, sobretudo, a função de articulação entre as disciplinas de cada etapa, bem como a de minimizar os efeitos da separação entre uma etapa e outra. Nesse sentido, recolho os trabalhos do Tempo Comunidade dos alunos, mantenho contato com os diferentes professores que trabalharam no curso, distribuo os trabalhos recolhidos entre esses professores, monitoro a avaliação junto aos professores, entre outras atividades necessárias a um curso cujo formato apresenta a modalidade presencial e a distância.

A partir da quinta etapa, os alunos desse curso começam a disciplina de Estágio. O Estágio Curricular Obrigatório é mais um desafio a ser vivenciado e vencido em suas dificuldades, considerando-se as possibilidades da Educação do Campo. A orientação do estágio a distância (por se tratar de um curso em regime de alternância) traz novos enfrentamentos, diferentes das dificuldades peculiares aos cursos regulares. Como tornar viável o acompanhamento dos alunos, conseguindo atender às necessidades dos educandos quanto às suas dúvidas? O uso do e-mail, do telefone ou até mesmo da carta, em determinadas situações em que o acesso é restrito aos meios de comunicação mais avançados, torna-se necessário.

Os desafios que mencionei neste breve depoimento sobre o papel de monitor são alguns exemplos que ilustram bem esta difícil, mas, ao mesmo tempo, gratificante tarefa, que exige tempo, dedicação e esforço, mas que leva também ao aprendizado e à busca de soluções para questões sobre o ensino, ainda não colocadas no curso de graduação em Pedagogia. A experiência como bolsista em um curso cujo projeto se constrói na caminhada faz desse lugar um espaço de rico aprendizado.

Mara Raquel Barbosa

O ensino de inglês para os estudantes do curso Pedagogia da Terra foi um grande desafio desde o início. Primeiro porque os alunos traziam experiências ruins em relação à aprendizagem de inglês em suas diferentes trajetórias escolares. Isso fazia com que acreditassem que não era possível aprender inglês na escola regular. Achavam que para se aprender inglês era necessário fazer um bom curso da língua ou morar por um tempo em algum país onde o inglês fosse a língua materna.

Outro fator que fazia com que os alunos rejeitassem a língua inglesa era algo bem peculiar. Como já sabemos, todos os alunos são membros ativos de movimentos sociais de luta pela terra e, como tais, eram bem informados a respeito de questões da política internacional. A maioria desses alunos via os Estados Unidos como um dominador e a língua inglesa como uma forma de dominação desse país sobre nós do terceiro mundo.

Um de nossos objetivos era acabar com a visão negativa que os alunos tinham da língua, para que pudessem "*dominar a língua inglesa sem serem dominados por ela*" (RAJAGOPALAN, 2005). Para isso, decidimos tomar atitudes que desmistificassem a visão que tinham tanto em relação ao aprendizado da língua como em relação ao modo como viam a língua em si.

Primeiramente, precisávamos mostrar aos alunos que a língua inglesa pode, sim, ser aprendida na escola regular. E, para isso, usamos uma estratégia que chamamos de "identidade". Ela consiste em propor exercícios nos quais os alunos falam de si próprios e têm o objetivo de aproximar o aluno da língua. Aqui, o inglês já não é a língua do outro, mas a língua que o aluno usa para falar de si. Ele vê que é possível usar a língua. Ao mesmo tempo, para quebrar a ideia de que a língua inglesa é a língua do dominador e é também uma ferramenta de dominação, trabalhamos a história de países que têm o inglês como língua materna e são tão pobres e subjugados pelo "dominador" quanto o Brasil o é. Dessa forma, nossos alunos passaram a ter certa simpatia pela língua inglesa, já que ela é usada por povos tão sofridos como o nosso. Além das estratégias mencionadas, mostramos também o que pode ser feito com a língua inglesa, o que podemos obter de informação científica e a quantidade de pessoas que podemos alcançar com nossas ideias por meio do inglês. Tudo isso contribuiu bastante para criar em nossos alunos uma aceitação maior pela língua inglesa.

Outro problema que surgiu foi a escolha do material didático. Deveríamos escolher um material didático que atendesse às necessidades dos alunos do curso, e isso significava um material muito bem explicativo, já que seria usado a distância, sem o auxílio do professor; ele também deveria tratar de assuntos que fossem culturalmente relevantes, pois os alunos são engajados em lutas políticas; e, finalmente, que fosse capaz de formar professores, embora os alunos ainda não dominassem o idioma; assim, o material deveria também ensinar a língua. É claro que não encontramos tal material, e nos vimos na obrigação de produzi-lo. Nós já tínhamos "diagnosticado" o perfil do nosso público, já tínhamos como preparar um material que se adequasse a suas necessidades. Na produção desses materiais, para atingir o objetivo de ensinar a distância, apostamos em uma linguagem clara, para que não houvesse dúvidas nas explicações da matéria, nos exemplos e no frequente uso de quadros que os fizessem lembrar o que já havia sido ensinado. Buscamos estratégias eficientes em fazer o aluno recorrer ao que já tinha aprendido naquela lição para completar seu material. O aluno participa da produção do material com seu conhecimento e vê que a organização do conhecimento adquirido é importante para a sistematização do que aprendeu.

Outra característica importante que esse material deveria apresentar era a presença de assuntos culturalmente relevantes para nosso público. Como são participantes de movimentos sociais, não poderíamos ignorar que não se interessariam pelos assuntos tradicionalmente propostos pelos livros didáticos, como escovas de dente revolucionárias ou o cotidiano de homens brancos, heterossexuais, de classe média alta, naturais de Londres. Daí procurarmos assuntos, em sua maioria, significativos às minorias, e assuntos que são geralmente pouco ou nunca discutidos por quem ocupa posições privilegiadas. Por isso, temas como o papel das guerras, as religiões de pouco prestígio social e o subjugo da mulher e de outras minorias sociais foram assuntos escolhidos para nossas lições.

Talvez a característica vista como mais desafiadora tenha sido a necessidade de ensinar a língua ao mesmo tempo em que se forma o professor de língua. Mas, ao trabalhar com a prática reflexiva crítica, foi possível alcançar bons resultados.

Após a maioria dos exercícios contidos nas lições, inserimos exercícios que fazem o estudante se colocar na posição de professor e refletir como poderá, ou não deverá, usar aquele exercício em sua sala de aula. Isso não acontece apenas com os exercícios, ao longo de todo o material.

Na escolha da abordagem de ensino que deveria ser utilizada, buscamos encaixar nossas atividades às práticas que acreditamos mais eficientes; daí a escolha pela pós-metodologia, que não adota um único método de se ensinar, mas é sensível às características particulares do grupo de educandos. A pedagogia pós-métodos leva em conta o multiculturalismo e, acima de tudo, o fato de que cada aluno é particularmente diferente dos outros. A abordagem multicultural foi escolhida por mostrar a realidade do mundo ao aluno: não existe um dono da língua inglesa e o imperialismo não tem a língua como ferramenta de dominação, mas sim suas políticas. Essa abordagem desvincula a língua de donos e de estereótipos. Levamos também em conta que, segundo a pedagogia pós-métodos e segundo o parâmetro da particularidade, devemos sempre pensar no grupo de alunos como sendo muito particular e diferente de todos os outros grupos, tendo necessidades diferentes no processo de aprendizagem, objetivos diferentes e aprendendo em um ambiente e uma situação próprios apenas daquele grupo. Essa pedagogia é mais racional do que a abordagem comunicativa, já que considera as particularidades do grupo; caso contrário, trataríamos de temas irrelevantes, desinteressantes e totalmente alienadores, ao invés de capacitar o educando a ser crítico e bem informado. A preocupação era maior porque não estávamos formando apenas um grupo de educandos críticos, o que já seria muito importante, mas, mais do que isso, tínhamos a intenção de formar educadores críticos para que eles formassem educandos críticos.

Fernando Conde

Na nossa prática, duas inquietações *apareceram* inicialmente: primeiro, quem são os sujeitos da formação docente? Segundo, quais as formas e movimentos dessa formação docente? As atividades foram se desenvolvendo, produziram e consumiram algumas reflexões sobre as práticas do estudante de licenciatura – permitindo a constituição de particularidades (bolsista, educandos e educadores) dentro de uma totalidade (a *área CSH* como movimento).

Primeiro, compreender a turma para além do simples ou complexo objeto de uma prática educativa, criticando o movimento de nossa própria formação – pois os tempos regulares da universidade a cada dia se colocam mais convergentes com o que Marx apontou como um dos fundamentos da mercadoria humana: a sua exteriorização como objeto de finalidades que lhe são estranhas e consequente identificação com uma experiência ausente de críticas de si mesmo e do seu entorno. Fomos nos reconhecendo negativamente nos educandos, pela ausência de academicismo e de neutralidade que eles reivindicavam – ainda mais na *área CSH*, pois a própria condição de serem estudantes foi fruto de práticas sociais determinadas por interpretações da realidade fundamentadas nas suas contradições vividas.

Segundo, acompanhar os desafios colocados para a equipe docente e educandos para materializar a formação docente nesse formato permitiu o acesso a discussões extremamente férteis e que apontavam para a necessidade de ter em conta que a preparação e a consecução das práticas de ensino têm de estar em crescente articulação com a realidade dos educandos – sejam aproximações com as condições de reprodução social no campo e no campesinato, sejam as condições de produção dos próprios assentados como estudantes de uma licenciatura, pois a existência do estudante de educação não se efetiva somente pelo contato com os meios da educação. Por participarmos de outras atividades políticas na metrópole de Belo Horizonte, nossos conceitos estavam muito prontos com relação aos movimentos sociais do campo em suas lutas: ao contrário de alguns que acreditam que as possibilidades de transformação social estão ficando distantes no passado, idealizamos esses sujeitos como possuidores de modos de ação universalizáveis da luta pela terra para quaisquer outras objetivações, indo, inclusive, além da referência às práticas educativas. A apropriação de nossa parte de princípios e objetivos desta proposta foi, e ainda é, um grande desafio, pois os bolsistas também possuem especificidades que não são mecanicamente *sintonizadas* com a realidade do projeto, e mesmo da universidade, em uma perspectiva mais ampliada de educação superior.

Compreender a formação acadêmica do bolsista deixa de ser apenas, e tão somente, escrutinar a centralidade das atividades imediatas de sua formação tradicional em uma licenciatura plena e assume a possibilidade de ser uma prática em que este se coloca como sujeito que se forma junto com a turma. Aqui se conforma uma questão decisiva: a orientação do bolsista pela equipe docente, permitindo o reconhecimento de sua formação nas atividades realizadas por dentro e por fora do plano de trabalho. Algo que só pode acontecer mediante a tensão do entendimento dos objetivos do projeto (produzindo um roteiro de estudo e investigação sobre os conteúdos e formas das atividades que realiza) com a capacidade de compreender as condições de suas práticas – que será possível ao compreender a diversidade ideológica e metodológica presente, na equipe docente, para desenvolver leituras e assimilar bibliografias que permitam se situar minimamente nas linhas de discussão das disciplinas e, com todos seus limites de educando, formular questões e argumentos, de acordo com suas concepções de educação e sociedade. O acompanhamento e orientação de aprendizagem do bolsista, ainda mais em uma área de formação composta por disciplinas como História, Geografia, Sociologia e Filosofia, torna-se mais um desafio didático-pedagógico para a coordenação pedagógica do projeto.

Algumas atividades já permitem entender um pouco desse desafio. Podemos destacar, no Tempo Comunidade (TC): a participação em reuniões de planejamento pedagógico das etapas, envolvendo sua capacidade de interpretação e sistematização das discussões e encaminhamentos, tanto das disciplinas como da área como um todo; a participação em seminários e oficinas, constituindo tarefas de estudo sobre as temáticas específicas e transversais do projeto (Pedagogia da Alternância e Produção de Material Didático); leitura e discussão sobre planos de aula e ementas, bem como apontamentos sobre bibliografia e preparação de atividades; acompanhamento da avaliação de atividades, como produção de textos durante TEs e TCs, identificando a processualidade da formação dos educandos, como capacidade de argumentação e sistematização, bem como entender a formulação de critérios avaliativos; entre outras. No caso do Tempo Escola (TE), podemos destacar: o acompanhamento das aulas, observando e registrando as metodologias e as discussões; o acompanhamento dos trabalhos de secretaria e gestão, como controles de frequência, entrega de atividades, preparação de recursos audiovisuais e materiais didáticos; a orientação na realização de atividades, individuais e em grupo, na Faculdade de Educação e no Centro de Formação; a participação em Atividades Integradoras de outras Áreas de Formação, bem como em excursões e discussões externas à *área CSH*; a participação em atividades artístico-culturais e de formação política dos educandos (como místicas, confraternizações, jornadas culturais, dinâmicas etc.), entre outras.

Uma abordagem interdisciplinar se constitui como condição e desafio para a formação em áreas do conhecimento, desde o planejamento de atividades e definição de ementas, passando pelos materiais didáticos, até a realização das atividades acadêmicas – na alternância como um todo. Para os educadores, é um desafio pelas próprias estruturas departamentais e curriculares que lhes moldam a prática docente; para os bolsistas, é uma experimentação inédita na graduação e, para os educandos, constitui-se como desafio de formação até as etapas finais (principalmente quando as Áreas de Formação se dissolverem no último ano). Na *área CSH*, a interdisciplinaridade vem sendo experimentada por meio de Atividades Integradoras, como seminários subsidiados por leituras de pensadores brasileiros (Darcy Ribeiro, Florestan Fernandes e Francisco de Oliveira, nessa ordem).

Uma questão que se coloca para os bolsistas é que a participação nas aulas das diversas disciplinas se constitui uma perspectiva privilegiada, pois os educadores estão presentes nas suas aulas existindo um 'fio de Ariadne' a ser potencializado pelas observações, registros e comentários – tanto durante o Tempo Escola, quanto nas reuniões de avaliação durante o Tempo Comunidade. Um registro organizado dos bolsistas pode permitir um subsídio para a coordenação da área e equipes das disciplinas se planejarem, de forma a articular suas ementas e dar mais clareza aos educandos sobre os movimentos teóricos das partes e do todo na *área CSH*.

Jucélia Marize Pio

Como monitora dos alunos da área das Ciências da Vida e da Natureza (CVN), enfrentei dificuldades, no início dos trabalhos, para encontrar referências ou relatos de experiências semelhantes. Assim, a oportunidade de relatar algumas das experiências e desafios da área CVN, neste livro, poderá contribuir para a caminhada de futuros monitores e orientadores de aprendizagens dos projetos de formação de professores em Educação do Campo.

Os relatos expostos aqui e algumas reflexões serão construídos a partir de impressões pessoais de uma professora da rede pública de ensino e recém-formada em Licenciatura em Química, pela Universidade Federal de Minas Gerais.

Sabe-se que as características que permeiam o ensino das disciplinas de ciências, atualmente, continuam demonstrando que, na maioria das vezes, o ensino fica demarcado pelas abordagens internalistas, que privilegiam profundamente os conteúdos específicos de cada disciplina, desconsiderando os acontecimentos presentes na sociedade (TEIXEIRA, 2003). No curso de Licenciatura em Educação do Campo, os conceitos e conteúdo de ciência são abordados a partir de temas que têm relevância para a vida dos povos do Campo. Esses temas foram apontados pela turma no início do curso. Nessa dinâmica, alguns conceitos são privilegiados, em detrimento de outros. Essa metodologia procura romper com o ensino tradicional, uma vez que ainda é comum encontrar nos currículos a fragmentação entre os conteúdos que devam ser ensinados em cada série, seguindo uma sequência obedecida pelos professores (LIMA; SILVA, 2007).

Assim, na organização do curso, além de seguir rumo a uma formação de professores inovadora, observo a preocupação de um diálogo entre os docentes da Universidade e os sujeitos do Campo, para a construção de um currículo diferenciado, que não repita a visão internalista do ensino de ciências. Isso me força a uma reflexão sobre a minha própria experiência na docência como professora, em que é dada importância a alguns conteúdos distantes da realidade e aspirações dos alunos. À luz das teorias de currículos, o currículo é entendido não apenas como transmissor de uma cultura produzida em outro local, mas também como uma arena de produção, de criação e transgressão cultural (PARAÍSO; SANTOS, 1996).

Mas me pergunto: como romper com paradigmas tão alicerçados nas escolas, com relação ao currículo e à segmentação de conteúdos? Confesso que as reflexões que o trabalho de monitora me proporciona já estão produzindo frutos na minha docência. Relatá-los-ei em outra oportunidade.

Meu trabalho na equipe é auxiliar na organização dos conteúdos a serem abordados em cada semestre, auxiliar nos contatos com professores colaboradores, preparar as salas e laboratórios em que as aulas acontecerão, encaminhar os textos para o departamento de produção de materiais e fazer o acompanhamento dos alunos durante o período em que eles se encontram em suas comunidades.

O Tempo Escola é o período em que entramos em contato com os alunos. Trabalhar com sujeitos engajados em movimentos sociais proporciona-me uma reflexão sobre as palavras de Chassot (2000): "temos que formar cidadãs e cidadãos que não só saibam ler melhor o mundo onde estão inseridos, como também, e principalmente, sejam capazes de transformar este mundo para melhor". Diferentemente dos meus alunos do ensino médio, os alunos do curso de Licenciatura em Educação do Campo são, em grande maioria, por participarem de grupos de lutas sociais, sujeitos com sede de transformação do mundo em que vivem. Assim, observo no grupo um grande interesse pelas aulas, pelos conteúdos abordados e por tudo o que a Universidade pode oferecer.

No contato com os alunos, percebo uma ansiedade por parte deles em torno daqueles conceitos e conteúdos de ciências escolhidos para serem abordados dentro de um determinado semestre, em detrimento de outros que foram "deixados" para ser abordados em outro momento. Quando a inquietação aparece, procuro "relembrá-los" da proposta inovadora, do que consiste o projeto de formação de professores para as escolas do Campo, onde escolhas precisam ser feitas acerca dos conteúdos abordados dentro do curso e de que romper com a estrutura curricular vigente, rígida, construída e organizada tendo em mente as escolas da cidade, vai requerer, além de esforço, uma constante retomada da proposta inicial desse projeto: desenvolver uma pedagogia voltada para os sujeitos e a realidade do Campo.

O curso é desenvolvido em modelo de Alternância. Alguns deixam filhos, maridos, esposa e familiares em suas comunidades e ficam cerca de 30 dias entre o intenso estudo nas salas de aula na Universidade e o trabalho e descanso no alojamento. O momento de escuta se faz necessário e, muitas vezes, me vejo desempenhando esse papel junto aos alunos. Apenas escutar. Escutar as diversas situações que se constroem nessa caminhada rumo à construção de uma nova escola do Campo, onde o aluno vai tecendo uma nova história. Diante de tantas dificuldades que apontam pelo caminho, às vezes, nem ele mesmo acredita em tudo o que vai conquistando em cada semestre.

O Tempo Comunidade é o período em que os alunos estão em suas comunidades. Nesse momento, procuro auxiliá-los por meio de telefonemas, cartas e mensagens eletrônicas. Entretanto, esse acompanhamento encontra dois grandes desafios. O primeiro são as "subáreas" que contém a área CVN. Eu, formada em química, esforço-me em acompanhar as atividades nas áreas de biologia, física e geografia física; contudo procuro orientações com amigos de outros cursos, formados especificamente nas áreas. O segundo desafio é a localização de algumas comunidades, o que impossibilita o contato do aluno com o monitor. Alguns apresentam dificuldade em fazer contato por telefone, outros não têm internet e algumas correspondências se perdem no caminho até a Universidade. Diante de algumas situações, procuramos ir às comunidades do aluno. Estive em um assentamento em Itamaraju – BA, e fiquei hospedada na casa de uma aluna do curso. Ali, pude conhecer as dificuldades que essa aluna encontra na caminhada rumo ao diploma de professora Licenciada; por isso as impressões que guardo daquele lugar procuro passá-las para os docentes da Universidade, a fim de criar subsídios para que a construção do currículo seja voltada, ainda mais, para o povo do Campo.

Sabe-se que a iniciativa do Projeto de formação de professores para as Escolas do Campo é um desafio abraçado pela UFMG e vejo o meu trabalho dentro desse contexto como um desafio também. A minha formação específica em Química faz com que eu me esforce para compreender a nova dinâmica apresentada ao cenário de formação de educadores: formar professores para as escolas do Campo por área de conhecimento, tendo a interdisciplinaridade e a contextualização como alicerces. A partir das reflexões que surgem dessa experiência, a minha própria prática docente, nas escolas urbanas, está ganhando novos contornos e aperfeiçoamento.

Referências

CHASSOT, A. *Alfabetização científica: questões e desafios para a educação*. 3. ed. Unijuí, 2000.

LIMA, M. E. C. C.; SILVA, N. S. A química no ensino fundamental: uma proposta em ação. In: ZANON; MALDANER. (Org). *Fundamentos e proposta de ensino de química para a Educação Básica no Brasil*. p. 89-108, 2007

SANTOS, L. L.P.; PARAÍSO, M. A. Dicionário crítico da educação: currículo. Belo Horizonte. *Presença Pedagógica*, v. 2, n. 7, 1996.

TEIXEIRA, P. M. M. A educação científica sob a perspectiva da pedagogia histórica-crítica e dos movimentos C.T.S. no ensino de ciências. *Ciências e Educação*, v. 9, n. 2, p. 177-190, São Paulo, 2003.

RAJAGOPALAN, K. A geopolítica da língua inglesa e seus reflexos no Brasil: por uma política prudente e propositiva. In: LACOSTE, Y.; RAJAGOPALAN, K. (Orgs). *A geopolítica do inglês*. Parábola, 2005, p. 135-159.

Posfácio
Para germinar novas sementes

CAPÍTULO 13
Possibilidades e limites de transformações das escolas do campo: reflexões suscitadas pela Licenciatura em Educação do Campo – UFMG

Mônica Castagna Molina

Entre tantas concepções distintas sobre o próprio conceito Educação do Campo[1] que hoje perpassa os diferentes sujeitos e organizações que lutam por ela, um consenso se faz presente: a inadiável necessidade da formação de educadores capazes de compreender e trabalhar processos educativos a partir das especificidades dos modos de produção e reprodução da vida no campo.

Desde a realização da I Conferência Nacional "Por uma Educação Básica do Campo", realizada em 1998, até o lançamento do primeiro Edital do Ministério da Educação para apoiar a oferta dessas Licenciaturas, no início de 2008, dez anos se passaram. Durante todo esse período, nos encontros locais, regionais e nacionais de Educação do Campo, sempre constou como prioridade dos movimentos sociais a demanda por uma política pública de apoio à formação de educadores. Portanto, a materialização de uma política específica de formação é uma conquista resultante de longa luta dos movimentos sociais, cuja tradução dá-se a partir da estruturação das propostas das Licenciaturas[2] em Educação do Campo.

---

[1] Atualmente, diferentes conteúdos têm sido agregados ao ideário original do Movimento da Educação do Campo, cujo marco temporal relevante é a realização do I Encontro Nacional dos Educadores e Educadoras da Reforma Agrária, em 1997, promovido pelo MST, em parceria com a UnB e UNICEF, onde pela primeira vez usou-se esta expressão. A história da Educação do Campo está registrada em teses e dissertações. (Cf. p. e. MOLINA, 2003; FREITAS, 2007) Em função dessas diferenças, será necessário explicitar a compreensão adotada acerca do referido conceito, o que será feito na primeira parte deste artigo.

[2] Ao utilizarmos a expressão Licenciaturas no plural, referimo-nos à experiências semelhantes da oferta dessas graduações também na Universidade de Brasília; na Federal de Sergipe e na Federal da Bahia, que, ao lado da UFMG, foram as quatro universidades pioneiras na execução das Licenciaturas em Educação do Campo. O curso da UnB, realizado em parceria com o ITERRA, teve início em 2007, e a UFS e UFBA começaram suas graduações em 2008. Está em andamento

A "Licenciatura em Educação do Campo – Pedagogia da Terra", PTERRA, como carinhosamente lhe chamam seus sujeitos, desenvolvida pela Universidade Federal de Minas Gerais – UFMG, entrou para a história da Educação em nosso país, pois é a primeira experiência desse novo formato de graduação para os sujeitos do campo.

Como já foi exposto no artigo da professora Maria Isabel Antunes-Rocha, uma das principais características desta nova política pública de formação de educadores do campo centra-se na estratégia da habilitação de docentes por área de conhecimento para atuação na Educação Básica, articulando a essa formação a preparação para gestão dos processos educativos escolares e comunitários.

Também como já apresentado no belo artigo dos educandos da "Turma Vanessa dos Santos", essa estratégia formativa tem como um dos seus objetivos ampliar as possibilidades de oferta da Educação Básica, especialmente no que diz respeito ao Ensino Médio.

Sem dúvida, a preocupação com criação de estratégias que maximizem a possibilidade das crianças e jovens do campo estudarem em sua próprias localidades, foi perseguida[3] no desenho de construção desta Licenciatura. Mas, além desse fator, há que se destacar a intencionalidade maior da formação por área de conhecimento de contribuir para a construção de processos capazes de desencadear mudanças na lógica de utilização e, principalmente, de produção do conhecimento no campo. A ruptura com as tradicionais visões fragmentadas do processo de produção do conhecimento, com a disciplinarização da complexa realidade socioeconômica do meio rural na atualidade, é um dos desafios postos à Educação do Campo.

Quais as possibilidades e os limites que mudanças nas formas de conhecer podem trazer para as práticas de resistência e permanência dos sujeitos coletivos do campo, nas lutas para permanecerem como tais? Quais as contribuições que os desafios relacionados à implementação de uma nova matriz tecnológica no campo, baseada em processos sustentáveis, pode encontrar junto às mudanças

---

um projeto de pesquisa coletivo entre essas quatro universidades, exatamente com o objetivo de analisar e sistematizar os resultados produzidos por esta nova experiência formativa intitulado "A implementação da política pública de formação superior de Educadores do Campo - Uma avaliação da experiência da primeira turma do curso de Licenciatura em Educação do Campo em quatro Universidades Públicas Brasileiras (UFMG, UnB, UFS e UFBA), 2007-2010.

[3] As concepções e estratégias de funcionamento dessas Licenciaturas foram construídas a partir das reflexões feitas por uma Comissão, constituída no âmbito da Coordenação Geral de Educação do Campo, da SECAD-MEC, como resultado das demandas exigidas deste Ministério no do Documento Final da II Conferência Nacional de Educação do Campo, realizada em 2004. Os resultados da Comissão foram apresentados e referendados pelo Grupo Permanente de Trabalho da Educação do Campo, que se transformou atualmente na Comissão Nacional de Educação do Campo do MEC.

nas formas de ensinar e aprender, junto à construção de outras possibilidades de utilização do conhecimento científico no meio rural? A Licenciatura em Educação do Campo da UFMG tem sido um grande laboratório para essas questões. A complexidade do desafio guarda correspondência com a complexidade da realidade a se desvendar: o artigo dos educandos revela sua plena consciência do tamanho da tarefa. Mas releva também a ousadia e a coragem da Turma que, compreendendo o processo no qual está inserida, busca desafiar-se permanentemente para construir possibilidades de superação e, como bem o disseram, acumular e registrar experiências que se transformem em subsídios para as políticas públicas de Educação do Campo.

Na perspectiva de contribuir com esse esforço coletivo de sistematização, preocupamo-nos em extrair dos preciosos artigos questões que entendemos refletir universalidades, a partir da singularidade e da riqueza da experiência que nos é relatada pelo conjunto dos textos do livro.

Na primeira parte deste artigo, como necessário resgate da compreensão conceitual do termo Educação do Campo, serão destacados elementos importantes do próprio Projeto Político-Pedagógico (PPP) da Licenciatura. Trataremos, na sequência, das possibilidades e limitações das transformações das escolas do campo suscitadas por essa estratégia de formação, analisando os desafios da formação de um novo perfil de educador por área de conhecimento. Por fim, discutir-se-ão as possibilidades de a Licenciatura em Educação do Campo desencadear mudanças na própria instituição universidade.

Os princípios do Projeto Político-Pedagógico da Licenciatura em Educação do Campo da UFMG

Uma das mais relevantes características do Projeto Político-Pedagógico da Licenciatura em Educação do Campo da UFMG diz respeito ao pertencimento a determinada compreensão do conceito Educação do Campo, cuja desconfiguração tem sido flagrante em muitas práticas atuais que buscam abrigar-se sob tal categoria.

Esse pertencimento traduz-se plenamente no artigo do professor Antonio Júlio de Menezes Neto, apresentado na primeira parte deste livro. Nele, o professor ressalta que a proposta da Licenciatura do Campo insere-se em um debate maior sobre as condições de desenvolvimento vigentes no território rural brasileiro e sobre as diferentes disputas em torno da própria concepção do que venha a ser desenvolvimento, a partir da ótica dos defensores do agronegócio como mecanismo de organização da produção agrícola nacional e dos que se contrapõem a esse modelo, entendendo a centralidade da produção familiar para promoção de estratégias produtivas cuja prioridade seja a garantia da igualdade e da justiça social. O artigo de Menezes Neto explicita:

neste momento, em que antagônicos projetos políticos lutam pela hegemonia no campo, a educação também está em disputa. Para que esta não seja submetida e subjugada aos interesses da reprodução ideológica e material do capital, torna-se de fundamental importância a disputa contra-hegemônica e a construção de novas discussões educativas na Educação do Campo. Projetos Político Pedagógicos vinculados às classes populares devem demarcar suas diferenças em relação ao projeto capitalista para o campo e demarcar, claramente, suas diferenças com as propostas educativas capitalistas para o campo, representadas pelo agronegócio. (2008)

Há extenso debate sobre esse tema e não é o objetivo aqui reproduzi-lo. Porém, necessário se faz elucidarem os principais pontos de tensão, para situar a proposta da Licenciatura em Educação do Campo nesse contexto e, a partir de sua inserção em determinado território desse debate, analisar suas potenciais contribuições para promoção de mudanças estruturais.

Ao completar dez anos de existência, a Educação do Campo encontra-se numa encruzilhada histórica. As tensões que a permeiam, podem, dependendo dos caminhos encontrados para sua superação, desconfigurá-la, subtraindo-lhe a materialidade de origem: a vinculação profunda com as condições de vida dos sujeitos do campo e suas lutas para continuarem existindo como tais. Ela nasce comprometida com a transformação das condições de vida do povo brasileiro que vive no campo. Sua preocupação é elevar os níveis de escolarização dos sujeitos do campo e, simultaneamente, contribuir para promover mudanças estruturais nesse território cuja vinculação com a cidade é inexorável.

A concepção de Educação da expressão Educação do Campo não pode abrir mão da necessária ligação com o contexto no qual se desenvolvem esses processos educativos: os graves conflitos que ocorrem no meio rural brasileiro, em função dos diferentes interesses econômicos e sociais para utilização deste território. Essa concepção é constituinte, é estruturante de um determinado projeto de campo que, por sua vez é parte maior da totalidade de um projeto de sociedade, de nação. Ela não deve reduzir-se às dimensões curriculares e metodológicas, embora delas queira e necessite se ocupar. Sua compreensão exige visão ampliada dos processos de formação dos sujeitos do campo. A Educação do Campo compreende os processos culturais; as estratégias de socialização; as relações de trabalho vividas pelos sujeitos do campo, em suas lutas cotidianas para manterem essa identidade, como elementos essenciais de seu processo formativo.

As práticas educativas, desenvolvidas com os sujeitos do campo, nos diferentes níveis de escolarização, não podem furtar-se a essas questões, sob pena de não serem mais Educação do Campo, se perderem sua materialidade de origem e se descolarem das lutas sociais das quais são fruto. Por isso, as reflexões sobre Educação do Campo são indissociáveis do debate sobre a construção de um novo projeto de nação, sobre a mudança do modelo de desenvolvimento brasileiro e sobre o papel do campo nesse modelo. Tendo como pressuposto que o principal desse modelo a ser forjado pela luta coletiva é a prioridade à vida e à dignidade de todos os seres humanos; a produção da igualdade e da justiça social, o novo papel do campo nesse modelo exige democratização do acesso à terra: Reforma Agrária; desconcentração fundiária; ou seja, não é possível a construção de outro projeto de nação, sem a desconcentração dos meios de produção. Portanto, Educação do Campo é indissociável da luta pela terra, da luta pela Reforma Agrária. Democratização da terra, com a democratização do acesso ao conhecimento, para que os sujeitos coletivos possam, a partir do acesso à terra e aos recursos naturais, ter estabelecido novos patamares para criação de condições que lhes garantam, a si e a sua família, novas condições de vida com dignidade.

A proposta é pensar, a partir desses elementos, quais os conhecimentos produzidos pela análise da experiência da Licenciatura da UFMG que possibilitam a aproximação dessa experiência dos objetivos maiores do movimento da Educação do Campo, pois pertinente é que não percamos de vista que a luta por essas Licenciaturas não são um fim em si mesmo, mas se constitui um meio que propicia o acúmulo de forças na perspectiva de construção de outro modelo societário.

A compreensão de educação originária desse movimento, que evite reduzi-la às práticas inovadoras sobre as necessárias, mas insuficientes, dimensões dos processos pedagógicos escolares vividos no território rural, exige a construção de práticas de Educação do Campo capazes de contribuir para a realização de processos formativos que contribuam com a promoção da desalienação do próprio trabalho. E, nesse aspecto, ao refletir sobre a proposta de formação da Licenciatura em Educação do Campo da UFMG, o artigo do professor Antonio Julio, novamente, traz contribuições importantes.

Ao discorrer sobre as profundas diferenças entre formar "mão-de-obra" para inserção no mercado de trabalho, a partir de uma posição subordinada aos interesses de acumulação de capital na agricultura e promover processos formativos que contribuam para ampliar a conscientização dos trabalhadores, no sentido de desvelar as estratégias de submissão induzidas pelo mercado, o referido artigo enfatiza a centralidade que a categoria trabalho tem na execução da Licenciatura da Educação do Campo da UFMG, cuja opção é explicitamente pelo desenvolvimento de práticas educativas com objetivo de contribuir com os processos de promoção da emancipação dos sujeitos camponeses. E, para tanto, uma das categorias centrais que, pertinentemente, tem orientado o processo formativo desenvolvido pela PTERRA, é o trabalho como princípio educativo.

A reflexão conduzida por Menezes Neto vai nessa direção: a compreensão da centralidade do trabalho como perspectiva de promoção e produção da autonomia dos sujeitos e não da sua irrestrita subordinação ao capital, tal como apregoa o modelo proposto para o campo pelo agronegócio.

Na execução da Licenciatura em Educação do Campo da UFMG, parte-se da compreensão da necessária vinculação da Educação do Campo com o mundo da vida dos sujeitos envolvidos nos processos formativos. O processo de reprodução social desses sujeitos e de suas famílias, ou seja, suas condições de vida, trabalho e cultura não podem ser subsumidas numa visão de educação que se reduza à escolarização. Essa redução desconfiguraria a compreensão de educação da categoria Educação do Campo.

Relembre-se que o que a fez surgir foi a materialidade e a concretude dos processos vividos por esses sujeitos na luta cotidiana da busca de sua humanidade. Como bem alerta Caldart (2008, p. 77), no debate sobre Educação do Campo, o campo precede a educação: o debate sobre o campo é fundamentalmente o debate sobre o trabalho no campo, que traz colada a dimensão da cultura, vinculada às relações sociais e aos processos produtivos da existência social no campo. Isso demarca uma concepção de educação. Integra-nos a uma tradição teórica que pensa a natureza da educação vinculada ao destino do trabalho. Essa concepção nos aproxima e nos faz herdeiros de uma tradição pedagógica de perspectiva emancipatória e socialista: é dessa tradição o acúmulo de pensar a dimensão formativa do trabalho, do vínculo da educação com os processos produtivos e de como não é possível pensar-fazer a educação sem considerar os sujeitos concretos e os processos formadores que os constituem como seres humanos desde a *práxis* social.

Desafios da Licenciatura: o perfil do educador do campo; a formação por área de conhecimento e as transformações da escola

No conjunto dos textos que refletem as práticas desenvolvidas a partir da Licenciatura, tanto nos artigos dos educandos quanto nos da monitoria e dos docentes responsáveis pelas áreas específicas de habilitação, recorrentes são os relatos que trazem questões sobre as especificidades do perfil de Educador do Campo que essa graduação intenciona formar.

Poder-se-ia afirmar que, de uma maneira geral, parte relevante do debate refere-se à própria compreensão do papel de educador, que vem sendo construída pelos movimentos sociais nesse processo histórico. A intencionalidade formativa desenvolvida pelos movimentos tem caminhado no sentido da formação dos educadores que atuem como educadores do povo do campo, para muito além do papel da educação escolar. Essa é considerada uma das dimensões do processo educativo. Mas, pela própria compreensão acumulada na Educação do Campo, da centralidade dos diferentes tempos e espaços formativos existentes na vida do campo, nas lutas dos sujeitos que aí vivem e que se organizam para continuar garantindo sua reprodução social nesse território, a ação formativa desenvolvida por esses educadores deverá ser capaz de compreender e agir em diferentes espaços, tempos e situações.

Esse perfil de educador do campo que os movimentos demandam exige uma compreensão ampliada de seu papel. Tem como pano de fundo a compreensão da educação como prática social; da necessária inter-relação do conhecimento; da escolarização; do desenvolvimento; da construção de novas possibilidades de vida e permanência nesses territórios pelos sujeitos do campo. Possibilidades essas cujas estratégias de construção devem contar com a atuação desses educadores do campo, comprometidos com suas comunidades. Arroyo ressalta que

> [...] essa estreita relação entre função educativa, diretiva e organizativa passará a ser um traço do perfil de educador que os movimentos formam.[...] Se dará ênfase também às didáticas não apenas escolares, de ensino, mas a estratégias e didáticas para a direção e consolidação da Reforma Agrária e dos movimentos. A ênfase nesses vínculos entre educadores e dirigentes, "interventores" na realidade do campo, formuladores e implementadores de políticas mais amplas, com finalidades gerenciais educativas e políticas, traz conseqüências para o perfil de educador das escolas e para sua formação. Dá novas funções sociais à escola e a seus profissionais, assim como acresce no conjunto dos profissionais novas sensibilidades educativas para suas funções e os aproxima da escola e esta se aproxima da dinâmica das comunidades. [...] O campo não se desenvolve na lógica fragmentada com que a racionalidade técnica recorta as cidades, onde cada instituição e campo profissional é capacitado para dar conta de um recorte do social. No campo, nas formas produtivas em que os diversos povos se organizam, tudo é extremamente articulado. Os movimentos sociais percebem e respeitam essa dinâmica produtiva, social e cultural organicamente irrecortável. O produtivo, a sociabilidade, a educação, a cultura estão tão imbricados que seus profissionais e suas instituições têm de estar capacitados a intervenções totais. (2005, p. 10)

A formação desse novo perfil de educador tem elementos importantes para o debate em diferentes artigos deste livro. Destacam-se os temas trazidos pela articulação que se pode estabelecer entre os aspectos suscitados pelo texto "O Eixo da Educação do Campo como Ferramenta de Diálogo entre Saberes e Docência" e as questões colocadas pelos artigos que discutem os desafios e possibilidades das áreas específicas de formação; quais sejam Ciências Humanas e Sociais; Ciências da Vida e da Natureza; Matemática e Línguas, Artes e Literatura. O amálgama entre esses diferentes textos encontra-se na relação que a escola do campo estabelece, ou pior, não estabelece, com os processos de produção de conhecimento nessas diferentes áreas de saber.

Nesse ponto parece residir um dos maiores desafios colocados a todos aqueles que querem redesenhar as funções e papéis da escola do campo: as práticas, as estratégias; as ações e, centralmente, as omissões com as quais tradicionalmente essas escolas do campo têm lidado com o conhecimento.

É na criação de espaços, práticas e estratégias de mudança da relação da escola do campo com o conhecimento que reside a maior possibilidade de convergência dos três perfis para os quais se dispõem formar o PTERRA: preparar para a habilitação da docência por área de conhecimento, preparar para a gestão de processos educativos escolares e preparar também para a gestão de processos educativos comunitários.

Retomando-se o que foi dito no início deste texto sobre os princípios da Educação do Campo, em que se afirmou que um de seus maiores objetivos é a própria reconstrução do papel do campo no modelo de desenvolvimento hegemonicamente vigente, explicita-se a importância da mudança desse padrão de relacionamento das escolas do campo com a produção do conhecimento e as contribuições que daí pode advir para melhorar as possibilidades de resistência dos sujeitos do campo aos processos de desterritorialização que lhes têm sido impostos pelo voraz aumento das estratégias de acumulação de capital desenvolvidas pelo agronegócio.

A formação dos educadores executada pela Licenciatura em Educação do Campo da UFMG apresenta fortes potencialidades de romper com o padrão tradicional de atuação de educadores rurais, incapazes de perceber a realidade vivida por seus educandos. Pelos artigos apresentados neste livro, uma das práticas recorrentes desencadeadas pelos docentes formadores da UFMG tem sido a busca constante de informações sobre a própria realidade enfrentada pelos educandos em seus locais de origem, como matéria- prima central para o trabalho a ser desenvolvido em torno dos conteúdos a serem apreendidos pelos futuros educadores nas diferentes áreas de habilitação.

No artigo sobre a experiência das Ciências da Vida e da Natureza, por exemplo, os docentes relatam um trabalho desenvolvido pelos alunos que buscou inquirir a relação com as Ciências Naturais, praticada por diferentes grupos existentes no território rural de onde provêm os educandos: houve questões específicas direcionadas ao conjunto dos agricultores, familiares e\ou assentados da localidade; às crianças e jovens do campo; aos professores que já atuam nessas escolas e, especialmente, aos próprios educadores em processo de formação, que assim foram convocados não só a aprender a ouvir suas comunidades, quanto a cultivar a prática de pensar sobre sua própria relação com as ciências.

Assim como na área de Ciências da Vida e da Natureza, na Matemática e nas Ciências Humanas e Sociais, há diferentes relatos de práticas centradas em diagnósticos participativos, os quais também foram objeto de formação disponibilizado a esses educandos. Além da produção da informação em si mesma, do aumento do conhecimento da realidade local por esses instrumentos proporcionados a esses futuros educadores, o mais relevante parece ser o desenvolvimento e internalização das habilidades necessárias para uma prática educativa que tenha como ponto de partida as condições reais em que se desenvolverão os processos formativos relativos às diferentes etapas da Educação Básica.

Ressalte-se a afirmação da ideia de ponto de partida, o que quer dizer que é extremamente necessário que não se abdique do papel da escola e de seus educadores, de promover a socialização dos conhecimentos científicos acumulados nas diferentes áreas do saber. Filiamo-nos às correntes de pensamento que defendem a centralidade da escola para a formação das classes populares, pois não lhes é facultado outro espaço de formação e acesso aos conhecimentos científicos que não o espaço escolar. Portanto, compreende-se a escola como um território em disputa, onde também é possível a construção de espaços contra-hegemônicos que possam contribuir com a tarefa de construção da emancipação das classes trabalhadoras do campo.

Entre tantas, destaca-se outra das riquezas desse Projeto Político Pedagógico: a coragem e o desprendimento de sabê-lo uma construção coletiva; em permanente processo de transformação; de enriquecimento; de abertura para as demandas surgidas a partir da própria novidade acadêmica da formação por área de conhecimento. A assunção, pelo conjunto dos participantes do processo, dessa densa construção coletiva, faz desse PPP a materialização do que muito se idealiza nas bibliografias progressistas a respeito do tema Currículo e de sua gestão.

É importante ressalvar o alerta presente nos diferentes textos dos docentes responsáveis pelas áreas de habilitação, de destacar que sempre há a busca pelo equilíbrio entre o movimento permanente produzido pelos ritmos dos processos de ensino-aprendizagem coletivamente vivenciados na novidade da formação por área (tanto entre os docentes, quanto entre os educandos), e a garantia da oferta e disponibilização de conteúdos imprescindíveis à prática de ensino desses futuros educadores. Há ênfases nos relatos dos docentes na angústia vivenciada na seleção desses conhecimentos; na preocupação da construção de estratégias adequadas que garantam aos educandos a apropriação dos principais fundamentos das formas de conhecer de cada área de habilitação. Não é um percurso realizado sem temores e inseguranças, dada a ousadia e novidade do projeto formativo em execução. Porém, o espírito coletivo que o tem conduzido, de acordo com o se pode apreender dos textos, indica relevantes potenciais de sistematização desses novos aprendizados que, com certeza, serão utilizados nas pesquisas sobre formação de educadores em geral e nas próprias Licenciaturas do Campo em desenvolvimento.

A ampla construção de uma concepção de escola do campo, tal qual a materializada nas práticas formativas desenvolvidas por essa Licenciatura, comprometida com o desenvolvimento do campo e de seus sujeitos, será tarefa de todos aqueles que acreditam que é possível construir um projeto contra-hegemônico; que é possível disputar os espaços escolares na perspectiva de colocá-los a serviço das transformações pretendidas por aqueles que desejam a construção de novas relações sociais, sem exploração do homem pelo homem.

É sabido que não será a escola a protagonista dessa transformação, tampouco sem ela também não será exequível esse projeto de mudança. Conforme ressalta Paludo, a perspectiva de colocar a escola como parte das estratégias de promoção do desenvolvimento exige a construção de um otimismo crítico que, entre outros aspectos,

> exige a clareza da ideia de que a escola possui uma autonomia relativa; a sabedoria de atuar na contradição e compreender que, embora as escolas construam espaços efetivos de inovação, o novo modelo de desenvolvimento não será gestado a partir da escola e nem da educação. Este último aspecto é fundamental, porque é necessária a organicidade da escola e de seus educadores, com o que está sendo gestado na luta social, como alternativa, e com a vida concreta da comunidade onde está inserida. (PALUDO, 2006, p. 13)

É a partir dessas concepções que se vislumbram potenciais espaços para trabalhos na perspectiva da construção de uma outra escola do campo, tal qual vem sendo construída a proposta formativa da UFMG. Uma escola comprometida com o desenvolvimento das famílias que estão ao seu redor; uma escola que traz para dentro de si a experiência de participação política e de protagonismo, na busca de soluções coletivas que têm as famílias que participam das lutas pela terra, o que exige educadores capazes de reconhecer, valorizar e estimular esse protagonismo das famílias camponesas na construção de novas condições de vida no meio rural.

A partir dessa perspectiva, além das funções tradicionalmente reservadas à escola, como socialização das novas gerações e a socialização de conhecimentos, a escola do campo pode ser uma das protagonistas na criação de condições que contribuam para a promoção do desenvolvimento das comunidades rurais. Arroyo (2005, p. 15) relembra que

> [...] no imaginário das populações do campo a escola simboliza essa totalidade. Junto à capela, é referência de identidade, de memória, de enraizamento naquele lugar, de cultura, celebração e perpetuação da vida nas novas gerações. A figura da professora e do professor quando mora junto às populações é uma figura que extrapola seu papel escolar: é conselheiro, guardião da cultura e da memória, organizador da comunidade e dirigente... Uma figura humana com funções, saberes e habilidades múltiplas.

Entre várias questões idealizadas na concepção dessa Licenciatura, está exatamente a potencialidade que se compreende ter a escola para promoção de espaços de mudança e intervenção na realidade. Recorde-se de Florestan Fernandes: "Feita a revolução nas escolas, o povo a fará nas ruas". Esse ideário alimenta aqueles que compreendem que a escola pode ser importante espaço de produção de mudanças, de disputa de contra- hegemonia, apesar de sua história estar vinculada à manutenção da ordem.

Claro está que, apesar de toda a expectativa em torno das potencialidades do papel da escola do campo na contribuição do desencadeamento de processos de transformação da realidade, existem limites concretos para os níveis de mudanças que ela pode provocar. Ainda que seja uma escola que funcione tal qual a idealizada na concepção desta Licenciatura, diferentes transformações estruturais são requeridas para que se efetivem essas contribuições. Assim, conforme alerta Paludo, é possível cultivarmos um "otimismo crítico" em relação às potenciais contribuições da escola relacionadas com a promoção do desenvolvimento, sem, porém, esquecer-se de seus limites.

A Licenciatura em Educação do Campo e as possibilidades de mudança dentro da própria Universidade

A leitura dos textos provocou a questão: quais são as potencialidades e contribuições que a Licenciatura em Educação do Campo pode trazer para construção de novas práticas de ensino, pesquisa e extensão, nas universidades públicas brasileiras?

Em sentido contrário ao que já ocorreu no Brasil, em décadas passadas, nas quais as universidades públicas protagonizaram processos de produção de conhecimento capazes de subsidiar as estratégias de desenvolvimento de longo prazo para o conjunto da nação, vive-se atualmente intenso processo de perda de autonomia e de aumento da subordinação das agendas de pesquisa aos interesses de acumulação de capital.

As carências coletivas, a produção de conhecimento voltada à supressão das necessidades básicas da população não constam entre as prioridades, pois não rendem recursos de pesquisa. Mourão (2006, p. 224) ressalta que nos encontramos numa tensão:

> de um lado, a pressão privatista da indústria capitalista pela produção de um conhecimento-mercadoria. De outro, a responsabilidade social da universidade pública, no sentido de responder às demandas sociais pela construção de uma ciência democrática e transformadora.

Refletindo sobre essas questões, Menezes, no livro *A universidade sitiada: a ameaça de liquidação da universidade brasileira*, advoga ser possível a retomada do protagonismo das universidades na construção de um novo projeto de nação. Diz o autor:

> [...] a instituição universitária não é só um marco na história da educação mundial. É também um marco na história do Estado Moderno e das nações contemporâneas. [...] As universidades podem ser um dos pontos de partida de uma retomada nacional desde a perspectiva humanista contra a submissão da nação ao mercado. Para tanto a universidade precisará se mobilizar e revelar vontade política e assumir seu papel imprescindível na construção de um projeto de nação livre e soberana. (2000, p. 9)

A construção dessas Licenciaturas, a presença de diferentes movimentos sociais do campo dentro das universidades poderão ajudar-nos na tarefa de reconquistarmos esses territórios para dentro das universidades? Característica marcante da Educação do Campo tem sido sua dimensão instituinte, resultante da superação das várias tensões que gera no Estado, na sociedade, nas universidades. Instituinte de novos direitos, de novos paradigmas, de novas esperanças...

É constante, no relato dos monitores, independentemente de sua vinculação, o aprendizado que lhes tem sido proporcionado pela convivência com a "Turma Vanessa dos Santos". A solidariedade entre os educandos, o respeito às diferenças, a disciplina, o interesse e a participação da Turma têm sido um importante espaço de ensino sobre novas formas de aprender para o conjunto dos membros da comunidade universitária que participam desse processo.

O fato de os educandos entrarem como sujeitos coletivos, representando suas organizações e mantendo, a partir delas, uma identidade coletiva, provoca inquietações de diferentes ordens na universidade. Obriga o repensar de práticas isolacionistas e competitivas em desenvolvimento nas graduações; faz com que se cogitem diferentes possibilidades de atuação e práticas, tanto para os docentes quanto para os discentes.

Estariam aí possibilidades ricas de transformação da instituição universitária, pela ação da Educação do Campo em seu interior? Mourão (2006, p. 225) adverte-nos que:

> [...] a transição emancipadora de qualquer instituição educacional implica em libertar os princípios da educação formal da imposição de conformidade à lógica do capital, e promover a transdisciplinaridade, no sentido da maior intensidade possível de troca com as práticas educacionais mais abrangentes que circulam no mundo vivido dos sujeitos coletivos.

Esse tem sido o grande laboratório da UFMG: o aprendizado do trabalho coletivo; o estímulo e mesmo a exigência dos processos de auto-organização dos estudantes são aprendizados essenciais para a construção de uma nova prática educativa que já está sendo exercida por esses futuros educadores. As práticas por eles desenvolvidas, sejam elas de escolarização formal ou de processos educativos coletivos, vivenciadas nas lutas e tarefas desempenhadas por eles no tempo comunidade, carregam de realidade o tempo escola; exige o diálogo por parte dos formadores da universidade com a prática viva dos conteúdos a serem trabalhados. Os saberes produzidos e articulados nessas práticas instigam e provocam mudanças.

Referências

ARROYO, Miguel G. Reinventar e formar o profissional da educação básica. *Educação em Revista*, n. 37, Belo Horizonte, Faculdade de Educação – UFMG, 2003.

ARROYO, Miguel. *Formação de educadores e educadoras do campo*. Mimeo, Brasília, DF, 2005.

CALDART, Roseli. S. Sobre Educação do Campo. In: *Campo, política pública e educação*. Coleção Por uma Educação do Campo. v. 7 . Brasília, DF: NEAD, 2008.

FREITAS, Helena C. A. *A construção da rede sócio-técnica de educação de assentados da reforma agrária*: o PRONERA. Tese – Universidade Federal de Santa Catarina, Florianópolis, 2007.

MEC/SECAD. *Proposta para as licenciaturas em educação do campo*. Mimeo, Brasília, 2006.

MENEZES, Luís Carlos de. *Universidade sitiada: a ameaça de liquidação da universidade brasileira*. São Paulo: Fundação Perseu Abramo, 2000.

MOLINA, Mônica Castagna. *A contribuição do PRONERA na construção de políticas públicas de educação do campo e desenvolvimento sustentável*. Tese – Universidade de Brasília, Brasília, DF. 2003.

MOLINA, Mônica (Org). *Educação do campo e pesquisa: questões para reflexão*. Brasília, Ministério do Desenvolvimento Agrário. NEAD, 2006.

PALUDO, Conceição. *Educação, escola e desenvolvimento*, Porto Alegre, 2006. Mimeo . Texto para Discussão – GEP – Grupo de Estudos e Pesquisas sobre a Escola do Campo, da UES – Unidade de Ensino Superior do ITERRA – RS.

SÁ, Laís Mourão. Ciência e Sociedade: a educação em tempos de fronteiras paradigmáticas. *Linhas Críticas* – PPGE. Revista Semestral da Faculdade de Educação da UnB. v. 12, n. 23, p. 217-228, jul./dez., Brasília, DF. 2006.

Os autores

Alessandra Rios Faria

Mestre em Educação pela FaE/UFMG. Especialista em Educação a Distância. Professora substituta de Psicologia da Educação da FaE/UFMG. Integrante da Cátedra de Educação a Distância da Unesco/UFMG. Atualmente pesquisa movimentos sociais e atenção primária em saúde. Integra a equipe docente do curso de Licenciatura em Educação do Campo.

Amarildo de Souza Horácio

Educador do Campo, atua em áreas de Reforma Agrária do Estado de Minas Gerais. Formado em Licenciatura em Educação do Campo pela Universidade Federal de Minas Gerais (UFMG) com habilitação em Pedagogia da Terra e Professor Multidisciplinar na Área de Línguas, Arte e Literatura. Bolsista de Iniciação Tecnológica Industrial A/CNPQ.

Amarílis Coelho Coragem

Mestre em Educação (Psicologia da Educação) pela Pontifícia Universidade Católica de São Paulo. Especialização em Artes Plásticas pela Universidade Federal de Minas Gerais. Possui graduação em Belas Artes pela Universidade Federal de Minas Gerais. Atualmente é professora assistente da Universidade Federal de Minas Gerais. Coordena a formação em Artes do curso de Licenciatura em Educação do Campo.

Ana Maria Simões Coelho

Mestre em Geografia pela UFMG. Professora do Departamento de Geografia do IGC/UFMG. Atua desde 1992 na área da Educação de Jovens e Adultos.

Integra a equipe de Ciências Sociais e Humanidades do curso de Licenciatura em Educação do Campo.

Ana Rafaela Ferreira
Mestranda em Educação na UFMG, licenciada em Matemática e especialista em Educação Matemática pela PUC-MG, é professora titular da Secretaria Estadual de Ensino de MG e professora auxiliar nos cursos de Engenharia da Faculdade Pitágoras. Membro do grupo de pesquisa "Estudos sobre Numeramento", seu trabalho se volta para os temas: atividades investigativas, estratégias de ensino e aprendizagem em matemática, educação de jovens e adultos e numeramento. Atua no curso de Pedagogia da Terra da UFMG, sendo coautora do material didático elaborado para esse curso.

Antônia Ermenegilda do Nascimento
Graduada em Administração pela Faculdade de Ciências Contábeis e Administrativas Moraes Junior, Rio de Janeiro. Trabalha no Incra há 26 anos, onde atuou no Serviço de Orçamento e Finanças, na Divisão de Assentamentos e no Gabinete da Superintendência. Atualmente participa do Núcleo de Educação do Campo e Cidadania.

Antônia Vitória Soares Aranha
Doutora em Educação. Mestre em Educação pela Universidade Federal de Minas Gerais. Graduada em Química pela Universidade Federal de Minas Gerais. Professora associada da Universidade Federal de Minas Gerais e Diretora da FaE/UFMG. Tem experiência na área de Trabalho e Educação, atuando principalmente nos seguintes temas: formação profissional, saberes produzidos apreendidos e mobilizados na atividade de trabalho, educação, mercado de trabalho, subjetividade do trabalhador e formação *omnilateral*, trabalho docente. É membro do Núcleo de Estudos sobre Trabalho e Educação (NETE). Integra a equipe docente do curso de Licenciatura em Educação do Campo.

Antônio Júlio de Menezes Neto
Pós-doutor pelo CPDA/UFRRJ. Doutor em Educação – Linha: Estado, Sociedade e Educação pela Universidade de São Paulo. Mestre em Extensão Rural pela Universidade Federal de Viçosa. Graduado em Ciências Sociais pela Universidade Federal de Minas Gerais. Atualmente é professor adjunto da Universidade Federal de Minas Gerais e coordena o Núcleo de Estudos Trabalho e Educação (NETE). Integra a equipe docente da Habilitação em Ciências Sociais e Humanidades do curso de Licenciatura em Educação do Campo

Aracy Alves Martins

Doutora em Educação pela Universidade Federal de Minas Gerais, com pós-doutorado realizado na Universidade do Minho e na Universidade de Coimbra, ambas em Portugal. Professora adjunta da Universidade Federal de Minas Gerais. Pesquisadora do Centro de Alfabetização, Leitura e Escrita (Ceale) e do Núcleo de Estudos e Pesquisas sobre Relações Raciais e Ações Afirmativas (NERA) da FaE/UFMG. Integra a equipe docente da habilitação em Línguas, Artes e Literatura do curso de Licenciatura em Educação do Campo.

Carmem Lúcia Eiterer

Doutora em Educação pela USP. Possui graduação em Filosofia pela Universidade de São Paulo e mestrado em Tópicos Específicos em Educação pela Universidade de São Paulo. Atua como professora adjunta da Universidade Federal de Minas Gerais. Pesquisadora do Núcleo de Estudo e Pesquisa em Educação de Adultos (NEJA). Integra a equipe docente do curso de Licenciatura em Educação do Campo.

Cleusa de Abreu Cardoso

Mestre em Educação e Licenciada em Matemática pela UFMG, é professora adjunta do Instituto Superior de Educação Anísio Teixeira Fundação Helena Antipoff. Atua na área de Educação Matemática, com ênfase em Educação Matemática de Jovens e Adultos. Membro do grupo de pesquisa "Estudos sobre Numeramento", sua pesquisa se volta para as relações entre práticas de leitura e Matemática. Compõe a equipe de coordenação do Polo MG do Programa "Nossa Escola Pesquisa sua Opinião". Atua no curso de Licenciatura em Educação do Campo, sendo coautora do material didático elaborado para esse curso.

Daniele Cláudia Matta Fagundes Zárate

Mestranda em Educação Tecnológica pelo CEFET/MG. Possui graduação em Letras pela Universidade Federal de Minas Gerais. Trabalha na Universidade Federal de Minas Gerais na Pró-Reitoria de Graduação, assessorando os cursos de graduação da instituição.

Fernando Conde

Licenciado em Geografia pela UFMG. Trabalha como professor de Geografia na Escola Popular Orocílio Martins Gonçalves – EPOMG – e exerce a função de Orientador de Aprendizado da Habilitação em Ciências Sociais e Humanidades do curso de Licenciatura em Educação do Campo.

Helder de Figueiredo e Paula
Doutor em Educação FaE/UFMG. Professor do Colégio Técnico da UFMG e colaborador do curso de Licenciatura do Campo da UFMG. Pesquisador na área de Educação em Ciências com atuação em projetos de reformulação curricular e formação continuada de professores. Membro do grupo Ação e Pesquisa no Ensino de Ciências (APEC) com atuação em projetos de reformulação curricular e formação continuada de professores.

Jucélia Marize Pio
Licenciada em Química pela Universidade Federal de Minas Gerais. Atualmente é orientadora de aprendizagem da habilitação em Ciências da Vida e da Natureza, na Licenciatura em Educação do Campo. Atua como docente na rede estadual de ensino, profissional em temas relacionados ao ensino de Química.

Juliana Batista Faria
Mestre em Educação e licenciada em Matemática pela UFMG, é professora de ensino fundamental da escola Balão Vermelho e professora de ensino médio do curso de Educação de Jovens e Adultos (EJA) do Colégio Imaculada Conceição. Possui experiência de formação de professores em cursos de graduação da UFMG (Pedagogia, Matemática e Pedagogia da Terra). É membro do grupo de pesquisa "Estudos sobre Numeramento", dedicando-se, atualmente, ao trabalho de sistematização de conceitos desse campo operacionalizados nos trabalhos do grupo. Atua no curso de Licenciatura em Educação do Campo, sendo coautora do material didático elaborado para esse curso.

Juliane Corrêa
Doutora em Educação pela UNICAMP. Possui graduação em Pedagogia pela Faculdade de Filosofia de Belo Horizonte e mestrado em Educação pela Universidade Federal de Minas Gerais. Atualmente é professora adjunta da Faculdade de Educação da Universidade Federal de Minas Gerais e coordenadora da Cátedra da Unesco de EAD. Coordena a formação em Tecnologia e Educação do curso de Licenciatura em Educação do Campo.

Liliane Barcelos Silva Melo
Graduanda do curso de Pedagogia pela Faculdade de Educação da UFMG. Atualmente é orientadora de Aprendizagem da área de Línguas, Artes e Literatura, nas Licenciaturas em Educação do Campo.

Luciane Souza Diniz
Graduanda do curso de Pedagogia da Faculdade de Educação da UFMG, atua como auxiliar da Coordenação Pedagógica do curso Licenciatura em Educação do Campo Turma 2005 – UFMG.

Leonardo Zenha Cordeiro
Mestrando em Educação FaE/UFMG. Pesquisador na área de Novas Tecnologias e EAD. Pesquisador da Cátedra da Unesco de Educação a Distância. Pesquisador do Núcleo de estudos sobre Trabalho e Educação (NETE). Professor do curso de Licenciatura do Campo.

Mairy Barbosa Loureiro dos Santos
Mestre em Ecologia pela UnB e professora aposentada da UFMG. Professora de Metodologia de Ensino de Ciências do UNI-BH e colaboradora do curso de Licenciatura do Campo da UFMG. Pesquisadora na área de Educação em Ciências com atuação em projetos de reformulação curricular e formação continuada de professores.

Mara Raquel Barbosa
Licenciada em Letras pela UFMG. Habilitada em Língua Estrangeira Moderna – Inglês. Atua como Orientadora de Aprendizagem no ensino de Inglês da Habilitação em Línguas, Artes e Literatura do curso de Licenciatura em Educação do Campo.

Maria Celeste Reis Fernandes de Souza
Doutora em Educação pela Universidade Federal de Minas Gerais e mestre em Ciencias de la Educación pelo Instituto Enrique José Varona (2001), é professora da Universidade Vale do Rio Doce. Tem experiência na área de Educação, com ênfase em Educação de Pessoas Jovens e Adultas (EJA), atuando em projetos de extensão e desenvolvendo pesquisas nesse campo. Desenvolve pesquisas no campo da Educação Matemática articulando Gênero e EJA. É orientadora de estágios em ensino de Matemática no curso de Licenciatura em Educação do Campo.

Maria da Conceição Ferreira Reis Fonseca
Doutora em Educação pela UNICAMP, mestre em Educação Matemática pela UNESP-Rio Claro, licenciada em Matemática pela UFMG, é professora adjunta da Faculdade de Educação da UFMG, atuando na formação de professoras e professores que ensinam Matemática. Coordena o Programa de Educação

Básica de Jovens e Adultos e o Núcleo de Educação de Jovens e Adultos da UFMG, bem como a Habilitação em Matemática do curso de Licenciatura em Educação do Campo. Desenvolve pesquisa no campo do Numeramento, coordenando o grupo de pesquisa "Estudos sobre Numeramento".

Maria de Fátima Almeida Martins

Doutora em Geografia (Geografia Humana) pela Universidade de São Paulo. Possui graduação em Geografia pela Universidade Federal do Ceará, especialização em Geografia pela Universidade Federal do Ceará e mestrado em Geografia (Geografia Humana) pela Universidade de São Paulo. É professora do Departamento de Métodos e Técnicas de Ensino (DMTE) e do Programa de Pós-Graduação da Faculdade de Educação da UFMG. Coordena a habilitação em Ciências Sociais e Humanidades no curso de Licenciatura em Educação do Campo. Pesquisadora vinculada ao Núcleo de Trabalho e Educação (NETE), desenvolvendo atualmente pesquisa sobre a infância, a cidade e a educação; pesquisa sobre Saberes e práticas dos professores do Campo.

Maria Emília Caixeta de Castro Lima

Doutora em Educação pela Universidade Estadual de Campinas (2003). Professora da Faculdade de Educação da UFMG, diretora do Centro de Ensino de Ciências e Matemática (CECIMIG) e coordenadora da Habilitação em Ciências da Vida e da Natureza do curso de Licenciatura do Campo. Pesquisadora na área de Educação em Ciências com atuação em projetos de reformulação curricular e formação inicial e continuada de professores.

Maria Isabel Antunes-Rocha

Doutora em Educação pela FaE/UFMG. Mestre em Psicologia Social pela Fafich/UFMG. Graduada em Psicologia. Professora adjunta na FaE/UFMG. Coordenadora do Núcleo de Estudos e Pesquisas sobre Formação e Condição Docente (PRODOC). Membro do Laboratório de Psicologia da Educação (LAPED). Coordenadora do Programa de Ensino, Pesquisa e Extensão em Educação do Campo e Sustentabilidade (EduCampo) e do curso de Licenciatura em Educação do Campo. Coordenadora do Programa Observatório da Educação do Campo – Parceria entre UFMG/UFPA/UFPE/UFCE/CAPES.

Maria José Batista Pinto

Mestre em Educação pela FaE/UFMG. Atualmente trabalha como professora. Integra a equipe de professores do curso de Licenciatura em Educação do Campo da Universidade Federal de Minas Gerais.

Maria Zélia Maria Versiani Machado
Doutora em Educação pela Universidade Federal de Minas Gerais. Mestre em Estudos Literários pela Universidade Federal de Minas Gerais. Possui graduação em Letras pela Universidade Federal de Minas Gerais. É professora adjunta do DMTE/FaE e do Programa de Pós-Graduação da Faculdade de Educação da UFMG. Coordena a habilitação em Línguas, Artes e Literatura do curso de Licenciatura em Educação do Campo e o Grupo de Pesquisas do Letramento Literário (GPELL) do Centro de Alfabetização, Leitura e Escrita (Ceale) da FaE/UFMG. Desenvolve atualmente pesquisa sobre leitura literária em livros didáticos do ensino médio; pesquisa sobre a leitura e a escrita em contexto de formação da educação do campo; e subprojeto sobre gêneros da Literatura infantil e juvenil, parte de uma pesquisa intitulada "Produção literária para crianças e jovens no Brasil: perfil e desdobramentos textuais e para-textuais".

Marildes Marinho
Doutora em Linguística pela Universidade Estadual de Campinas, com estágio de doutorado no INRP/Paris e pós-doutorado na EHESS/Paris e no CLDC/ King's College, Londres. Mestre em Educação pela Universidade Federal de Minas Gerais. Graduada em Letras pela Universidade Federal de Minas Gerais. Professora adjunta da Faculdade de Educação da Universidade Federal de Minas Gerais e pesquisadora do Centro de Alfabetização, Leitura e Escrita (Ceale) da mesma instituição. Atualmente tem desenvolvido pesquisas sobre cultura escrita (ou práticas de letramento) e seus processos de escolarização em meios populares, contextos rurais e urbanos. Coordena a habilitação em Línguas, Artes e Literatura da Turma 2008 do curso de Licenciatura em Educação do Campo.

Marta Helena Roseno
Especializada em Educação do Campo pelo ITERRA/UNB. Coordenadora do Coletivo Estadual de Educação e Direção Estadual do MST. Atualmente coordena o curso de Licenciatura em Educação do Campo representando os Movimentos Sociais.

Míriam Lúcia dos Santos Jorge
Doutora em Estudos Linguísticos pela Universidade Federal de Minas Gerais. Mestre em Estudos Linguísticos, pela Universidade Federal de Minas Gerais. Graduada em Letras pela Universidade Federal de Minas Gerais. Atualmente é professora adjunta da Faculdade de Educação da Universidade Federal de Minas Gerais. Coordena a Formação em Língua Inglesa do curso de Licenciatura em Educação do Campo. Atua no Projeto Ações Afirmativas na UFMG.

Mônica Castagna Molina
Doutora em Desenvolvimento Sustentável. Professora adjunta da Universidade de Brasília, coordenadora da Licenciatura em Educação do Campo. Diretora do Centro Transdisciplinar de Educação do Campo e Desenvolvimento Rural da Universidade de Brasília. Coordenadora do Grupo de Trabalho de Apoio à Reforma Agrária. Membro do Conselho Consultivo do Instituto Nacional de Estudos e Pesquisas Educacionais Anísio Teixeira (INEP).

Nelson Marques Felix
Licenciado e bacharel em Geografia e Análise Ambiental pelo Centro Universitário de Belo Horizonte (UNI-BH). Trabalha há 31 anos no serviço público como assessor da Gerência Regional Nordeste da Superintendência Estadual da LBA em Minas Gerais; chefe do Centro Regional de Guanhães da LBA, chefe Substituto da Secretaria de Assistência Social (SAS/MPAS). No INCRA-MG atua como gestor do Programa Nacional de Educação na Reforma Agrária (PRONERA).

Paula Resende Adelino
Mestranda em Educação e licenciada em Matemática pela UFMG, atua como professora de Matemática da Educação de Jovens e Adultos do Colégio Imaculada Conceição – Filhas de Jesus. Membro do grupo de pesquisa "Estudos sobre Numeramento", sua pesquisa se volta para os materiais didáticos de Matemática destinados à EJA. Professora no curso de Licenciatura em Educação do Campo, é membro do Colegiado e coautora do material didático elaborado para esse curso.

Priscila Coelho Lima
Mestre em Educação e Licenciada em Matemática pela UFMG, é professora da Educação Básica em São José dos Campos. Membro do Grupo de Pesquisa Estudos sobre Numeramento, sua pesquisa se volta para práticas de numeramento de pessoas jovens e adultas, especialmente no campo do Tratamento da Informação. Tem trabalhos publicados sobre o Programa Nossa Escola Pesquisa Sua Opinião. Atua no curso de Licenciatura em Educação do Campo, sendo coautora do material didático elaborado para esse curso

Rosely Carlos Augusto
Doutoranda em Educação pela FaE/UFMG. Graduada em Psicologia pela Universidade Federal de Minas Gerais. Especializada em Psicologia Educacional pela Pontifícia Universidade Católica de Minas Gerais. Especializada em Gerência de Assistência Social pela Fundação João Pinheiro e mestre em Psicologia Social pela Universidade Federal de Minas Gerais. Integra a equipe de professores do curso de Licenciatura em Educação do Campo.

Santuza Amorim da Silva
Doutora e mestre em Educação pela FaE/UFMG. Possui graduação em História (PUC) e Biblioteconomia (UFMG). Professora do curso de Mestrado em Educação (UIT) e professora da FaE/UEMG – Métodos e técnicas de pesquisa. Coordena a formação para a pesquisa no curso de Licenciatura em Educação do Campo.

Shirley Aparecida Miranda
Doutora em Educação pela Universidade Federal de Minas Gerais. Mestre em Educação pela mesma Universidade. Graduada em Filosofia pela Pontifícia Universidade Católica de Minas Gerais. Professora nas Faculdades de Pedro Leopoldo. Professora na educação básica na rede municipal de Belo Horizonte. Tem experiência de atuação e pesquisa nas áreas: gênero, formação docente, saber e trabalho. Integra a equipe da Habilitação em Ciências Sociais e Humanidades do curso de Licenciatura em Educação do Campo.

Sônia Maria Roseno
Mestranda em Educação pela Universidade Federal de Minas Gerais. Graduada em Pedagogia da Terra pela Universidade Regional do Noroeste do Estado do Rio Grande do Sul (UNIJUÍ), em parceria com o Movimento dos Trabalhadores Rurais Sem Terra (MST-MG). Atuou como coordenadora do curso de Licenciatura em Educação como representante dos Movimentos Sociais.

Sônia da Silva Rodrigues
Graduada em História pela UNESP/Assis (SP), mestre em História Social pela PUC/SP, com a dissertação *Kaingang, Oti-Xavante e Guarani no Povoamento do Vale do Paranapanema*. Lecionou para os cursos de História, Geografia e Pedagogia na Unicastelo/SP, trabalhou na Fundação ITESP, na Assessoria de Mediação de Conflitos Fundiários, entre 2001 e 2008, e hoje atua no Núcleo de Educação do Campo e Cidadania no INCRA/MG.

Turma Vanessa dos Santos
Graduandos em Ciências da Vida e da Natureza; Ciências Sociais e Humanidades; Línguas, Artes e Literatura e Matemática na Faculdade de Educação da Universidade Federal de Minas Gerais. Turma 2005 do curso de Licenciatura em Educação do Campo FaE/UFMG.

Este livro foi composto com tipografia Minion e impresso
em papel Off Set 75 g/m² na Formato Artes Gráficas.